HÜLYA ÖZKAN | In deiner Hand

Zum Buch

Zwei Jahre ist es her, dass Dennis von seinem Vater Deha Albayrak in die Türkei gebracht wurde. Die Reise in Dehas Heimat war eine Entführung, sie geschah ohne Wissen und gegen den Willen der in Deutschland verbliebenen Mutter. Da die Behörden ihr nicht helfen können, fährt Ariane nach Istanbul, wo sie den Privatdetektiv Bülent Arslan engagiert. Bülent versichert Ariane, Dennis auch gegen das Gesetz zu ihr zurückzubringen. Noch ahnt Ariane nicht, in welche Gefahr sie dieser Schritt bringen wird. Unterdessen arbeiten Kommissar Mehmet Özakın und sein Assistent Mustafa Tombul auch während des Ramadan fieberhaft an der Aufklärung von Mordfällen. Einer Prostituierten ist die Kehle durchgeschnitten worden, und verdächtig sind alle, die die Schönheit zum Freier hatte. Der vom Fasten im Ramadan geschwächte Mustafa ist von so viel Fleißarbeit nicht sehr begeistert. Gourmet Özakın hingegen muss sich zusammennehmen, seinem hohlwangigen Kollegen nicht fortwährend von den vorzüglichen und reichhaltigen Mittagsmenüs der Istanbuler Restaurants vorzuschwärmen. Doch auch seine gute Laune wird getrübt. Bei einem Banküberfall wurde ein Wachmann getötet, und der obrigkeitshörige Kommissariatsleiter Yılmaz drängt auf schnelle Klärung. Als Özakın und Mustafa im Laufe ihrer Ermittlungen erkennen, dass all diese Ereignisse auf fast schicksalhafte Weise miteinander verbunden sind, setzen sie alles daran, das tödliche Szenario zu durchbrechen.

Zur Autorin

Hülya Özkan studierte in München Politische Wissenschaften und Journalistik. Seitdem arbeitet sie als Redakteurin und Moderatorin beim Fernsehen. Zurzeit moderiert sie ein Europa-Magazin im ZDF. Sie wohnt in Mainz und Istanbul.

Lieferbare Titel

»Istanbul sehen und sterben« (978-3-453-35145-5)
»Mord am Bosporus« (978-3-453-35101-1)

HÜLYA ÖZKAN

In deiner Hand

Kommissar Özakıns dritter Fall

Roman

Diana Verlag

FSC
Mix
Produktgruppe aus vorbildlich bewirtschafteten Wäldern und anderen kontrollierten Herkünften

Zert.-Nr. SGS-COC-1940
www.fsc.org
© 1996 Forest Stewardship Council

Verlagsgruppe Random House FSC-DEU-0100
Das für dieses Buch verwendete
FSC-zertifizierte Papier *Holmen Book Cream*
liefert Holmen Paper, Hallstavik, Schweden.

Originalausgabe 04/2008

Redaktion | Lisa Kuppler
Umschlaggestaltung | Hauptmann & Kompanie Werbeagentur,
München – Zürich, Teresa Mutzenbach unter Verwendung
eines Fotos von © Mauritius-Images/SuperStock
Herstellung | Helga Schörnig
Satz | Leingärtner, Nabburg
Druck und Bindung | GGP Media GmbH, Pößneck
Printed in Germany 2008
978-3-453-35233-9

www.diana-verlag.de

I . . . Der Geruch von verwestem Fleisch hing in der Luft, und auf den Scheiben des roten Mini Cooper lag der Schleier des Todes.

Als der Rechtsmediziner Dr. Sabancı die Türe öffnete, schlug ihm eine Woge des beißenden Geruchs entgegen, der aus allen Poren emporgekrochen kam, obwohl der Körper längst erkaltet war, die menschlichen Regungen erstarrt waren.

Kommissar Mehmet Özakın und sein Kollege Mustafa Tombul, die nur wenige Minuten nach dem Mediziner am Tatort, im gut situierten Stadtteil Bebek, angekommen waren, konnten nicht umhin, die Luft anzuhalten. Özakın war schon einiges gewohnt, sodass ihn der Anblick von Leichen, ob verkohlt, aufgedunsen, zerstückelt oder stinkend, nicht sonderlich beeindruckte, heute aber war selbst er geschockt.

Sabancı versuchte gerade, die Leiche, die auf den Beifahrersitz gekippt war, mitsamt der blonden Langhaarperücke, die ihr lose vom Kopf hing, gerade hinzusetzen. »Der Mörder hat ihr die Kehle durchgeschnitten«, sagte er zu Özakın, der kopfschüttelnd auf die klaffende Wunde am Hals der Toten blickte.

»Eine Frauenleiche, und was für eine«, murmelte Sabancı. »Was meinst du? Ist sie 'ne Frau oder eher ein Mann? Ich schau mal nach dem Rasierzeug in ihrer Tasche.« Er schmunzelte.

»Du meinst ... Was wissen wir über die Frau?«, fragte Özakın dennoch.

»Sie heißt wohl Serenay«, antwortete der Rechtsmediziner. »Ob das aber ihr richtiger Name ist? Sie ist dreiundzwanzig Jahre alt und ledig, soviel ich von den Polizisten hier auf die Schnelle erfahren konnte.«

»Raubmord?«, fragte Özakın.

Sabancı wich aus, berichtete aber von einer Handtasche, wohl der des Opfers, und dass der Inhalt im Wagen verstreut gewesen sei. »Eine alte Frau hat die Tote in ihrem Wagen entdeckt, als sie am Morgen mit ihrem Hund Gassi gegangen ist. Die Tote soll eine Edelnutte gewesen sein. Sie wohnten im selben Haus«, fügte er noch hinzu und deutete auf eine etwa Siebzigjährige, die ein paar Meter unterhalb der abschüssigen Straße in einem begrünten Vorgarten stand und heftig an einer Hundeleine zerrte, da ihr Hund, eine eigenartige Mischung aus Özakın unbekannten Hunderassen, gerade dabei war, unter einem Bougainvilleastämmchen sein Geschäftchen zu verrichten.

»Ich kümmere mich um die Dame, und du, Mustafa, schaust mal, ob die Spurensicherung etwas entdeckt hat«, sagte Özakın und setzte sich in Bewegung.

»Kommissar Özakın«, stellte er sich vor und reichte der Frau die Hand. »Sie und die Tote wohnten im selben Haus?«

Die Frau, etwas dicklich und mit bequemer Strickjacke über den Rundungen, nickte.

»Wie gut kannten Sie eigentlich die Tote?«, fragte er.

»So wie sich Nachbarn eben kennen«, meinte sie beiläufig. Sie schien mehr mit dem Hund beschäftigt.

»Sie war also eine Prostituierte. Wussten Sie davon?«

»Wir wohnten ja Tür an Tür. Seit drei Jahren schon. Und obwohl sie eine ... na, Sie wissen schon ... eine ... gewesen ist, war sie mir ans Herz gewachsen. Arme Serenay ... Und das auch noch am heiligen Ramadan!«

»Schön wäre es ja, wenn die Verbrecher auf derlei Rücksicht nehmen würden«, sagte Özakın und schüttelte den Kopf.

»Die Welt verroht immer mehr. Gott sei Dank beschützt mich mein Atilla«, meinte die Frau und blickte seufzend nach unten, wo sich das Tierchen ausgiebig kratzte. Es sah nicht gerade so aus, als könne es dem Hunnenkönig Konkurrenz machen.

»Wann haben Sie Serenay zuletzt gesehen?«, startete Özakın von Neuem.

»Vorgestern gegen Mittag, da hat sie den Müll runtergebracht.«

»Und seitdem nicht mehr?«

»Erst später am Abend, aber ich hab sie nicht gesehen, sondern vielmehr gehört, als sie nämlich die Tür ihrer Wohnung aufgerissen hat. Die knarrt doch immer so. Das kann Atilla auf den Tod nicht leiden, da fängt er das Jaulen an.«

Özakın fand das praktisch. Wie eine Alarmanlage auf vier Pfoten.

Die Frau klopfte dem Tier anerkennend auf den Rücken und sagte dann ganz sentimental: »Der ist ein ganz Braver. Wenn ich den nicht hätte.«

»Das war also vorgestern. Um wie viel Uhr war das so ungefähr? Hat sie vielleicht Besuch bekommen?«

»Ich hab gehört, wie sie sich mit jemandem unterhalten hat. Es war kurz nach Mitternacht, schätz ich mal.«

»Haben Sie gesehen, wer es war?«

Sie schüttelte bedauernd den Kopf.

»Schade! Und ich dachte, Sie hätten vielleicht durch den Spion geguckt.«

Die Frau winkte ab. »Atilla und ich waren müde, sind ins Bett gegangen. Und so neugierig bin ich auch wieder nicht.«

Özakın bezweifelte das, denn ein nicht neugieriger Türke war ihm bisher nicht untergekommen. »Als sie dann verschwunden blieb, haben Sie sich da keine Sorgen gemacht?«

Die Frau zuckte die Achseln. »Bin doch nicht ihr Kindermädchen! Sie konnte ja mit einem ihrer Freier in irgendeinem Hotel gewesen sein.«

»Hatte Serenay Feinde?«

Sie schlug die Hände über dem Kopf zusammen. »In diesem Milieu ist man doch tagtäglich mit einem Bein im Grab. Aber wem erzähl ich das. Diese Straße, dieser Tarlabaşı Bulvarı, scheint ja überhaupt ein ganz gefährlicher Ort zu sein. Zwei von Serenays Freundinnen sind erst vor Kurzem umgekommen. Eine wurde von ihrem Freier erstochen, die andere bei einer Schießerei tödlich verletzt. Die sind alle dort anschaffen gegangen. Dort hat Serenay auch mal gestanden. Aber später, als die Stammkunden immer mehr wurden, hat sie ihre Geschäfte nur noch telefonisch abgewickelt. Und jetzt ist sie im Himmel. Wenn sie überhaupt dahin gekommen ist.«

Özakın staunte nicht schlecht, weil die alte Frau doch ziemlich gut Bescheid wusste über das Leben einer Edelnutte wie Serenay. Er fragte nach dem Grund.

»Gespräche von Frau zu Frau sozusagen«, antwortete sie. »Ein bisschen Klatsch und Tratsch kann nicht schaden, wenn der Tag lang ist.«

»Und was für Kunden hatte sie so?«

»Geschäftsleute, Ärzte, Familienväter. Sie wollte aussteigen, wenn sie genug Geld zusammen hat. Sie sparte für eine eigene Wohnung.«

»Sie hatte wohl viele Kunden«, warf Özakın ein.

»Früher in Tarlabaşı, ja. Aber neuerdings nur noch einen am Abend. Dafür waren es welche, die nicht unter hundertfünfzig Euro für eine Nummer gezahlt haben.«

Özakın gab einen bewundernden Pfiff von sich, als er unweigerlich an sein karges Salär denken musste, das ungefähr drei Nummern einer Edelnutte entsprach. »Und ihr Vermieter? Hat er das mitgemacht?«, fragte er dann, weil normalerweise keiner gerne an Prostituierte vermietete.

»Da sprechen Sie einen wunden Punkt an«, antwortete die Frau und erzählte ausführlich über Serenays Reibereien mit dem Vermieter. Sein Haus sei ein anständiges Haus, habe dieser immer behauptet, trotzdem sei er immer samstags gekommen und eine Stunde geblieben. »Kann mir schon vorstellen, was er da gemacht hat«, meinte die Frau. Ihr faltiges Gesicht sprach Bände, als bestünde die ganze Welt aus einem riesigen Sündenpfuhl.

»Sie meinen, sie musste ihm gefällig sein?«

»Was sonst? Prostituierte im Haus sind doch für die meisten Menschen hier noch schlimmer als Ungeziefer. Wenn jemand seine Wohnung trotzdem an sie vermietet, dann ist die Wohnung entweder eine Bruchbude, die Miete übermäßig hoch oder man muss sich mit dem Vermieter gut stellen.«

Özakın wunderte sich über ihre Abgeklärtheit und lächelte in sich hinein. Wie es schien, hatte sie trotz ihres hohen Alters noch alle ihre Sinne beisammen und – das überraschte ihn am allermeisten – keinerlei Probleme mit diesen durchaus pikanten Geschichten aus dem Leben einer Edelnutte.

»Trauen Sie dem Vermieter einen Mord zu?«, wollte er schließlich wissen.

Die Frau zuckte ratlos die Achseln.

Özakın hakte noch mal nach und wollte wissen, ob er Serenay bedroht oder bedrängt habe. Doch die Frau hatte nichts dergleichen mitbekommen.

»Ist der Mann verheiratet?«, fragte er nun, weil bei Mord und Totschlag oft Eifersucht oder die Rache des Ehepartners als Motiv eine große Rolle spielten.

Sie bejahte mit einem spitzbübischen Gesichtsausdruck. »Mit der eigenen Ehefrau war's ihm wohl zu langweilig. Aber eigentlich war's mir auch egal, wer bei ihr ein und aus ging. Serenay musste sich ja ranhalten. Die hohe Miete, der teure Frisör, die Kosmetikerin, der Perückenmacher, die Hormonbehandlungen und Operationen. Was das alles kostet!« Ihr Hund tobte wieder, und die Frau bat darum, gehen zu dürfen, denn ihr Atilla brauche seinen Auslauf.

Und weil Özakın nichts mehr einfiel, was er fragen konnte, bedankte er sich für die Auskünfte und sagte, er würde sich melden, falls erforderlich.

In der Zwischenzeit hatte der Rechtsmediziner Dr. Sabancı seine Untersuchungen fortgesetzt, und nun drehte und wendete er das Gesicht der Toten in seiner Handfläche, als handle es sich um eine seltene Antiquität. »Was für ein Barbie-Gesicht«, schwärmte er. »Da hat der Schönheitschirurg ja ganze Arbeit geleistet. Bin gespannt, welche Ersatzteile der Körper von Serenay noch offenbart.« Den Namen der Toten sprach er extra gedehnt aus. »So, jetzt ist es an der Zeit, das Geschlecht eindeutig zu identifizieren.« Und kaum hatte er das gesagt, da hoben er und ein Polizist die Leiche aus dem Mini Cooper und legten sie auf den Asphalt. Dabei verrutschte die Perücke und legte das feine Netz über den echten Haaren frei, sodass der Körper der Leiche ziemlich grotesk aussah.

Der Rechtsmediziner begann, umringt von Dutzenden von Schaulustigen, die sich hinter dem Absperrband drängten, die Leiche zu entkleiden. Zuerst schob er ihr das knappe Top bis über die Brüste hoch, die seltsam, wie Zuckerhüte gen Himmel wiesen. Dann streifte er ihr den Rock herunter bis zu den Füßen, die in edlen Krokodilleder-Sandalen mit Keilabsätzen steckten. Dabei kam ein getigerter Tanga mit einer deutlichen Ausbuchtung im vorderen Bereich zum Vorschein, was der Mediziner mit einem amüsierten »*Oho*« quittierte.

Ein Aufschrei ging jetzt durch die Menge – eine Mischung aus Abscheu und Entsetzen.

»Da haben wir es«, sagte er, ohne sich ablenken zu lassen. »Unsere *Serenay* ist eigentlich ein Mann – ein Transvestit, aber einer von der besseren Sorte.«

Özakın traute seinen Ohren nicht. »Du bist doch das Letzte, Sabancı«, schäumte er. »Das ist pervers, wie du die Leiche öffentlich bloßstellst!« Wutentbrannt drehte er sich um und sah die Kameramänner und Fotografen, die den Tatort umzingelt hatten und es wie immer kaum erwarten konnten, irgendwelche unappetitlichen Dinge zu erhaschen.

»Jetzt hast du's, Sabancı. Die haben die Striptease-Einlage im Kasten. Wunder dich nicht, wenn die Szene als Endlosschleife im Fernsehen zu sehen ist!«, zischte er. »Verdammt noch mal, warum konntest du die Untersuchung nicht später im Institut machen? Ein feiner Mediziner bist du. Einer, der dem Voyeurismus verfallen ist, wie übrigens die ganze türkische Gesellschaft.«

Sabancı zuckte die Achseln, deckte aber die Leiche zu. »Was stört dich denn daran?«, fragte er mit unschuldigem Blick. »Ist doch nur 'ne Leiche. Hab schon Tausende davon gesehen.«

»Du vielleicht, aber müssen das jetzt auch noch Millionen von Menschen im Fernsehen sehen? Ist dir denn nichts mehr heilig?«

»Jetzt stell dich doch nicht so an! Das ist mein Job, und ich mach ihn schon seit über zwanzig Jahren.«

»Aber doch nicht mitten auf der Straße! Von dir hätte ich mehr Feingefühl und Diskretion erwartet.«

»*Allahım!* Weißt du was? Du wirst immer komischer, je älter du wirst. Was spielst du dich überhaupt so auf, als wärst du der Obermufti von Bursa? Bist du jetzt unter die Moralisten gegangen?«

»Ja und, was ist so schlimm daran? Soll die Gesellschaft an solchen Typen wie dir zugrunde gehen?«

»Mein Gott«, seufzte Sabancı, »ich bin froh, wenn ich in Rente geh und dich nicht mehr ertragen muss.«

So stritten sie eine ganze Weile, bis ein schrilles Klingeln aus Özakıns Jackentasche den Streit beendete.

Der Kommissar klappte sein Handy auf und brüllte ein verärgertes »*Efendim*« hinein. »Überfall auf eine Bankfiliale«, rief er dann Mustafa zu, der sich mit den Bewohnern eines Häuserblocks zu unterhalten schien und Notizen machte. »Ein Wachmann tot, eine Passantin schwer verletzt.«

Sein Kollege aber ließ sich nicht stören. »Was ist mit diesem Fall?«, fragte er.

»Der Bankraub geht vor«, antwortete Özakın gereizt. »Die Verletzte ist die Nichte eines Istanbuler Politikers. Und der hat Kontakte zu einem aus dem Justizministerium in Ankara, und der wiederum kennt ein hohes Tier im Polizeipräsidium. Verstehst du's jetzt?«

2 . . .

An ihrem Anfang wirkt die Istiklâl caddesi in Beyoğlu laut und unbehaglich, vor allem wegen des Verkehrs am Taksim-Platz. Biegt man in die Fußgängerzone ab, wird man dann unweigerlich mit einer noch größeren Geräuschkulisse und noch größeren Menschenmassen konfrontiert. In der Straße wimmelt es nur so vor Menschen, die in Kolonnen links und rechts der Straßenbahn entlangbummeln, aber Gott sei Dank versiegt der Strom gegen Ende der Straße allmählich und führt oberhalb der pulsierenden Hauptschlagader der Stadt über mehrere kleine Gassen in das beschauliche Asmalımescit-Viertel mit seinen Kneipen, Bars und kleinen Restaurants.

Es war Ramadan. Zwischen Sonnenaufgang und Sonnenuntergang, genauer gesagt, solange man einen weißen von einem schwarzen Faden unterscheiden konnte, verzichteten die Gläubigen auf Essen, Trinken, Rauchen und Sex.

Bis zum Fastenbrechen dauerte es noch ganze zwei Stunden, aber das war kein Hindernis für Bülent Arslan, eine Bar anzusteuern. Er bestellte sich ein Bier, das er in einem Zug runterkippte. Arslan war 35, sah aber viel jünger aus, und auf seinem Kopf türmte sich eine verfilzte Lockenpracht, die widerspenstig von allen Seiten abstand. Die Jeans hing locker um seine Hüften, und an den Füßen trug er Timberlands.

Er blickte sich um. Die Bar war leer, bis auf einen weiteren Gast, der in der anderen Ecke, ebenfalls am Fenster, Platz genommen hatte. Die Frau hatte ein Glas Rakı vor sich stehen, ihre blauen Augen wirkten etwas müde, und die Mundwinkel verrieten schlechte Laune. Wie alt wird sie wohl sein?, fragte sich Arslan. Dreißig, vierzig? Sie war hübsch, mit kastanienbraunem Haar, das ihr bis auf die Schultern reichte.

Etwas später hatte ihr der Kellner bereits den zweiten Rakı gebracht. Es war nun bereits sechs Uhr am Abend, und die Sofyalı caddesi wurde zusehends belebter, was Arslan vom großen Panoramafenster aus ganz gut beobachten konnte.

Der Kellner begann wie ein Kater auf Beutezug um sie herumzustreifen. »Neu hier?«, fragte er, als er das leere Glas wegräumte.

Die Frau hob nur die Schultern und kramte eine Zigarette aus ihrer Umhängetasche.

Arslan, in der anderen Ecke der Bar, verzog säuerlich das Gesicht. Irgendetwas stimmt nicht mit ihr. Denn warum sonst sollte sich eine Frau, und noch dazu diese äußerst passable, ausgerechnet im Fastenmonat Ramadan betrinken?

»Wenn ich irgendwie helfen kann«, setzte der Kellner nochmals an und gab ihr galant Feuer.

Sie bedankte sich wortlos und etwas schläfrig, weil sich allmählich die Wirkung des Alkohols entfaltete.

Als der Kellner gegangen war, setzte sich Arslan zu ihr. »Warum schütten Sie nur dieses Zeug in sich rein?«, fragte er.

»Weil ich einmal gehört habe, dass Rakı reine Medizin sein soll«, antwortete sie trotzig.

Ihre unbeschwerte Art gefiel ihm. »Früher habe ich im Schnitt zwei Flaschen Rakı pro Nacht getrunken, aber heute vertrage auch ich nur noch eine«, sagte er und lächelte. »Man wird wohl älter.«

Danach schwiegen sie, bis er schließlich bemerkte: »Ich nehme an, Sie sind Ariane Albayrak. Sie hatten mir auf den Anrufbeantworter gesprochen ...«

Sie strahlte sichtlich erleichtert. »Schön, dass Sie kommen konnten. Ich hoffe, der Treffpunkt sagt Ihnen zu«, bemerkte sie in einem nahezu perfekten Türkisch.

Er nickte freundlich und meinte, dass das schon in Ordnung sei. »Ich hänge auch immer hier in diesen Kneipen herum, meist oberhalb von Taksim, aber auch rund um den Galataturm. Woher kommen Sie eigentlich, aus Deutschland?«

»Ja, aus Frankfurt. Ich hab Ihre Telefonnummer aus dem Internet«, erklärte sie. »Und Sie sind wirklich Privatdetektiv?« Ihr war anzusehen, dass ihr die Frage etwas peinlich war.

»Sehe ich etwa nicht so aus?«

»Was weiß ich, wie Privatdetektive in der Türkei aussehen«, meinte sie kleinlaut.

Jetzt griff er etwas beleidigt in seine Jackeninnentasche, holte einen Stapel druckfrischer Visitenkarten hervor und überreichte ihr eine davon. *Detektei Bülent Arslan* stand darauf geschrieben.

»Diskret und effektiv«, schickte er hinterher. »Keine Sorge, ich kenn mich aus mit Gesetzen und Verordnungen, weiß allerdings auch, wie man sie übertritt, ohne aufzufliegen. Auch im Umgang mit Videokameras, Funk-, Nachtsicht- und Wanzenaufspürgeräten bin ich ein Ass. Genauso wie im Umgang mit Schusswaffen.«

Ein Lächeln huschte über ihr Gesicht. Es war nicht klar zu deuten, ob aus Bewunderung für seine Talente oder eher, weil sie ihn für einen Angeber hielt.

Er musterte sie mit neugierigen Blicken und sagte: »Sie hatten irgendetwas mit einem Kind angedeutet ...«

Sie zog ihr Portemonnaie aus der Tasche. »Hier, das ist er, mein Dennis«, sagte sie gerührt und strich zärtlich mit der Hand über das Gesicht ihres Jungen auf dem Foto.

»Wie alt ist er denn, der Kleine?«

Verbitterung und Trauer überlagerten nun ihr schönes Gesicht. »Vor zwei Wochen ist er zehn geworden. Ich hab noch gehofft, ich könnte mit ihm Geburtstag feiern. Hatte ihm Geschenke mitgebracht«, erklärte sie traurig.

»Und das neben ihm ist der Vater?«, fragte er.

Sie nickte. »Das ist Deha Albayrak, mein Exmann.«

Arslan betrachtete nachdenklich das Bild. Darauf war ein junger Mann mit buschigen Augenbrauen und fleischigen Lippen zu sehen, sein pechschwarzes Haar war so dicht, dass es aussah wie aufgemalt. Ein Allerweltsgesicht, wenn nicht das Muttermal einen Zentimeter unterhalb des Auges, direkt über dem Backenknochen gewesen wäre, so groß wie eine Rosine, dunkel und auffällig. Albayrak hatte den Arm um die Schulter seines Kindes gelegt und lächelte in die Kamera, sodass seine blendend weißen Zähne zum Vorschein kamen. Eine Kette, feingliedrig und golden mit einem Anhänger in Form eines Halbmonds, der an einer Seite gezackt war, zierte seinen Hals. Das Gegenstück dazu trug der Junge um den Hals. Zusammengesteckt ergaben die beiden Teile ein Ganzes, einen Vollmond. Wie symbolträchtig. Vater und Sohn waren somit für einander bestimmt, gehörten selbst im Geiste für immer und ewig zusammen.

Doch urplötzlich fing Ariane Albayrak zu schluchzen an.

Arslan blickte sich hilflos um und wusste nicht, was er tun sollte.

»Er hat ihn entführt, der eigene Vater, dieses Schwein!«, flüsterte sie und bedeckte die feuchten Augen mit den Händen.

»Alles wird gut«, versuchte er sie zu beruhigen.

»Soll ich das Kind aufspüren und es wieder zurückbringen?«

»Können Sie das?«, fragte sie aufatmend und lächelte.

»Nichts leichter als das«, schwindelte er, als habe er das schon zigmal gemacht. »Rückführung von Kindern ist meine Spezialität. Andere trauen sich erst gar nicht auf dieses Terrain.«

Tatsächlich aber war das sein erster Fall, seitdem er seinen Job bei der Polizei hingeschmissen hatte. Nicht ganz freiwillig. Er war damit einer Untersuchung wegen Bestechung zuvorgekommen. In diesem Job vollkommen sauber zu bleiben, war so schwer, wie einen reißenden Fluss mit trockenen Füßen zu überqueren. Und da hatte auch er mal die Hand aufgehalten, das eine oder andere Scheinchen angenommen bei seinen Touren durch das Rotlichtmilieu. Dafür musste er nicht viel mehr tun, als ein Auge zudrücken, die Bordellbesitzer einfach in Ruhe lassen.

Eine kleine, menschliche Schwäche, dachte er, zu der er sich hatte hinreißen lassen, und auch nur deswegen, weil er Geld für seinen Vater brauchte, der an der Hüfte operiert werden musste.

Egal! Neuer Job, neues Glück. Sein erster Fall würde ihn in die Riege der besten Detektive katapultieren. »Gebongt«, sagte er. Jetzt brauchte er nur noch ein paar Details. Er räusperte sich ein bisschen verlegen: »Und wie machen wir das mit der Bezahlung?«

3 … »Der wievielte Bankraub ist das schon in diesem Jahr?«, fragte Mustafa.

»So um die fünfzig werden's schon gewesen sein«, antwortete Özakın. »Die Raubkriminalität hat insgesamt zugenommen. Wie es aussieht, machen die Täter nun auch keinen Halt mehr vor religiösen Feiertagen.«

»Vielleicht ist der Fastenmonat sogar besonders willkommen, weil mit weniger Gegenwehr zu rechnen ist«, stellte Mustafa vorwitzig fest, »weil die Opfer auch noch durchs Fasten geschwächt sind.«

»Oder sie sind so perplex, dass einer gerade am Ramadan ein Verbrechen wagt.« Özakın grinste.

»Vor allem gegen Monatsende, wenn das Geld knapp wird«, fügte Mustafa noch hinzu.

»Immer mehr Gewalt, Geiselnahmen, Verletzte oder Tote«, murmelte Özakın und dachte an den getöteten Wachmann und die Leiche aus dem roten Mini Cooper.

Sie fuhren auf der Uferstraße von Bebek in nördlicher Richtung und hatten viel Zeit für die Hintergrundanalyse. Rechts glitzerte der Bosporus, und links türmte sich am Hang ein Sammelsurium an Gebäuden ohne klare architektonische Linie, das ab und zu von einigen Schmuckstücken, wie alte Holzvillen oder geschmackvolle Einfamilienhäuser im Bauhausstil, unterbrochen wurde. Dazwischen fuhren die beiden Kommissare auf einer Straße, auf der der Feierabendverkehr seinen Zenit erreicht hatte.

»Nur noch eine Stunde bis zum Fastenbrechen und der Verkehr fließt eher zähflüssig. Glaubst du, wir schaffen es bis dahin nach Hause?«, fragte nun Mustafa.

Özakın konnte es nicht einschätzen, war aber überrascht, dass sich sein Kollege das lange Darben überhaupt antat. Und jetzt schien er mächtig Hunger zu bekommen. Als besonders religiös war ihm Mustafa bisher nicht aufgefallen. Solange er ihn kannte, hatte er ihn kein einziges Mal beten sehen, und jetzt dieses Fasten. »Und am Abend schlägt man sich die Wampe voll. Isst dreimal so viel wie nötig. Ich weiß nicht, ob das alles so gesund ist«, stellte er fest.

»Wohl wieder auf dem Gesundheitstrip«, zog ihn Mustafa auf.

Und so unrecht hatte er da gar nicht. Denn erst kürzlich hatte Özakıns Arzt ihn wegen seines hohen Cholesterinspiegels in Aufregung versetzt.

»Na gut. Ich gebe es ja zu. Eigentlich faste ich ja aus Diätgründen, aber ich habe doch tatsächlich eher zu- als abgenommen und kann gleich nach Ramadan wieder mit dem Fasten anfangen.«

»Vieles scheint in der Fastenzeit nicht normal zu sein«, meinte Özakın, als Mustafa plötzlich Gas gab, weil ihm das Trödeln seines Vordermannes auf die Nerven ging. »Ich hab's geahnt«, maulte er. »Frau am Steuer.« Er überholte und schnitt die Fahrerin rücksichtslos, sodass sie stark abbremsen musste. »Diese Frauen! Wollen immer, dass man ihnen Vorfahrt gewährt, tut man's nicht, dann sind sie sauer«, mokierte er sich, weil die Frau protestierend auf die Hupe gedrückt hatte. »Das hier ist der Istanbuler Straßenverkehr, das ist Krieg, mein Täubchen. Da ist sich jeder der Nächste. Nichts mit Galanterie und Höflichkeit, wie Feuer geben, Türe öffnen, Vortritt lassen oder in den Mantel hineinhelfen.« Er lachte zynisch.

Ja, ja, das Fasten, überlegte Özakın. Es macht nicht nur hungrig, sondern auch äußerst aggressiv.

Sie waren gerade auf die Stadtautobahn in Richtung Bağcılar abgebogen, wo sich die Bankfiliale befand. Alle paar Meter hatten Bauarbeiter die Straße aufgerissen. Überall wurde gebuddelt, geschweißt, geklopft oder planiert, und all das unter ohrenbetäubendem Lärm. Die dreispurige Fahrbahn hatte sich zu einem Nadelöhr verengt, in dem sich Hunderte von Fahrzeugen gegenseitig bedrängten, jeder in Zeitnot und bereit zu irgendwelchen pfiffigen Manövern, um doch noch so schnell wie möglich ans Ziel zu kommen.

»Die Straße hier wurde doch erst letztes Jahr aufgerissen und neu asphaltiert«, wunderte sich Mustafa, während er tief ausatmete.

»Jetzt buddeln sie eben noch mal«, meinte Özakın. »Vielleicht hat ja der Bauleiter seine Uhr unter dem Asphalt verloren. Die hofft er wiederzufinden.« Das Ganze war so grotesk, dass er an einen Film von Ephraim Kishon denken musste, wo ein Geisteskranker mit einem Presslufthammer die Straße aufriss und keiner wusste, warum.

Jetzt fuhren sie an einer Mitteilung vorbei, worauf sich die Stadtverwaltung quasi für die Unannehmlichkeiten entschuldigte und ganz selbstlos meinte: *Wir arbeiten für Sie.*

»So will man uns einlullen«, erregte sich Mustafa. »Wenn du mich fragst, ist das eher eine Arbeitsbeschaffungsmaßnahme der Regierung. Sie vergibt permanent irgendwelche unnötigen Aufträge an ihre eigenen Leute. Und die Autofahrer müssen's ausbaden.«

Nach etwa einer halben Stunde waren sie endlich in Bağcılar angekommen – einem Stadtteil, der durch die Jahrzehnte währende Landflucht planlos und chaotisch zu einer großen Blase angewachsen war. Dort lief ihnen sogleich ihr Kollege Oktay von der Spurensicherung in die Arme, der es als Erster an den Tatort geschafft hatte.

»Na, schon irgendwelche DNA-Spuren gefunden?« Özakın schmunzelte.

»Sind wir etwa bei CSI Miami, wo alles in Sekundenschnelle geht?«, fragte Oktay, der sich mit seiner hellen Haut und den grünen Augen im Aussehen deutlich von seinen beiden anderen Kollegen abhob.

»Wohl eher bei LSA Istanbul«, meinte Mustafa. »Löst Sich von Alleine. Man muss nur lang genug warten.«

»Nicht in diesem Fall«, bemerkte Özakın, während er sich am Tatort umsah. »Die Verletzte hat Kontakte zu denen ganz oben. Da ist Eile geboten.«

»Natürlich ganz im Gegensatz zum Transvestiten, der in Bebek auf dem Asphalt liegt«, sagte Mustafa und sprach auch Özakın aus dem Herzen.

Der lächelte bitter und beeilte sich, alles über den Tathergang herauszubekommen. Etwa hundert Meter entfernt vom Eingang der Bankfiliale, auf dem Gehsteig, lag unter einer Plane der tote Wachmann. Aus dieser Entfernung sah er aus wie ein herrenloses Bündel, das jemand dort vergessen hatte. Özakın hob die Folie und schüttelte den Kopf. »Mitten durch die Halsschlagader.«

»Der Wachmann hat den Bankräuber bis hier verfolgt«, erklärte Oktay, »und bei dem Schusswechsel hat es ihn dann erwischt. Er ist verblutet. Der Mann heißt Erol Karahancı, 58 Jahre alt. Er hinterlässt Frau und zwei Kinder. Und dann haben wir noch eine junge Frau namens Esma Vural, 27 Jahre alt, die eine Ladung abbekommen hat. Sie hat mit Glück überlebt, liegt aber mit schweren Verletzungen im Krankenhaus. Beim Schusswechsel stand sie den beiden wohl im Weg.«

»Ist die Frau ansprechbar?«, fragte Özakın sogleich.

Oktay zuckte die Achseln. »Keiner weiß, ob sie

überhaupt durchkommt«, antwortete er, während er die beiden ein Stück in die Bank begleitete, wo sie schon der Filialleiter, den sie an den Tatort gerufen hatten, und die Kassiererin erwarteten.

Der Filialleiter Herr Ertan saß in einem geräumigen Bürosessel, hinter ihm hing das obligatorische Bild des Republikgründers Atatürk, und vor ihm thronte ein breiter massiver Schreibtisch, der ungefähr zwei Drittel des kleinen Raums einnahm. Der Mann gab sich bedeutend und majestätisch, als sei er der Chef der großen Bankfiliale am Taksim-Platz und nicht der Leiter einer kleinen, abgelegenen Filiale im Armeleuteviertel von Bağcılar.

Özakın und Mustafa wünschten ihnen nach diesem Schreck am Ramadan, ein *»geçmiş olsun«* – tröstende Worte, die sie dankend annahmen.

Die Kassiererin Fatma Benli, eine zierliche Frau mit dunklem, welligen Haar und blassem Gesicht, das von einigen Pickeln überzogen war, erzählte dann, dass der Bankräuber kurz vor Schließung der Filiale gegen fünf Uhr mit der Pistole in der Hand in die Bank gestürmt sei. Es seien keine Kunden mehr da gewesen. Und auch kein anderes Personal mehr. Denn wegen des Ramadans hatten der Filialleiter und eine andere Kollegin früher Feierabend gemacht. Der Mann habe sie mit der Waffe bedroht und ihr eine Plastiktüte für das Geld gegeben. Sie habe das Geld, insgesamt 50 000 YTL, in die Tüte gepackt, und er sei auf die Straße gerannt. Der überraschte Wachmann lief hinterher, und dabei sei es zu diesem fatalen Schusswechsel gekommen.

»Wenn Sie mich fragen ...«, meinte nun Herr Ertan, »... der Kerl war vermutlich kein Profi. Schon die Aufmachung, wie ich gehört habe, war stümperhaft, mit Baseballkappe und Sonnenbrille. Früher, als es noch keine Überwachungskameras gab, trug man als Bankräuber vielleicht maximal Sonnenbrillen, aber heutzutage ...«

Mustafa gab ihm recht. »Oder man hatte 'ne Banane als Waffe oder einfach den Finger in der Manteltasche«, ergänzte er.

Wie immer die falschen Witze zur falschen Zeit, dachte Özakın. »Wie sah er denn aus, der Täter?«, fragte er Fatma Benli. »Hatte er irgendwelche besonderen Merkmale?«

Die Kassiererin zuckte die Achseln, denn sie hatte sich in ihrer Panik nichts einprägen können, außer dass der Täter eher jünger war und keinen Schnurrbart trug.

Die Auskünfte waren nicht gerade ergiebig, sodass Özakın auf die Überwachungskamera setzte, die das Bild des Täters noch vervollständigen würde.

»Und wo war der Wachmann?«, fragte Mustafa.

»Das hätte ich auch gerne gewusst«, bemerkte Herr Ertan. »Wie es aussieht, nicht an seinem Platz, denn sonst hätte er schon früher interveniert und nicht erst im letzten Moment die Verfolgung aufgenommen. Wahrscheinlich hat er ein kurzes Nickerchen im Café um die Ecke gehalten. Unser Herr Karahancı war eben auch nicht mehr der Jüngste. In drei Monaten wäre er in Rente gegangen.«

Özakın seufzte. »Hat denn keiner den Alarmknopf gedrückt?«

»Ja, doch«, meinte Herr Ertan und schaute etwas vorwurfsvoll zur Seite, in Richtung Fatma Benli, »aber anscheinend zu spät. Da war der Bankräuber längst über alle Berge.«

Aber vielleicht war es ja sogar richtig von der Kassiererin, überlegte Özakın. Als Laie sollte man nicht den Helden spielen, so lautete das oberste Gebot im Ernstfall.

4 … Mustafa stand am Fenster seines Büros im dritten Stock, sein Blick war auf das gegenüberliegende Gebäude gerichtet. Besser gesagt in das Innere, wo er, wie so oft, seine »alte Bekannte« – die Anwaltsgehilfin – *observierte*, rein privat natürlich. Denn wenn er auch Polizist war, er war schließlich auch ein Mann, ein äußerst neugieriger und orientalischer dazu. Seine »Spionagetätigkeit« hatte ihm manch langweilige Stunde im Büro versüßt. Und jetzt war es fast schon wie eine Sucht, das Leben der anderen auszuspionieren. Was tat sie denn so, und was machte ihr Chef, der Herr Anwalt? Und wie waren die zwischenmenschlichen Beziehungen? Mit diesem Tick stand er allerdings nicht alleine da. Wenn es eine türkische Eigenheit gab, dann war es die Neugier.

Erst vor Kurzem hatte er herausgefunden, dass die Dame noch Single war und mit ihrer Mutter zusammenlebte. Genauso wie er. Na, so wie sie aussah, war das ja auch kein Wunder. Mit ihrer altmodischen Hochsteckfrisur und dem steifen Kostüm wirkte sie wie die Karikatur eines Blaustrumpfs. Kein Wunder, dass bisher kein Mann angebissen hatte. Er selbst war auch noch Single, aber bei ihm war das ja etwas völlig anderes. Er konnte sich einfach nicht entscheiden, hatte zu hohe Erwartungen an die Frauen – das jedenfalls behauptete er immer, wenn ihn Özakın auf seine Bindungsängste ansprach. Das graue, arbeitsame Mäuschen stand gerade mit dem Rücken zu ihm auf einem Treppchen und streckte sich nach einem Aktenordner, sodass sich ihr Rock nach oben schob und einen Teil ihres bleichen Schenkels freigab.

Ihr Chef trat nun ins Vorzimmer. Er sah sie an, stutzte, überlegte kurz, zögerte und beschloss, ihr behilflich zu sein.

Hoppla, was war das denn? Hatte sie der Kerl nicht absichtlich von hinten berührt, mit dem Vorwand, ihr den schweren Aktenordner abzunehmen? Mustafa rieb sich die Augen.

»Man sagt einfach nur Guten Tag, und er vermutet schon eine Rebellion«, hörte Mustafa jetzt jemanden schimpfen, sodass er sich umdrehte. Özakın stürmte vom Flur kommend auf seinen Schreibtisch zu und kickte wütend gegen das Tischbein.

»Wer denn?«, fragte Mustafa gähnend, weil sich die Müdigkeit gepaart mit dem Fasten bemerkbar machte. Das gestrige Abendessen hatte sich bis in die tiefen Abendstunden hineingezogen. Freunde und Verwandte waren noch gekommen. Ans Schlafen war gar nicht zu denken in diesen Tagen. Und die nächste Mahlzeit gab es frühestens in zehn Stunden.

»Der Chef«, antwortete Özakın. »Geh ihm heute lieber aus dem Weg. Er ist äußerst schlecht drauf.«

»Hat wohl vom Polizeipräsidenten eins aufs Dach bekommen«, meinte Mustafa. »Wegen der Verletzten beim Bankraub, tipp ich mal. Diese Esma Vural ... Die scheint ja 'ne ganz wichtige Person zu sein.«

Özakın verzog verächtlich das Gesicht. »Ihre Familie macht Druck, will, dass der Täter so schnell wie möglich gefasst wird. Hoffentlich überlebt die Zeugin, denn sonst haben wir ein noch größeres Problem.«

»Und die Ehefrau des Wachmanns? Hat sie nicht auch das Recht zu wissen, wer ihren Mann umgebracht hat?«, fragte Mustafa, der sich normalerweise kaum um solch moralisch-philosophische Werte scherte und damit Özakın verblüffte.

»Ganz deiner Meinung«, erwiderte dieser, »aber seine Familie kennt niemanden in der Regierung. Es sind nur einfache Leute.« Er klopfte auf der Suche nach Zigaretten seine Jackentaschen ab und fand schließlich eine. »Entschuldige bitte, du fastest ja, aber dieser Fall raubt mir den letzten Nerv«, meinte er und hielt den Glimmstängel in die Luft. »Ich hab übrigens eine Neuigkeit für dich. Du sollst dich um den Transvestiten-Fall kümmern. Nebenbei versteht sich.«

»Immer auf die Singles«, beschwerte sich Mustafa. »Und was ist mit unserem werten Kollegen Durmuş?«

»Der ist auf Fortbildung.« Özakın machte eine Geste, die ausdrücken sollte, dass er nichts dafür konnte, blies den Rauch der Zigarette in die Luft und fragte: »Etwas Neues in puncto Bankraub?«

Mustafa schüttelte den Kopf. »Sagen wir mal so, der Täter hat nicht gerade seine Visitenkarte hinterlassen. Der Großalarm, die Kontrolle aller Straßen rund um den Tatort waren erfolglos. Der Typ bleibt weiter wie vom Erdboden verschluckt.« Er reichte Özakın die Täterbeschreibung über den Tisch. »Vermutlich 35 bis 40 Jahre alt, ca. 1,75m groß, hat eine hagere Statur und eingefallene Wangen«, zählte er unter anderem auf. »Und er trug eine helle Cargo-Hose, ein graues Kapuzenshirt, eine schwarze Baseballmütze mit der Aufschrift Puma und eine Sonnenbrille.«

»Was für eine Hose?«, wunderte sich Özakın.

»Eine Cargo-Hose«, klärte ihn Mustafa auf. »Mit ganz vielen Taschen ... Das ist modern heutzutage.«

»Ach so.«

»Die Qualität der Bilder aus der Überwachungskamera ist auch nicht so toll«, fuhr Mustafa fort. »Ist wohl ein besonders altes Modell. Soviel wir aber wissen, hat er die Tat ohne Komplizen begangen. Und er hatte kein Fluchtauto, war zu Fuß unterwegs.«

»Das erklärt auch, warum er so blitzschnell in den engen Gassen untertauchen konnte. Natürlich, nachdem er sich der Brille und der Baseballkappe entledigt hatte«, meinte Özakın.

Mustafa konnte sich denken, was ihm jetzt durch den Kopf ging: Dass sich der Täter im Viertel gut auskannte. Wohnte er am Ende in Bağcılar?

»Habt ihr das Projektil sichergestellt?«, fragte Özakın.

Mustafa lächelte und schlug lässig die Beine übereinander. »Sind wir bei CSI Miami? Übrigens, hast du gestern zufällig Fernsehen geschaut?«

Özakın schüttelte den Kopf. »Wir waren auswärts essen, ausnahmsweise mal, in einem Hotel-Restaurant. Die haben doch dort immer diese Menüs zum Fastenbrechen für nur 30 Yetele«, schwärmte er. »Zuerst kam ein Teller mit leckeren Gaben aus dem Morgenland: Feigen aus Medina, Rosenmarmelade, schwarze und grüne Oliven, Pistaziensalami und türkischer Honig. Dann eine Alm-Joghurt-Suppe mit frischer Minze, Blätterteigtaschen mit pikanter Hackfleischfüllung, Milchlammbraten Alaturka mit Reis und gebratenen grünen Peperoni und schließlich Sahnepudding, garniert mit Granatäpfeln …«

Mustafa lief das Wasser im Munde zusammen, aber er riss sich zusammen. »Dann hast du also nicht ferngesehen. Ist vielleicht auch besser so«, stellte er fest.

»Hab ich was verpasst?«

Mustafa beschloss, es ihm zu sagen. »Die haben gestern Abend im Fernsehen, kurz nach dem *Iftar,* den ermordeten Transvestiten gezeigt, wie er nackt dalag, mit verrutschter Perücke, dem getigerten Tangaslip und den modischen Sandalen mit Keilabsätzen«, antwortete Mustafa und grinste. »Wir haben gerade gegessen, da blieb meiner Mutter fast die Feige im Halse stecken. Das hielt sie aber nicht davon ab, weiterzugucken. Du siehst, die Menschen brauchen Brot und Spiele, dann sind sie zufrieden«, meinte er und bemerkte Özakıns düster-aggressiven Gesichtsausdruck, wie immer, wenn er wütend war.

»Was? Die Tote aus dem Mini Cooper? Die nackte …? Diese Geschmacklosigkeit … im Fernsehen?«, rief er aus. »Und das nennt man dann Meinungsfreiheit. Wer war der Reporter?«

»Unser alter Bekannter, der Polizeireporter von FUN TV, dieser Ender Altındağ, den haben wir doch früher immer Leichenfledderer genannt, oder war es Witwenschüttler?«, antwortete Mustafa etwas gelangweilt und blickte schläfrig auf seine Armbanduhr.

»Der? Na warte.«

»Er hat sogar behauptet, der Mörder stamme höchstwahrscheinlich aus der Drogenmafia, die sich in letzter Zeit wie Unkraut in Istanbul ausgebreitet habe. Jetzt habe es nur einen Transvestiten erwischt. Es sei aber eine Frage der Zeit, wann auch unsere Kinder in diesem Sumpf versinken würden. Leider aber würde die Polizei nicht hart genug gegen sie vorgehen. Und so weiter und so fort«, erzählte Mustafa und bemerkte, dass Özakın nur noch mit einem Ohr zuhörte und damit beschäftigt war, die Handynummer des Fernsehjournalisten ausfindig zu machen, was ihm auch bald gelang.

»Dem werde ich den Marsch blasen«, sagte Özakın und wählte in Windeseile die Nummer. »Na, welche Schmutzkübel willst du heute Abend über die Zuschauer ausschütten, du Lügenbaron?«, brüllte er in den Hörer. »Frau dreht Mann durch Fleischwolf, und wir waren hautnah dabei?«

»Kommissar Özakın wie er leibt und lebt. Lange nichts mehr voneinander gehört. Schön, dass du mich kontaktierst, auch wenn mir eine nettere Begrüßung lieber gewesen wäre«, sagte Ender Altındağ.

»Hör mir bloß auf mit dem seichten Gewäsch«, fauchte Özakın, dem es um die Grundregeln des Journalismus ging. »Musste das sein?«

»Wie weltfremd bist du eigentlich? Sollte ich diese Sensation etwa der Konkurrenz überlassen?«, verteidigte sich der Reporter.

»Und die Lügen? Woher willst du wissen, dass die Drogenmafia dahintersteckt?«

»Na, irgendwie ausschmücken musst du die Geschichte schon. Das ist doch völlig normal, ein bisschen hinzuzudichten. Machst du das etwa nicht, wenn du deine Abschlussberichte schreibst?«

Es ist nichts zu machen, der Kerl ist mit allen Wassern gewaschen, überlegte Mustafa, während sich Özakın in seinen Augen tapfer schlug. Mit den Randgruppen konnte man natürlich so umspringen. Die hatten ja keine Verfechter, aber wehe, man berührte politische Tabufragen, dann hagelte es sofort Kritik vonseiten der Regierung. Das war es ja auch, was Özakın wurmte, und vielleicht hatte er ja sogar recht, dachte Mustafa. Trotzdem war es ihm ein Rätsel, warum sich sein Kollege immer wieder als penetranter Weltverbesserer aufspielen musste, gerade jetzt, wo doch alle vom Fasten so ermattet waren.

»Du elender Aasgeier«, brüllte Özakın nun ins Telefon und legte auf.

Mustafa reichte ihm fürsorglich seine Zigarettenschachtel, weil er wusste, dass Özakın jetzt eine Zigarette gut gebrauchen konnte, und schüttelte ratlos den Kopf.

5 ... Sie lag wach in ihrem Bett und lauschte den Stimmen der erwachenden Stadt. Ihr Blick fiel auf das gerahmte Kinderfoto auf dem Nachtkästchen neben sich. Sie blickte direkt in ihre eigenen blauen Augen, allerdings mit dichten schwarzen Wimpern – die des Vaters.

Dennis war acht, als er aus ihrem Leben verschwand. Seitdem fragte sie sich in schlaflosen Nächten, ob jemand ihr Kind in den Arm nahm, es tröstete, wenn es weinte. Und was hatte ihm wohl Deha über sie erzählt? Dass sie tot sei oder sie ihren Sohn einfach im Stich gelassen habe, abgehauen mit einem anderen? Sie würde alles dafür geben, wenn Dennis zum Kuscheln in ihr Bett käme, so wie früher. Sie überlegte, wo ihr Sohn in diesem Augenblick sein könnte. *Gib mir ein Zeichen*, beschwor sie das Foto. *Wo bist du, mein kleiner Schatz?*

Dennis oder Deniz, das Meer – die Krönung ihrer Liebe. Den Namen hatten sie bewusst ausgesucht, weil er in beiden Kulturen bekannt war. Damals, als ihre Welt noch in Ordnung war. Sie hatten sich in einer Disco in Frankfurt kennen und lieben gelernt. Sie, die Verwaltungsangestellte, die das Geld nach Hause brachte. Er ein Student der Elektrotechnik, der sein Studium abgebrochen hatte und arbeitslos war. Das war nicht weiter schlimm, so hätte es ewig weitergehen können, dieses vertauschte Rollenbild. Sie lernte Türkisch und träumte von einem kleinen Ferienhäuschen an der Ägäis, wo sie gemeinsam ihren Lebensabend verbringen würden. Sie wollten zusammen alt werden. Er war der südländische Improvisationskünstler mit einem Hang zur Lässigkeit und sie jemand mit Organisationstalent, die alles gerne unter Kontrolle hatte. Sie waren ein perfektes Team gewesen. Lange war das gut gegangen. Dann verkehrte sich alles ins Gegenteil. Aus dem Mann an ihrer Seite wurde ein Fremder, den sie immer weniger verstand, wenn er von Heimat, Ehre und Nation sprach, von einem Leben, in dem sie und ihr Sohn keinen Platz mehr hatten. Sie stritten immer öfter, mal über die Erziehung des Kindes, mal über ihre Lebensweise. Sie arbeitete viel, er kapselte sich zunehmend ab. Immer mehr Streit, immer mehr Missverständnisse, ein Teufelskreis, das Kind zwischen den Stühlen. Als sie sich von ihm trennte, fühlte sich Deha gänzlich überrumpelt. Und da erkannte sie ihn erst recht nicht wieder. Er rastete aus, wurde gewalttätig, als ihr das Sorgerecht zugesprochen wurde.

Einige ihrer Freunde hatten ihr noch von einer Ehe mit einem ausländischen Partner abgeraten. Doch sie hatte sich nicht davon abbringen lassen. Denn auch deutsch-deutsche Ehen waren nicht von langem Haltbarkeitsdatum gesegnet. Hatten die Freunde am Ende recht behalten?

Sie saß auf der Bettkante in ihrem Hotelzimmer im Stadtteil Aksaray, das sie seit fünf Wochen bewohnte, und grübelte. Wie viel wissen wir schon von den Menschen, die uns nahe sind?, fragte sie sich. Wie schnell können Liebende zu erbitterten Feinden werden, als habe man nie Tisch und Bett, nie Geld und Sorgen miteinander geteilt, als habe man nie geliebt? Wie schnell kann einer zur herzlosen Bestie mutieren, das gemeinsame Kind entführen und zuschauen, wie unsägliches Leid einem das Herz zuschnürt?

Vor knapp zwei Jahren hatte sie Dennis ihrem Exmann am Frankfurter Flughafen übergeben. Die beiden wollten zusammen in die Türkei fahren. So wie viele Male zuvor. Es war ein warmer Herbsttag gewesen, Dennis trug ein schwarz-weißes Ringelshirt und Jeans und hatte seinen Kinderrucksack dabei. Diese Szene hatte sich in ihr Gedächtnis eingegraben.

Zwei Wochen später war sie erneut am Flughafen gestanden, um ihn abzuholen, doch es kam niemand. Dafür ein Anruf von ihrem geschiedenen Mann: Sie werde Dennis nie wiedersehen.

Sie stand auf, lief ans Fenster und blickte hinaus. Unten in der Gasse tobte das Leben, sie aber fühlte sich wie tot. Die düsteren Gedanken hatten sie fest im Griff.

Sie irrte damals von einer Behörde zur nächsten, setzte alles daran, ihren Sohn zurückzubekommen. Sie schaltete die Polizei ein, die Deutsche

Botschaft, das Auswärtige Amt. Aber alles blieb erfolglos.

Das letzte Lebenszeichen war eine SMS von Dennis. Er sei mit Papa bei Onkel Hasan.

Schließlich reiste sie auf eigene Faust in die Türkei. Doch bei den Verwandten ihres Exmannes stieß sie auf Ablehnung und Ausreden. Sie ließ nichts unversucht und nahm sich einen türkischen Anwalt, dem sie ein Vermögen hinblätterte und der sie dann hängen ließ.

Da verlor sie die letzte Illusion an die Gerechtigkeit. Eigentlich hatte sie heute abreisen wollen, enttäuscht von dieser Stadt und ihren Menschen. Der Rückflug nach Frankfurt war auf heute Nachmittag gebucht.

Sie ging zu ihrer Tasche, holte die Visitenkarte hervor. *Detektei Bülent Arslan. Diskret und effektiv*, las sie. Sie spürte wieder einen Funken Hoffnung. Er würde Dennis zurückbringen. So tief war sie also gesunken, dass sie Gleiches mit Gleichem zurückzahlen wollte.

Konnte sie ihm aber trauen, diesem Arslan? *Hoffentlich hält er, was er verspricht*, dachte sie, und ihr Herz pochte bis zum Hals. *Und hoffentlich bringt er meinen Dennis nicht in Gefahr.*

6... »Die Spurensicherung hat neue Erkenntnisse zum Tathergang«, berichtete Özakın, als er das Büro betreten hatte. Er war dynamischer als sonst, ganz im Gegensatz zu Mustafa, der müde vor sich hin döste. Er schloss die Tür hinter sich und blickte zu Mustafa, der nur ein knappes »Wie schön« herauspressen konnte.

Özakın hielt ihm den Bericht der Spurensicherung vor die Nase. »Ganz so einfach, wie es die Fernsehserien suggerieren, ist die Schusswaffenidentifizierung anhand sichergestellter Hülsen nicht, aber trotzdem ist man der Meinung, dass es sich bei der Tatwaffe um eine tschechische Selbstladepistole vom Typ Ceska handelt.«

Jetzt gab sich auch Mustafa wohl oder übel einen Ruck. »Gute Handfeuerwaffe mit dem Kaliber sieben-fünfundsechzig. Ist für ihre hohe Feuergeschwindigkeit bekannt. So etwas zu bekommen, ist aber heutzutage kein Problem mehr«, sagte er. »Seit dem Fall des Eisernen Vorhangs kriegst du alles, was das Herz begehrt. Ob es sich um Polonium, Uran, Panzerfäuste, Handgranaten oder Feuerwaffen handelt. Es ist leichter, illegal an Waffen heranzukommen, als an eine ordentliche türkische Pizza.«

»Mir wäre wohler, wenn wir das Bild des Täters aus der Überwachungskamera und die Waffe in der Zeitung veröffentlichen würden. Vielleicht melden sich Zeugen«, sagte Özakın.

»Ich glaube ja immer noch, dass der Täter gute Kenntnisse über den Tatort gehabt haben muss«, sagte Mustafa. Er stützte seinen schweren Kopf auf beide Hände und meinte mit halb geschlossenen Augen: »Vielleicht war es ja sogar einer, der in der Bank ein und aus gegangen ist.«

»Du meinst einer, der dort ein Konto besitzt? Und sogar im Viertel wohnt?«

Mustafa nickte. »Ein Kunde, der voll in den Miesen steckt … Überschuldung, finanzielle Probleme. Da ist ein Überfall der letzte Ausweg. Wenn man in der Scheiße steckt, was macht man dann?«, fragte er und machte einen Gesichtsausdruck, als könne er sich da richtig hineinversetzen.

Eine Stunde später standen sie wieder im Büro des Filialleiters Ertan in Bağcılar. »Fündig geworden?«, fragte dieser, nachdem die beiden Kommissare Platz genommen hatten. »Eigentlich hätte ich Ihnen ja keine Auskunft über unsere Kunden geben dürfen«, meinte er, »aber was tut man nicht alles, um Recht und Ordnung wiederherzustellen, auch wenn man dabei selbst gegen die Gesetze verstößt.« Er konnte sich ein Grinsen nicht verkneifen.

»Wir haben keine Probleme damit«, meinte Mustafa, der sich die Liste der Bankkunden hatte zufaxen lassen und die Kontoinhaber einen nach dem anderen überprüft hatte.

»Wir haben einen Mord aufzuklären. Das sind wir der Familie des Wachmannes schuldig«, ergänzte Özakın. »Da ist jedes Mittel recht. Fast jedes«, korrigierte er sich.

»Tee?«, fragte nun Ertan. »Oder fasten Sie?«

Mustafa erklärte, dass nur *er* es täte, worauf der Filialleiter meinte, dass das Fasten nicht nur sehr gesund sei, sondern den Glauben und die Selbstdisziplin der Gläubigen, vor allem aber das Mitgefühl gegenüber den Hungernden und Armen stärken würde.

Und Özakın ergänzte, dass schon dieses solidarische Gefühl sich lohne. Aber wer so hart arbeiten müsse, für den sei das nichts. Außerdem gäbe es ja Ausnahmen im Islam. Kranke, Alte, Kinder, Reisende und Schwangere seien davon ausgenommen. Ein bisschen Small Talk kann nicht schaden, dachte er, auch wenn man aus ganz anderen Gründen hier war.

Jetzt griff Ertan zum Telefon, bestellte zwei Tee und fragte schließlich: »Und wie kann ich Ihnen noch helfen?«

»Wir überlegen, ob nicht einer Ihrer Kunden einen Grund gehabt hätte, Ihre Filiale zu überfallen…«, begann Mustafa. »Ihre Kundenkartei spricht ja Bände.«

Ertan nickte bedeutungsvoll. »Leider«, meinte er. »Das hier ist Bağcılar und nicht Levent. Das sind alles kleine Leute, Rentner, Arbeiter oder Kleinhändler, die sich ohne viel Eigenkapital selbstständig machen. Und was passiert dann? Die Leute übernehmen sich einfach. Bei der Existenzgründung, beim Hauskauf, bei den täglichen Anschaffungen und Lebenshaltungskosten. Da reichen die Einkünfte vorne und hinten nicht. Und wir müssen uns dann mit ihnen herumschlagen ...«

Und die Banken sind natürlich total unschuldig, dachte Özakın. Denn seitdem die Banken mit Kreditkarten nur so um sich schmissen, um neue Kunden zu gewinnen, lebten viele über ihre Verhältnisse, besorgten sich drei, vier Kreditkarten auf einmal von drei, vier verschiedenen Banken. Der unkomplizierte Einkauf mit Kreditkarten war einfach zu verlockend, auch wenn man nicht gerade flüssig war. Und das Interessante dabei: Die meisten dachten – ganz die südländische Mentalität –, man würde schon einen Weg finden, das Geld aufzutreiben, sei es von den Verwandten, den Eltern oder den Kollegen. Oder auch durch einen Banküberfall?

»Sagten Sie herumschlagen? Gab es denn irgendwelche Vorkommnisse?«, wollte er nun wissen, als die Tür aufging und die Kassiererin Fatma Benli mit einem Tablett vor sich hereinhuschte. Klein und unscheinbar, in einem dunkelbraunen Kostüm.

»Das Übliche«, antwortete Ertan und bedeutete seiner Angestellten, sie solle das Tablett auf dem Schreibtisch abstellen. Er reichte den beiden Kommissaren den Tee über den Tisch und lächelte verkrampft. »Aufgebrachte Kunden, Beschimpfungen, unser tägliches Brot. Sie müssen wissen, unsere Leute sind sehr impulsiv.«

»Wenn's nur Beschimpfungen wären«, mischte sich nun Fatma Benli in das Gespräch ein. »In diesem Job ist man ja sowieso der Prellbock der Nation.«

»Wie meinen Sie das?«, fragte Özakın neugierig. Er kräuselte die Stirn, hob die Augenbrauen, als erwarte er eine sofortige Antwort.

Sie zögerte. »Neulich, nach Dienstschluss... Da hat mich einer sogar angegriffen«, meinte sie.

»Hier bei uns?«, wunderte sich ihr Chef.

»Der Typ hat mir draußen vor der Tür aufgelauert.«

»Weil Sie sich geweigert hatten, ihm Geld auszuhändigen?«, wollte Mustafa wissen. »Kann das jemand bezeugen?«

Sie zuckte die Achseln. »Er hatte sein Konto überzogen, was sollte ich denn tun?«

»Davon weiß ich ja noch gar nichts«, sagte Ertan und rührte abwesend in seinem Teeglas.

»Und darf man erfahren, wer es war?« Özakın bemerkte, wie Fatma Benli einen vielsagenden Blick mit ihrem Chef wechselte.

»Sie meint unseren tragischen Fall«, sagte der ruhig. »Er führt mit ein paar anderen die Hitliste der Überziehungen an.« Er schmunzelte, als ginge es nicht um ein menschliches Schicksal, sondern um einen lustigen Wettbewerb, während sich Mustafa den Namen des Kunden notierte.

»Der Mann ist so hoch verschuldet, dass er unlängst sogar eine seiner Nieren verkaufen wollte«, fuhr Ertan fort. »Haben Sie das nicht in der Zeitung gelesen? Er hatte inseriert.«

»Und Sie konnten ihm natürlich nicht helfen«, stellte Özakın mit ironischem Unterton fest.

»Wir sind nicht die Sozialfürsorge«, antwortete Ertan nur.

7... »Ich will nach Hause zu Mami«, flehte der Kleine weinerlich.

Es war nicht so, dass es Deha Albayrak kaltließ, dennoch erklärte er ruhig und gefasst: »Das ist jetzt dein Zuhause.« Er machte eine ausladende Geste, als wolle er den kleinen, spartanisch eingerichteten Raum mit den bunten Sitzkissen rund um die Wände, den Fernseher in der Ecke und den Wandschrank mit ihrem Bettzeug umarmen. Es war eine Art Abstellkammer unter dem Dach und musste jetzt als Unterkunft für die beiden herhalten. Die Familie war, so war es üblich, ein bisschen zusammengerückt, damit er und Deniz eine Bleibe hatten.

»Die Familie tut alles, damit wir uns hier heimisch fühlen«, sagte Albayrak.

»Und warum ist dann Mami nicht bei uns, wenn das unser Zuhause ist?«, stellte Deniz fest und schaute Albayrak fragend an.

Er konnte dem nichts entgegensetzen und forderte etwas ungehalten: »Wann sprichst du endlich Türkisch? Jetzt sind wir schon zwei Jahre in der Türkei ....« Er dachte daran, dass er Deniz endlich in der Schule anmelden sollte.

»Du kommst bald in die türkische Schule, Deniz«, lenkte er versöhnlich ein, extra überschwänglich, um ihn mitzureißen und ihn auf andere Gedanken zu bringen.

Deniz blickte desinteressiert aus dem Fenster auf die staubige Straße, auf der ein paar Kinder Fußball spielten.

»Mit schicker Schuluniform und so. Die Schule hier wird dir bestimmt Spaß machen«, ergänzte Albayrak.

Deniz schob die Unterlippe vor und schmollte.

Er braucht dringend wieder eine Mutter, dachte Albayrak, eine normale Familie. Man darf Kinder nicht unterschätzen. Sie vertragen eine Menge. Seine Wunden würden bald verheilen. Deniz würde Freunde finden und alles hinter sich lassen.

»Wo ist eigentlich Mami?«, fragte Deniz und blickte seinen Vater etwas beleidigt an.

»Sie hat uns verlassen. Ist zu Onkel Torsten gezogen, ihrem Arbeitskollegen«, log er. »Den hat sie ganz lieb«, fuhr er fort. Mit Torsten hatte Ariane ihn betrogen.

»Und uns mag sie nicht?«, wollte Deniz wissen.

»Dich schon, aber mich bestimmt nicht mehr. Mich hat sie längst vergessen«, sagte er nach kurzem Zögern, weil er leicht sentimental wurde. Und jetzt stieg wieder das ganze Elend in ihm hoch, das sie die letzten Jahre hindurch begleitet hatte.

Die Flucht mit Deniz von Deutschland nach Ankara, von dort in den Südosten des Landes. Zuerst nach Diyarbakır, das berühmt war für seine überdimensionalen Wassermelonen, in denen man ohne Weiteres ein Kleinkind unterbringen konnte, der Stadt am Tigris mit ihrer grandiosen römischen Stadtmauer, dann nach Urfa, das als Geburtsort Abrahams gilt und auch einen Teich mit heiligen Karpfen besitzt, bis sie schließlich den Euphrat überquerten, um nach Gaziantep zu gelangen, wo die besten Pistazien des Landes wuchsen. Schönheiten und Sehenswürdigkeiten, für die sie kaum ein Auge hatten, mussten sie doch weiter bis in die entlegensten Dörfer an der syrischen Grenze, wie in einer Odyssee. In dieser gottverlassenen Gegend aus Wüste, Steinen und Gestrüpp tauchten sie eine Weile unter, wie Maulwürfe, immer auf der Hut, jemand könne sie entdecken, bei einem Verwandten, der sie selbstverständlich in seiner Lehmhütte aufnahm, weil dort andere Gesetze herrschten als im Rest des Landes. Ein Sohn gehört zu seinem Vater – das dachten die Leute dort.

Einmal war es brenzlig geworden, als sich der Dorfpolizist nach den beiden Flüchtigen erkundigt hatte. Doch der war schnell davon zu überzeugen gewesen, dass es sich nicht lohnte, in alten Wunden zu rühren. Gegen eine kleine Belohnung, versteht sich. Das gleiche Spiel mit dem Dorfvorsteher, ein entfernter Verwandter der Familie, der hatte ihn zu sich gerufen und ihm verkündet, dass es eine Anfrage aus der nächstgelegenen Polizeidirektion gäbe. Dass man ihn suche, weil er offenbar seinen Sohn entführt habe. Doch auch der Dorfvorsteher war schnell bereit, beide Augen zuzudrücken, nachdem Albayrak ihm seine Lage geschildert hatte, die Geschichte von dem betrogenen und verlassenen türkischen Ehemann, der sich sonst nicht zu helfen wusste, als mit seinem Sohn in das Land seiner Väter zu flüchten.

Irgendwann hatten die Behörden die Lust daran verloren, Räuber und Gendarm zu spielen. Die hatten andere Probleme, als sich mit zwei Türkei-Rückkehrern zu beschäftigen, während sich nachts kurdische Separatisten und die Armee beschossen, Gendarmerien in die Luft flogen, Militärtransporter auf ferngezündete Minen fuhren.

Ach ja, da war ja noch die Geschichte mit seiner Exfrau – mit Ariane. Es muss zwei Monate nach ihrer Flucht gewesen sein. Da hatte sie die beiden in einem Dorf nahe der Provinzstadt Diyarbakır aufgespürt, bei seinem Bruder Hasan, wo sie sich verkrochen hatten.

Dass Ariane sie bis in den Südosten verfolgen würde, das hatte er ihr nicht zugetraut. Es ist wohl diese unbändige Kraft der Mütter, die sie zu Höchstleistungen ansporn, wenn es um ihre Kinder geht, dachte er, wie Löwinnen, die um ihre Jungen kämpfen. Albayrak konnte nicht umhin, Ariane dafür seinen Respekt zu zollen. Doch hatte ihr diese mutige Tat nichts eingebracht. Sie hatte die türkische Solidarität unterschätzt, den Zusammenhalt innerhalb der Familie, bei der sie auf eine Mauer des Schweigens gestoßen war, bevor man sie zum Teufel gejagt hatte. Er und

Deniz konnten längst weiterziehen, zum nächsten Verwandten, der ihnen Unterschlupf gewährte.

Arme Ariane, dachte Albayrak. Du wirst dich mit der Tatsache abfinden müssen, dass Deniz zu mir gehört. Das war die Rache dafür, dass sie ihn verlassen hatte. Das würde er ihr nie verzeihen.

Seinen Sohn hätte er ihr ohnehin niemals überlassen. Dann wäre Deniz noch am Ende von einem anderen Mann erzogen worden. Der Gedanke, sein Sohn würde zu einem anderen Papa sagen, schnürte ihm die Kehle zu. Deniz durfte nicht die türkischen Brücken hinter sich abbrechen, die türkischen Wurzeln kappen.

Die Heimat war schon etwas anderes. Und was hatte er in Deutschland noch zu erwarten? Er war schon immer ein Fremder gewesen, ohne Job und Zukunftschancen. Abhängig von seiner Frau, die ihn herumschubste und behandelte wie einen notorischen Versager. Ein Pantoffelheld war er geworden, ein Mann ohne Ehre. Seine Freunde machten sich schon lustig über ihn.

Das Schicksal hatte sie hierhergeführt, aber war er jetzt wirklich glücklicher? Er dachte an seine einzige Freundin in der Stadt, an Serenay, deren Schicksal ihn bis ins Mark erschüttert hatte.

Ihm fiel auf, dass sich Deniz in der Enge des Raums langweilte. »Geh raus spielen, lass dich aber nicht von Fremden ansprechen«, sagte er und blickte in die glasigen Augen von Deniz, die eine unermessliche Leere ausstrahlten.

»Mit wem denn?«

Albayrak schüttelte ratlos den Kopf. »In der Türkei gibt's wohl genug Kinder auf der Straße ...«

Deniz trottete grimmig zur Tür, drehte sich zögernd um und fragte: »Und wann kaufst du mir endlich ein Fahrrad?«

»Das haben wir doch besprochen. Spätestens zum Zuckerfest bekommst du alles.«

»Und wann ist Zuckerfest?«

»Bald, mein Junge, dann gibt's eine große Überraschung.«

»Süßigkeiten?«, fragte Deniz ohne Begeisterung.

»Wart mal ab«, sagte Albayrak zuversichtlich und spürte dennoch, wie sich ein dunkles Gefühl in seiner Seele breitmachte.

8 ... Mustafa deutete auf die Zeitung vor ihm und konnte sich das Lachen nicht verbeißen. »Kennst du den neuesten EU-Witz?«, fragte er.

Özakın zuckte die Schultern und blätterte abwesend in seinen Notizen. Er machte insgesamt einen desinteressierten Eindruck.

Mustafa ließ sich aber nicht davon beeindrucken:

»Im Jahr 2050 kommt der Sekretär zum EU-Kommissionspräsidenten und berichtet aufgeregt: ›Die Türken haben alle unsere Bedingungen erfüllt. Nehmen wir sie jetzt auf?‹ Der Kommissionspräsident antwortet: ›Nein, noch nicht. Sag den Türken, sie müssten noch Englisch lernen. Türkisch wird verboten.‹ Der Sekretär ist verwirrt. ›Aber das haben wir ihnen doch schon vor fünf Jahren gesagt, erinnern Sie sich?‹ Dem Kommissionspräsidenten kommt eine neue Idee. ›Wir verbieten ihnen Kokorec.‹ Doch das ist auch zwecklos, wie der Sekretär erklärt. Die Spezialität aus gegrillten Schafseingeweiden essen die Türken doch schon seit dem Jahr 2006 nicht mehr. Der Kommissionspräsident denkt kurz nach und sagt: ›Dann lösen wir eben die EU auf.‹«

Mustafa lachte hysterisch auf. »Da hast du's wieder! Der Griff nach den EU-Sternen könnte zur unendlichen Geschichte werden.« Er linste zu Özakın hinüber, war gespannt auf die Reaktion seines Kollegen.

Doch der hatte offensichtlich andere Sorgen, als sich um die türkische EU-Mitgliedschaft zu kümmern. Wie es aussah, überflog er die Akte des überschuldeten Bankkunden, den sie ins Visier genommen hatten.

»Ich frag mich sowieso, warum wir jemandem hinterherrennen sollen, der uns nicht will«, fuhr Mustafa dennoch fort. »Das ist doch so wie bei den Frauen, je mehr du sie begehrst, desto mehr nehmen sie die Beine in die Hand.«

»Da muss man schon einen langen Atem haben und darf nicht aufgeben«, riet Özakın.

Mustafa aber, ganz der türkische Patriot, der die Hinhaltetaktik der EU satt hatte, ging plötzlich hoch wie eine Rakete und meinte: »Oder man muss sie so richtig hängen lassen, dann kommen sie ganz von allein. Dann bist du begehrter denn je. Am besten, du tust so, als hättest du viel bessere Alternativen. Dann drehst du den Spieß einfach um.«

Es war nicht auszuschließen, dass Mustafa eine gesalzene Abfuhr von einer Frau bekommen hatte, oder es war seine Fasterei, die ihn so gereizt machte. Man wunderte sich, wie Mustafa die zwanzig Tage bis zum Zuckerfest überstehen wollte.

»Meinst du jetzt die EU oder die Frauen?«, versuchte ihn Özakın aufzumuntern.

»Lohnt sich sowieso nicht, das ganze Liebeswerben«, grummelte Mustafa vor sich hin. »Früher oder später bekommt man die Quittung. Irgendwann nörgeln sie nur noch an dir herum, giften dich an, wenn deine Socken auf dem Boden herumliegen.«

»Die EU oder die Frauen?«, versuchte es Özakın ein zweites Mal.

»Spotte nur«, maulte Mustafa. »Eigentlich glaube ich ja an die Liebe, aber ...«

»Und deswegen kannst du dich ja auch nicht binden.« Özakın packte seine Siebensachen, weil es Zeit wurde, nach Bağcılar zu fahren.

Zurück blieb Mustafa, dem jetzt gar nicht nach Arbeiten zumute war. Er fühlte sich schlapp und ausgetrocknet wie Dörrobst. Seine Zunge klebte am Gaumen, und sein Mund gierte nach Wasser, dem Quell des Lebens. Er blickte auf die Uhr. Noch zweieinhalb Stunden bis zum Sonnenuntergang, bis er endlich etwas essen und trinken durfte. Glücklicherweise hatte ihr Vorgesetzter, Herr Yılmaz, Erbarmen mit den Darbenden, und sie durften eine Stunde früher als sonst Feierabend machen.

Er schlurfte zum Schrank, fast schon wie einer, der schweres Gepäck zu tragen hatte, und holte die Akte von Serenay, die einmal ein Mann namens Murat gewesen war. Doch der war in einen falschen Körper hineingeboren worden, in dem er sich nicht wohlfühlte. Deshalb hatte er sich nach und nach in eine Frau verwandeln lassen. Diesen Körper, ein Meisterwerk geschaffen von Chirurgenhand, hatte sie den Meistbietenden angeboten. Sie war eine Edelnutte gewesen. Auf diese Art und Weise konnte sie sehr schnell viel Geld verdienen.

Mustafa ging noch einmal den gerichtsmedizinischen Befund durch. Darin waren eine Menge Schönheitsoperationen aufgelistet, darunter die Korrektur von Nase und Wangen, die Vergrößerung von Lippen und Brust, das Aufpolstern des Gesäßes und diverse Krankheiten, die bei Transvestiten immer wieder vorkamen, darunter die Erschlaffung des Gesäßmuskels, was nach Auskunft von Dr. Sabancı früher oder später dazu geführt hätte, dass Serenay Schwierigkeiten mit dem Gehen bekommen hätte. Mustafa staunte.

Als viel wichtiger aber empfand er die Notizen zu der Schnittwunde am Hals. Der Schnitt war nicht so glatt und gleichmäßig wie mit einem Messer. Warum hatte Serenay sterben müssen?, fragte er sich. Es war kein Raubmord gewesen. Aus ihrer gefüllten Geldbörse war kein Geld abhanden gekommen. Aber der Inhalt der Tasche war in ihrem Wagen verstreut gewesen.

Mustafa hoffte, dass die alte Frau, die die Tote in ihrem Wagen entdeckt hatte, ihm bei der Ergreifung des Täters behilflich sein konnte. Denn sie wusste so ziemlich alles über Serenays Lebenswandel, dank der vielen Gespräche, die die beiden miteinander geführt hatten. Auch der Tipp, sich in ihrem früheren Umfeld umzuhören, kam von ihr. Also machte sich Mustafa auf den Weg zum Tarlabaşı Bulvarı.

Der Besuch bei dem Bankkunden, einem 37-jährigen Mann mit dem Namen Gani Korutürk, war Özakın so lästig wie ein Zahnarzttermin, aber dennoch von größter Dringlichkeit, denn der Mann hatte, im Gegensatz zu vielen anderen, die sie befragt hatten, ein überaus plausibles Tatmotiv. Er war hoch verschuldet und brauchte dringend Geld, um seine Existenz, eine Imbissbude in Bağcılar, zu retten. Allein die Schulden für seine Kreditkarte beliefen sich auf 20 000 YTL. Damit er einen Teil abbezahlen konnte, hatte ihm die Bank einen Kredit über 10 000 YTL bewilligt, den er nun monatlich abstotterte. Blieben noch die restlichen 10 000, für die er jeden Monat Zinsen zu bezahlen hatte, plus die Rückzahlung für den Kredit. Eine ordentliche Summe, die für einen Menschen mit festem Gehalt kein Problem gewesen wäre, aber für einen, der ums Überleben kämpfte, war das ein bedrohlicher Schuldenberg. Außerdem hatte der Verdächtige, und das war wohl der wichtigste Anhaltspunkt, eine verblüffende Ähnlichkeit mit dem Bankräuber auf den Bildern der Überwachungskamera.

Es sieht nicht gut aus für Korutürk, dachte Özakın, der sich mühsam auf der überfüllten Stadtautobahn Richtung Bağcılar vorankämpfte und schließlich, nach einer Fahrt von fünfundvierzig Minuten, an seinem Zielort ankam. Er stellte den Wagen ab und schlenderte durch den Stadtteil, der aus vielen kleinen Vierteln bestand, die alle mehr oder weniger Dörfern entsprachen. Offiziell lebten in Bağcılar über eine halbe Million Menschen, aber es waren sicherlich noch mehr. Die meisten stammten aus dem Südosten. Viele der Bewohner hier waren nicht einmal registriert. Die Stadtplaner hatten resigniert, denn die Neubürger vom Land erfreuten sich einer gesegneten Kinderschar, fünf, sechs Kinder waren keine Seltenheit. Außerdem kamen ständig neue Einwanderer hinzu, worauf die Verwandten allerdings vorbereitet waren. Ihre Häuser hatten zwei oder vier Stockwerke, zum Teil illegal errichtet, und meist fehlte das Dach, stattdessen ragten Eisenstangen in die Luft, damit man aufstocken konnte, wenn der Rest der Familie nachkam.

Özakın sah die Imbissbude schon von Weitem. Eine ungefähr fünf Quadratmeter große Bretterbude an einer halbwegs belebten Straße, eingezwängt zwischen einem Saft- und einem Dönerladen und in einer Reihe mit weiteren konkurrierenden Imbissbuden, die alle verzweifelt versuchten, einen Teil vom Wohlstandskuchen der Großstadt abzubekommen.

Zu dieser Stunde war die Straße voller Hausfrauen, die ihre letzten Einkäufe vor dem Fastenbrechen erledigten. Viele waren in lange Mäntel gehüllt, ihre Haare waren unter bunten Kopftüchern versteckt. Die älteren hatten das Tuch straff unter dem Kinn zusammengezurrt, die jüngeren, etwas gewagter, in Form eines Turbans gebunden. Die Menschen hier waren religiös und konservativ, so wie sie es aus ihren Dörfern kannten.

Özakın näherte sich der hageren Gestalt, die hinter der Theke Brötchen aufschnitt, Saucen und das eingelegte Gemüse in tiefe Plastikteller füllte. Der Imbissbudenbesitzer wirkte wie ein Typ, mit dem man gesellige Abende mit der Großfamilie verbrachte oder in der Teestube gern mal Karten spielen würde. Doch das friedliche Tableau konnte täuschen, wie so oft. Davon wusste der Kommissar ein Lied zu singen. »Vorbereitungen für den *Iftar*?«, fragte er.

Korutürk nickte.

»Ich hatte auch noch kein Abendessen. Einmal Buletten.«

»Mit allem?«, fragte Korutürk und streifte die Hände an der Schürze ab.

»Mit allem. Nein, nur mit Gurken und Tomaten. Keine Paprika«, betonte er, weil er erst neulich gelesen hatte, dass Paprika hohe Konzentrationen an Pestiziden aufwies. »Und von dieser scharfen Soße da«, ergänzte er und deutete auf eine dunkelrote Masse. Dann stellte er sich vor.

Korutürk briet währenddessen unter lautem Zischen die *köfte,* nur das Flackern in seinen Augen verriet eine gewisse Unruhe in ihm.

»Wo waren Sie letzten Montag zwischen 16 und 18 Uhr, Herr Korutürk?«, fragte Özakın, während er so tat, als studiere er die Beilagen.

Diese Frage irritierte Korutürk sichtlich, er zog die Hände aus den Schürzentaschen und trommelte mit den Fingern nervös auf dem Tresen herum.

»Hier natürlich, wie immer«, beeilte er sich zu antworten. »Worum geht's eigentlich?«

»Um einen Banküberfall mit einem Toten, hier ganz in der Nähe.«

»Und jetzt verdächtigen Sie mich«, stellte Korutürk fest, um Fassung bemüht. Er klappte ein Brötchen auf, schichtete mit einer Zange Buletten, Tomaten- und Gurkenscheiben auf und gab zum Schluss noch einen Löffel scharfe Tomatensoße obendrauf.

Özakın verkniff sich erst einmal einen Hinweis auf seine Ähnlichkeit mit dem Täter. Korutürks Größe, die Kopfform und vor allem die ausgemergelte Statur passten tatsächlich zu dem Gesuchten.

»Sie sind doch Kunde in dieser Bank«, begann Özakın. »Wir haben Ihre finanzielle Situation überprüft, und da sieht es ziemlich mau aus.«

»Na und? Da überfällt man doch nicht gleich eine Bank«, erklärte Korutürk trotzig und überreichte Özakın sein Abendessen.

Inzwischen waren die Straßen wie ausgestorben, dafür hatten die Moscheen ringsherum ein festliches Kleid bekommen, an den Minaretten hingen Lichterketten, die um die Wette leuchteten. Jetzt ertönte auch der Ruf des Muezzins. Der Sprechgesang, vermischt mit Dutzenden Stimmen der anderen Moscheen, zog sich minutenlang über die Stadt, bis er langsam abebbte.

Andere saßen jetzt vor dampfenden Mahlzeiten, die sie sich über zehn Stunden lang verkneifen mussten, oder speisten zur Feier des Tages auswärts, aber wahrscheinlich aßen die wenigsten in einer Imbissbude.

Korutürk strich sich mit beiden Händen übers Gesicht und trank einen Schluck Wasser, bevor er sich seinem Fastenteller zuwandte – ein paar Tomaten, Peperoni, Buletten und Fladenbrot. Er schob sich hastig ein paar Bissen in den Mund, weil Kundschaft kam – ein armer Wicht, der schlecht roch, schlechte Zähne hatte und dicke schwarze Ränder unter den Fingernägeln. In einem Plastiksack trug er einige Habseligkeiten bei sich – leere Flaschen, die er aus den Müllcontainern gefischt hatte. Ein »Gesegnetes Ramadan« wünschte er den beiden und bestellte ebenfalls ein Bulettenbrot.

Özakın harrte aus, bis der Mann gegangen war. »Lohnt es sich überhaupt, am Ramadan offen zu haben?«, fragte er dann weiter.

»Sie sehen's ja selbst«, antwortete Korutürk und blickte sich suchend um. »Sehen Sie noch irgendwelche Kunden? Aber man soll ja die Hoffnung nie aufgeben …«

Eine kluge Entscheidung, dachte Özakın und biss in sein Brötchen. Dann holte er sein Portemonnaie aus der Gesäßtasche und bezahlte. »Stimmt es, dass Sie Ihre Niere verkaufen wollten?«

Korutürk stutzte erst, bevor er antwortete: »Leider, und auch meine Leber. Ich hab schließlich eine Familie zu ernähren«, schickte er zur Begründung hinterher.

»Das ist illegal«, bemerkte Özakın, ganz der gestrenge Gesetzeshüter, wohl wissend, dass sich sowieso keiner daran hielt.

Korutürk gab ein zynisches Lachen von sich. »Wie alles in diesem Land«, meinte er. »Aber wo bleibt die Hilfe des Staates, wenn man sie braucht? Da muss man sich schon selber zu helfen wissen.«

»Und hat es mit dem Verkauf geklappt?«

Korutürk lächelte unsicher. »Auf die Anzeige haben sich mindestens hundert Leute gemeldet. Aber ich überlege noch.«

Jetzt hat er erst einmal die 50 000 YTL vom Banküberfall. Das hilft für den Anfang, sich über Wasser zu halten, dachte Özakın, ließ sich aber nichts anmerken. »So eine Operation ist kein Pappenstiel«, meinte er nur.

»Das sagen auch meine Kinder«, bemerkte Korutürk seufzend. »Außerdem kann ich mir während des Ramadan etwas Besseres vorstellen als eine OP.« Er lächelte ironisch.

»Und weil Sie sich das mit dem Organverkauf anders überlegt haben, kamen Sie dann auf die Idee mit dem Banküberfall.«

Zu Özakıns Überraschung blieb Korutürk ganz ruhig und schüttelte nur enttäuscht den Kopf.

Özakın überlegte, was der Kerl mit dem Geld gemacht haben könnte. Hatte er es in seine Imbissbude gesteckt oder damit seine Schulden abbezahlt? Aber das ließ sich ja schnell überprüfen. »Eines würde mich auch noch interessieren, und zwar, warum

Sie die Kassiererin der Bankfiliale angegriffen haben«, fragte er dann.

»Angegriffen, ich?«, tat Korutürk überrascht. »Sie meinen das kleine Wortgefecht? Ich war sauer auf die Bank. Jahrelang ist man dort Kunde, zahlt brav seine Zinsen, und kaum ist man in einer Notlage, wird man brutal abserviert.«

»Machen wir uns nichts vor. Eins kam zum anderen, und da ist bei Ihnen die Sicherung durchgebrannt«, stellte Özakın fest. »Übrigens, besitzen Sie eine helle Hose mit ganz vielen Taschen, eine Cargo-Hose? Und ein graues Kapuzenshirt?«

»Sie verschwenden Ihre Zeit«, sagte Korutürk. »Aber mich wundert gar nichts mehr: Wenn man einmal angeschlagen ist, dann kommen die Aasgeier und fallen noch über den Rest her.«

Der drückte ganz schön auf die Tränendrüse, aber das war Özakın ja gewohnt von seinen Landsleuten. »Ich komme bestimmt noch einmal auf Sie zu«, sagte er und ging über die fast menschenleere Straße zurück zu seinem Wagen.

9 … Eine breite Prachtstraße, ein Boulevard, wie der Name versprach, war der Tarlabaşı Bulvarı beileibe nicht. Sie war das Domizil der Gestrandeten, der Loser und Außenseiter. Hier säumten heruntergekommene, abbruchreife Häuser aus der Jahrhundertwende die Straße, von der enge, düstere Gassen abzweigten und von ihnen wiederum noch dunklere Häuserschluchten. Wäscheleinen hingen von Haus zu Haus. Und obwohl die Kleidung darauf einen fast heimeligen Eindruck machte, war die Gegend nichts für wohlbehütete Familienmenschen.

Mustafa hatte seinen Wagen auf dem Parkplatz des Polizeipräsidiums stehen lassen und war den Weg hierher zu Fuß gekommen. Er sah sich aufmerksam um. Die Gegend war mit äußerster Vorsicht zu genießen, vor allem jetzt, bei Dunkelheit, wo plötzlich mysteriöse Gestalten aus ihren Löchern hervorgekrochen kamen: Bordell- und Stundenhotelbesitzer, Zuhälter, Drogendealer und grell geschminkte Männer in Frauenkleidern – Transvestiten, die als Prostituierte arbeiteten.

Mustafa wollte zuerst dem Perückenmacher von Serenay einen Besuch abstatten, weswegen er sich nun auf die Hausnummern konzentrierte, die er auf den abgenutzten Häuserfronten zu erkennen hoffte. Die Adresse hatte er von der alten Frau mit dem Hund bekommen.

Bei Enis, dem Perückenmacher, hatte Serenay immer ihre Haarteile, ob blond, brünett oder rot, ob Echt- oder Kunsthaar, bestellt. Im dritten Stock eines Gebäudes mit schummerigem Treppenhaus klopfte Mustafa an die Tür und wartete gespannt, bis die Tür aufging. Ein schmierig wirkender, übermüdeter Mann stand vor der einen Spaltbreit geöffneten Tür und fragte, was er wolle.

»Es geht um den Mord an Serenay. Die kennen Sie doch sicherlich ...«

Enis antwortete nicht.

Mustafa hielt ihm seinen Dienstausweis vor die Nase. »Ich bin von der Polizei«, bekräftigte er. »Ich würde Ihnen gerne ein paar Fragen stellen.«

»Hat Sie der Frisör von da drüben geschickt?«, platzte der Perückenmacher plötzlich los, als er das Wort »Polizei« hörte. »Der will mir wohl das Geschäft ruinieren. Außerdem war diese Serenay nur ein paarmal bei mir. Eigentlich ist sie die Kundin von Ibrahim, dem Frisör, mit dem sie sogar befreundet war. Dort ist sie immer ein und aus gegangen, nicht bei mir.«

»Hören Sie«, sagte Mustafa, »ich verstehe ja Ihr Problem. Und dass keiner etwas mit der Polizei zu tun haben will, ist mir auch klar. Aber ich ermittle in einem Mordfall, und da sind noch weitere Aussagen nötig.«

»Ich weiß nichts«, sagte Enis und versuchte ihm die Tür vor der Nase zuzuschlagen.

Mustafa aber spürte bereits seinen Jähzorn. Blitzschnell schob er seinen Fuß in die Tür, packte Enis durch den Spalt an seinem Kragen und zog ihn zu sich, während er ihm ins Ohr brüllte: »Du hast wohl nicht verstanden? Mach sofort die Tür auf, oder ich hetz dir das ganze Polizeirevier auf den Hals. Die Kollegen haben sicher eine Mordsfreude daran, dich ein bisschen in der Zelle schmoren zu lassen. Irgendeine Scheiße wirst du schon ausgefressen haben, oder wir finden etwas, was wir dir anhängen können, du elende Schmeißfliege.«

Das hatte gesessen, und tatsächlich änderte sich die Einstellung des Perückenmachers sofort, Enis winselte nur noch. Es blieb ihm nichts anderes übrig, als Mustafa in sein Perückenstudio zu bitten.

»Na also, geht doch. Warum nicht gleich so?« Mustafa und ließ sich auf das Sofa nieder, gleich zwischen dem wandhohen Spiegel, der zur Anprobe der Perücken diente, und dem Regal mit Hunderten von Haarteilen. Er griff sich eines davon, setzte es auf, aber falsch herum, und bewunderte sich im Spiegel. Mit seinen funkelnd schwarzen Augen sah er aus wie das Tier aus der Muppetshow. »Nun erzählen Sie mal«, sagte er und wartete, bis Enis auch Platz genommen hatte.

»Ich weiß nur, dass Serenay Angst hatte, umgebracht zu werden.«

»Gab es denn jemanden, der ihr nach dem Leben trachtete?«

»Einen? Viele. Die Gefahren lauern überall. Ob im Auto, im Stundenhotel, auf der Straße oder in der Wohnung. Sie müssen bedenken, die Freier sind ja keine normalen Menschen. Das sind Psychopathen, betrunken oder vollgepumpt mit Drogen. Die wissen gar nicht, was sie da tun. Nachdem der süße Rausch vorbei ist, merken sie erst, dass sie mit einem Wesen mit Brüsten und Penis im Bett waren und drehen durch. Die wüten herum, erstechen oder erschießen die Transvestiten, ohne mit der Wimper zu zucken.«

»Sie meinen, der Mörder könnte einer ihrer Freier gewesen sein, einer von diesen betrunkenen, bekifften Typen?«

»Durchaus möglich«, meinte Enis und kratzte sich nachdenklich hinter dem Ohr. »Deswegen hat sie auch immer eine Glasscherbe in der Handtasche mit sich herumgetragen, um sich zu verteidigen, falls einer der Freier ihr an die Gurgel wollte.«

»Eine Glasscherbe?« Mustafa versuchte sich an den Wortlaut des gerichtsmedizinischen Befunds zu erinnern. War da nicht von einem Schnitt am Hals der Toten die Rede gewesen, einem Schnitt, der nicht so glatt und gleichmäßig war? Hatte der Mörder ihr nicht mit einem Messer die Kehle durchgeschnitten, sondern vielleicht mit einer Glasscherbe? Angenommen, es war so gewesen, wo war dann dieses Tatwerkzeug abgeblieben?

Diese Gedanken begleiteten Mustafa noch, als er schon lange weitergezogen war. Hundert Meter entfernt, auf dem Tarlabaşı Bulvarı, hatte der Frisör Ibrahim seinen Laden. Seine Kundschaft bestand ausschließlich aus Transvestiten und Transsexuellen, sodass Mustafa hoffen konnte, auch von ihm einige wertvolle Hinweise zu bekommen.

Und schon wieder stand er in einem Loch von Treppenhaus. Es roch nach Schimmel, Urin und abgestandenen Essensausdünstungen. Weiter oben, im zweiten Stock, vermischte sich diese Mixtur mit dem Geruch von Haarspray und Zigarettenqualm.

Er klopfte, hörte tapsende Geräusche und sah ein spähendes Auge am Spion. Dann war wieder Stille. Er klopfte energischer, und es wurde ihm endlich geöffnet. Ein misstrauischer Blick, und ein Mann mit Kämmchen in der Hand stand vor ihm. »Was wollen Sie?«, herrschte der ihn an. »Wenn Sie der Perückenmacher von da drüben geschickt hat, können Sie gleich wieder gehen«, drohte er. »Er war es doch, der Sie hierhergeschickt hat, stimmst's? Mit dem bin ich fertig. Sagen Sie ihm das!«

»*Allahım*«, rief Mustafa händeringend aus. »Ihre persönliche Fehde interessiert mich einen feuchten Kehricht. Ich bin von der Istanbuler Kripo und ermittle in einem Mordfall. Kennen Sie eine Serenay?«

Ibrahim seufzte genervt. »Na, kommen Sie schon rein.«

Mustafa trat ein und stand plötzlich inmitten einer Gruppe von paffenden Transvestiten, einer aufgedonnerter als der andere. Er drückte sich an einem von ihnen vorbei – eine Kreuzung zwischen Lady Di und Claudia Schiffer – und ließ sich auf einem verrosteten Stuhl in einer Ecke des Frisörladens nieder, während ihn die Halb-Frauen misstrauisch beäugten und nervös an ihren Zigaretten zogen.

»Ist schon in Ordnung«, beruhigte Ibrahim seine Kundinnen, »er ist von der Kriminalpolizei, nicht vom hiesigen Revier.«

Mustafa zeigte ihnen seinen Dienstausweis und sagte: »Um die Ermittlungen voranzutreiben, brauchen wir im Mordfall Serenay noch weitere Hinweise. Vielleicht können Sie uns ja behilflich sein.«

»Die Sache mit Serenay hat uns alle geschockt«, begann die blondeste von allen – die Kreuzung aus Lady Di and Claudia Schiffer, »da wurde uns wieder bewusst, dass wir ständig am Abgrund leben.«

Die anderen nickten betroffen.

»Sie war meine beste Kundin, meine Königin«, schwärmte nun Ibrahim. Er ging in das Nebenzimmer und kam strahlend mit einem Foto in der Hand zurück. »Hier, wie finden Sie diese Haarkreation an ihr? Audrey-Hepburn-Look. Das stand ihr ganz besonders gut. Und die lange Zigarettenspitze in ihrer Hand? Ist sie nicht göttlich? Ich meine, war sie nicht göttlich?«

Mustafa warf einen Blick auf das Foto und gab ihm recht. »Wie war denn die familiäre Situation von Serenay? Stimmt es, dass aus ihrer Familie nur noch die Mutter lebt?«

»Das ist wohl wahr. Jetzt hat die Mutter niemanden mehr, der ihr Geld schickt. Serenay hat ihr doch jeden Monat 200 Euro überwiesen. Jetzt muss sie wahrscheinlich betteln gehen.«

»Und gab es Probleme mit der Mutter wegen ihrer Veranlagung?«

»Nee, die hatte sich inzwischen damit abgefunden, dass sie nunmehr keinen Sohn mehr hatte, sondern eine Tochter«, erzählte Ibrahim, während er bestätigende Blicke von seinen Kundinnen erntete.

»Eigentlich hieß sie doch Murat«, meinte Mustafa. »Und aufgewachsen ist er in Rize.«

»Ja, und dort in der Provinz hat er wohl schon als Dreizehnjähriger gemerkt, dass er irgendwie anders war als die anderen Jungs. Er hat doch tatsächlich mit Puppen gespielt, ist in die Kleider seiner Mutter geschlüpft und hat sich im Spiegel bewundert. Die Mutter hat ihm erst einmal gründlich den Hintern versohlt, doch das änderte nichts daran. Denn bald wurde klar, dass das kein einmaliger Ausrutscher war. Der Junge fühlte sich unwohl in seiner Haut, wollte eine Frau sein. Vor vier Jahren ist er nach Istanbul geflüchtet, weil es ihm in Rize zu eng geworden ist. Zuerst wollte er sich einen ganz normalen Job suchen. Das war wohl aber eine Illusion, denn wer stellt schon einen Mann in Frauenkleidern ein? Also ist Serenay auf den Strich gegangen.«

Während Mustafa interessiert zuhörte und überlegte, wie er das Gesagte einordnen könnte, meinte eine der Kundinnen mit schwarzer Langhaarperücke und grell geschminkten Augen: »Was sollen wir denn sonst tun, als auf den Strich gehen? Ich hatte auch mal einen anderen Job, hab in einem Reisebüro gearbeitet. Nach drei Wochen wurde mir mit fadenscheinigen Argumenten gekündigt. Mein Geld ist mir auch nicht ausgezahlt worden. Ich jedenfalls kenn hier niemanden, der einer normalen Arbeit nachgeht.«

»Mal ehrlich«, warf eine andere mit knallengen Jeans und bauchfreiem Top nun ein, »der sogenannte normale Job würde uns kaum ernähren. Wir unterstützen doch alle irgendjemanden, sei es den Freund, die Eltern oder die Verwandten.«

»Bei Emel würde das Monatsgehalt nur für die Spesen reichen«, bemerkte eine, die mit Lockenwicklern im Haar vor dem Spiegel saß, während sie kess mit ihren künstlichen Wimpern klimperte. Sie bog sich vor Lachen. »Stellen Sie sich vor, *komiser bey*, sie hat das neue Parfum von Jean Paul Gaultier gekauft. 70 Euro auf einen Schlag. Welche Bürokraft in der Türkei kann sich schon so etwas Teures leisten?«

»Riecht aber trotzdem irgendwie nach Aftershave, meine Liebe. Die Phase hab ich längst hinter mir. Ich mag lieber den lieblich-süßen Duft von *Darling*«, meldete sich die mit der Langhaarperücke, während sie emsig ihre SMS kontrollierte.

»Von Kylie Minogue? Darin könnte ich baden.«

»Wie läuft denn das Geschäft so?«, fragte nun Mustafa, der hier keine Wurzeln schlagen wollte. Auch wenn die Gespräche höchst amüsant waren, fühlte er sich ein wenig unwohl inmitten von diesen operierten Männern, die ihm sogar affektierter erschienen als jede andere Frau, die er bisher kennengelernt hatte.

»Kunden haben wir ja genug«, sagte die eine, die Britney Spears in ihrer besten Phase verblüffend ähnlich sah. »Wenn uns nur die Sittenpolizei in Ruhe arbeiten lassen würde. Wir wissen aber rechtzeitig Bescheid und bleiben hier bei Ibrahim«, kicherte sie.

»Die Sitte macht immer wieder mal Razzien, zur Abschreckung«, ergänzte der Frisör.

Und der Britney-Verschnitt bemerkte verächtlich: »Verstoß gegen die allgemeine Moral, angeblich.«

»Die Jungs von der Sitte sind aber auch nicht alle schlecht«, überlegte Ibrahim.

»Klar, wenn du ihnen ein paar Scheinchen in die Hand drückst, dann lassen sie dich schon in Ruhe«, sagte die mit der Langhaarperücke und rückte ihren Push-up zurecht. »Verstoß gegen die allgemeine Moral, dass ich nicht lache! Weiß du was, mein Süßer«, sprach sie Mustafa an, »die Leute hier sind so was von verlogen. Die reden ständig von Anstand und Moral, von Ehre und von religiösen Werten. Die Familie, die Jungfräulichkeit werden hochgehalten und was sonst noch alles. Da sage ich doch *fuck you*. Wenn das so ist, warum kommen die Männer dann zu uns? Danach spucken sie uns an, die Gottlosen. Wahrscheinlich hassen sie sich selbst für ihre Neigung und glauben ihre Ehre zu retten, wenn sie uns erniedrigen.«

»Genau«, riefen sie jetzt alle durcheinander, und trotzdem führte wohl kein Weg daran vorbei, dass sie sich für ihre Freier hübsch machten und sich frisierten, um sich dann auf ihre Liebestour zu begeben, sei es unten auf dem Tarlabaşı Bulvarı, im Auto oder im Stundenhotel.

Die Gespräche zogen sich hin, und nach einer Viertelstunde waren die Transvestiten wie aufgescheuchte Hühner. Wie es aussah, war jetzt Schichtbeginn. Gackernd stolzierten sie in Richtung Ausgang, ausgehfertig und in Parfümwolken gehüllt.

Auch Mustafa erhob sich, verabschiedete sich von Ibrahim und folgte den auf großen Sohlen tippelnden Schritten der Transvestiten auf die Straße. Die Gruppe verweilte vor dem Gebäude, und Mustafa fragte die Transvestiten weiter aus. Wer Interesse an Serenays Tod gehabt haben könnte oder ob sie Neider oder Feinde hatte? Ab und zu hielt ein Wagen vor ihnen. Einer von den Transvestiten ging hin, kam zurück.

Und Mustafa fragte: »Nicht einig geworden?«

Er zuckte die Achseln. »Wir wär's mit dir?«

»Danke, ich bin glücklich verheiratet«, log er und starrte apathisch auf den Boden und sah Stilettos in Größe 44. Er hob den Kopf und blickte zwanzig Zentimeter über sich in ein stark geschminktes Gesicht mit vereinzelten Bartstoppeln.

»Das behaupten sie alle, die Männer«, bemerkte sein Gegenüber mit tiefer Stimme, während nun alle gemeinsam ein paar Schritte liefen, bevor sie in einer dunklen Gasse vor einem Etablissement eine Pause einlegten.

Mit einem Male erschien eine Gruppe von vier, fünf jungen Männern vor ihnen, die sie unter Beschimpfungen umzingelten. »Na, ihr warmen Brüder, ihr Hinterlader«, pöbelten sie herum.

Mustafa war so überrumpelt, dass er es erst gar nicht fassen konnte, was passiert war. Und auch die angetrunkenen jugendlichen Angreifer hatten ihn nicht so recht wahrgenommen.

»Wenn wir an der Macht sind, dann Gnade euch Gott. Dann gibt's euch nicht mehr«, brüllte der Anführer der Gruppe, der eine Halskette der Ultra-Rechten trug – einen heulenden Wolf auf einem Felsen mit drei umgedrehten Halbmonden. Und andere drohende Stimmen wiederholten: »Ja, dann gibt's euch nicht mehr. Dann wird unser Istanbul endlich sauber. Die Moral wird siegen.«

»Was soll das?«, schrie einer der Transvestiten.

Seine Stimme ging aber im Tumult unter. Die Männer warfen sich auf ihn, hysterisch, die Hände zu Fäusten geballt. »Es lebe das Türkentum, es lebe die Moral«, skandierten sie aggressiv und Angst einflößend. Stimmen des Ekels wurden laut. »Ihr seid Dreck, angemalte, operierte Männer mit Brüsten, abartig und verachtenswert!« Die wild gewordenen Bestien spuckten vor ihnen aus und schlugen mit Fäusten, Schlagringen und Stöcken auf sie ein. Ein Transvestit strauchelte auf seinen hochhackigen Schuhen. Einem anderen rissen sie, angetrieben vom Hass auf alles Andersartige, die Perücke und die Kleider vom Leib.

Mustafa warf sich dazwischen. Doch bevor sich die Wut der Angreifer auch gegen ihn richten konnte, hörte er den Schlachtruf der Transvestiten: »Los, Mädels, haut den Faschos die Rübe ein!« Und plötzlich hatten seine Begleiter die Stilettos in der Hand und schlugen mit den hohen Absätzen, die so spitz waren wie Speere, auf die Köpfe der Angreifer ein.

»Ihr habt euch die Falschen ausgesucht, ihr Hurensöhne. Wir mögen Frauen sein, aber die Kraft von Männern besitzen wir immer noch«, schrie die Gruppe aufgebracht.

Vom Krach alarmiert, wurden nun die Fenster des Stundenhotels über ihnen aufgerissen. Und bald darauf flogen Wurfgeschosse aus den Fenstern: Stühle, Schubladen oder Aschenbecher, die ihr Ziel nicht verfehlten.

Inzwischen hatte es Mustafa geschafft, seines Handys habhaft zu werden, und konnte endlich polizeiliche Verstärkung rufen. Bald darauf hörte man die quietschenden Reifen von drei Einsatzwagen in der Gasse, Trillerpfeifen und hektische Schritte auf dem Pflaster.

10 …

Arslan hatte es sich vor der Bar gemütlich gemacht, in einer engen Gasse mit Tischen und Stühlen, und wartete auf Ariane. Hier im Asmalımescit-Viertel hatten sie sich zum ersten Mal getroffen: eine verzweifelte Mutter, die einen rettenden Strohhalm zum Festhalten suchte, und ein Berufsneuling, der außer einem Packen frisch gedruckter Visitenkarten und einer großen Portion Mut nichts besaß, um den Job eines Detektivs auszuüben.

Der Kellner kam, und er gab seine Bestellung auf. Dann hing er wieder seinen Gedanken nach. Sein erster Fall setzte ihm mächtig zu. Er war Polizist gewesen, aber sein früherer Job war mit dem jetzigen nicht zu vergleichen. Denn als Privatdetektiv musste man noch eine Spur gerissener sein, seine Ohren und Augen überall haben, illegale Wege beschreiten, schneller sein als die Polizei, die manchmal jahrelang erfolglos einem Fall hinterherjagte, bis die Presse das Interesse verloren hatte, die Angehörigen sich ihrem Schicksal gebeugt und die Geschädigten sich damit abgefunden hatten.

Er griff in die Tasche und zog das Foto, das ihm Ariane Albayrak mitgegeben hatte, heraus und betrachtete das Paar von Vater und Sohn, vom Entführer und seinem Sohn. Er studierte die beiden lang und ausgiebig und prägte sich ihre Besonderheiten ein: die schlaksige Figur von Deniz, seine großen blauen Augen mit den langen Wimpern, seine kleine, wohlgeformte Nase oder die buschigen Augenbrauen und dichten, pechschwarzen Haare des Vaters, die ihm wie ein Pelz auf dem Kopf klebten.

Noch hatte Arslan keine Idee, wo er sie suchen sollte. Und angenommen, er hatte den Jungen ausfindig gemacht, wie konnte er ihn aus den Klauen des Vaters befreien, ihn aus dem Land schaffen?

Ariane Albayrak und er kannten sich erst seit einer Woche. Seitdem war zwischen ihnen eine vertraute Nähe entstanden. Das war ganz normal, wenn man so eng zusammenarbeitete. Doch da war noch etwas anderes: Wenn er an sie dachte, dann überkam ihn ein wohliges Gefühl der Sehnsucht, dann hatte er ihre schönen, traurig-sentimentalen Augen vor sich.

Er hatte sich noch gewundert, dass sie sich einen Privatdetektiv leisten konnte. Erfuhr dann, dass sie einen Kredit aufgenommen hatte. Ein Vermögen hatte sie ausgegeben für Flüge, Hotels und Anwälte, auf der Suche nach ihrem Sohn. Die Anzahlung für ihn war auch ein Riesenbatzen gewesen. Den Rest sollte er später bekommen, wenn der Auftrag erledigt war.

So viel zum Geschäftlichen. Doch wenn er in sich hineinhorchte, dann spürte er auch ein diffuses Gefühl von Verantwortung für sie. Er fühlte ihre Verzweiflung, ihre Einsamkeit.

Er selbst hatte eine schöne Kindheit gehabt, mit Vater, Mutter und Geschwistern. Auch seine Mutter hätte um ihn gekämpft, nicht lockergelassen, bis sie ihn gefunden hatte.

Er dachte an den Entführer des Jungen. Ein harter Knochen, dieser Deha Albayrak. Dass er sich so lange jedem Zugriff entziehen konnte! Es war nicht auszuschließen, dass der Gesuchte sich inzwischen vor jeglicher Verfolgung sicher fühlte und Fehler beging. Das kannte Arslan aus seiner Zeit als Polizist. So etwas war menschlich und rein psychologisch allzu üblich.

Wie es bislang aussah, waren Vater und Sohn legal und unter ihrem richtigen Namen in die Türkei eingereist – so viel hatte er immerhin über seine angezapften Quellen herausfinden können. Sie waren aber unter keinem festen Wohnsitz registriert. Das war nicht unüblich in der Türkei, wo man dem Nomadentum einiges abgewinnen konnte. Hier zog man von Ort zu Ort, auf der Suche nach Arbeit und Brot. Wer konnte schon wissen, wohin es einen letztendlich verschlagen würde?

Von Ariane wusste er, dass die Familie ihres Exmannes ursprünglich aus der Gegend um Diyarbakır stammte. Das dortige Personenregisteramt zu kontaktieren – mit einem Vorwand natürlich – oder das Personenregister der Türkei von seinen Kontaktleuten inspizieren zu lassen, das war wenig sinnvoll, weil dort nur Name, Geburtsdatum und Geburtsort des Gesuchten und aller Familienmitglieder erfasst waren, aber nicht der genaue Wohnort.

Nach Auskunft von Ariane war Albayraks Familie im Zuge der Landflucht nach Istanbul übergesiedelt, wo sie sich mit Gelegenheitsjobs über Wasser halten konnte. Angenommen das stimmte, dann müsste Albayrak, der türkischen Angewohnheit folgend, bei seiner Familie untergeschlüpft sein, wie ein Küken unter das warme Gefieder der Mutterhenne, was völlig logisch war, denn in der Türkei galt die Familie fast immer als Fixpunkt in einer sonst so unwirtlichen Welt. Ein Einzelner, der auf sich alleine gestellt war, war da gänzlich verloren. Aber wo genau war dieser Fixpunkt?

Die türkische Regierung war dabei, ein Einwohnermeldesystem nach deutschem Vorbild aufzubauen. Danach war jeder türkische Staatsbürger innerhalb von zwanzig Tagen verpflichtet, den Ämtern seine neue Umzugsadresse mitzuteilen. Tat er das nicht, gab's eine saftige Strafe von 250 YTL. Teurer wurde der Spaß, wenn man falsche Angaben machte. So weit das geplante Gesetz. Seit wann scherten sich aber die Bürger um Verordnungen und Gesetze? Und wenn man dann noch ein Kind entführt hat, erst recht nicht! Unter diesen Umständen war es doppelt schwer, die Adresse der beiden ausfindig zu machen.

Vielleicht hat Albayrak sich und seinem Sohn sogar eine neue Identität verschafft. Dann wäre es allerdings so, als suche man ein Sandkorn in den Weiten des Ozeans.

Daran wollte Arslan erst gar nicht denken. Es blieb ihm wenigstens die Hoffnung, dass er Albayrak über sein Handy finden könne. Seine alte Handynummer galt aber nicht mehr. Klar, dass sich Albayrak zuallererst in der Türkei ein neues Handy samt neuer Sim-Karte besorgt hatte. Dieser Spur ging Arslan nach und klapperte all seine Verbindungsleute bei den Mobilfunkbetreibern ab, um an Albayraks neue Handynummer zu kommen. Es waren Kontakte aus früheren Zeiten, die er sich bis jetzt warm gehalten hatte, obwohl er längst kein Polizist mehr war. Eine Hand wusch die andere. Nirgendwo galt dies mehr als in einer Stadt wie Istanbul. Wenn man nicht mit Sack und Pack untergehen wollte, brauchte man Verbindungen, illegale Verbindungen. Das war schon damals so gewesen, als er noch bei der Polizei war.

Doch soviel er auch recherchierte, unter Albayraks richtigem Namen gab es keine Registrierung, weder bei Vodafone noch bei Türkcell oder Avea, wie er enttäuscht feststellen musste. Selbst im Internet, wo man hin und wieder auf interessante Hinweise stieß – nichts als Fehlanzeige. Deha Albayrak existierte im bürokratischen Sinne nicht.

Aber er könnte vielleicht Deniz aufspüren. Eine angespannte Unruhe machte sich plötzlich in ihm bemerkbar, gerade so, als sei er einem großen Geheimnis auf der Spur. Deniz war zehn, und sein Vater müsste ihn irgendwo eingeschult haben. Ja, das war die einzige Möglichkeit! Arslan kannte jemanden, der in Ankara im Ministerium für Erziehung und Bildung arbeitete. Genauer gesagt, kannte er eine Sachbearbeiterin aus der Abteilung Schulwesen, die über den Zentralcomputer Zugang zu allen wichtigen Daten hatte. Vielleicht konnte sie ihm ja sagen, auf welche Schule Deniz inzwischen ging.

Viel Neues konnte er Ariane Albayrak also noch nicht erzählen. Aber er arbeitete emsig an seinem ersten Fall, und er nahm sich vor, Zuversicht auszustrahlen.

11 … Özakın kannte zwar nicht alle Küchen der Welt, aber die türkische erschien ihm doch als eine der raffiniertesten. Schon weil sie sehr abwechslungsreich war. Und auch die Zahl der Speisen übertraf alle Erwartungen. Er hatte nachgeforscht und an die zweitausend gezählt. Die Türkei war ein Schmelztiegel vieler Kulturen, die alle ihre Bräuche und Essgewohnheiten eingebracht hatten. Außerdem bot die geografische Lage der Türkei eine hervorragende Voraussetzung für diesen gastronomischen Reichtum.

Özakın wusste, wovon er redete. Als junger Kommissarassistent war er von Region zu Region versetzt worden, manchmal alle zwei bis drei Jahre, und jede Gegend hatte ihren unverwechselbaren Charme. Neben der Jagd nach Verbrechern hatte er auch die Möglichkeit gehabt, die dortige landestypische Küche zu erforschen.

Die thrakische Ebene des europäischen Zipfels war von endlosen Zuckerrüben- und Sonnenblumenfeldern überzogen. In der Ägäis-Region prägten Olivenbäume und Weinreben das Bild. Am Küstensaum des Mittelmeers reihten sich Gemüse- und Obstplantagen aneinander. Das milde, feuchte Klima und der fruchtbare Boden am Schwarzen Meer eigneten sich ideal für Tee und Haselnüsse, die Hochebenen Mittelanatoliens für den Weizenanbau. Die Täler um Euphrat und Tigris waren die Heimat von Getreide, Wein, Oliven, Melonen und Pistazien.

An aufwendigen und zeitraubenden Gerichten herrschte in der Türkei kein Mangel. Und auch wenn die Familie Özakın nicht fastete, stellten diese Tage für sie Höhepunkte kulinarischen Genusses dar. Denn eines war klar: Das Essen war nicht nur dazu da, den Hunger zu stillen. Gewürze und Kräuter riechen, raffinierte Rezepte nachkochen und die Speisen mit dem Gaumen ertasten – das war für Özakın ein Erlebnis höchster Sinnesfreuden.

Er begann mit der kalten Vorspeise und putzte vier Stangen Porree und ein paar Möhren, die er in vier Zentimeter dicke Scheiben schnitt. Dann würfelte er eine Zwiebel klein und dünstete sie in viel Olivenöl glasig – er nahm immer zwei Mokkatassen. Dann gab er die Mohrrüben und eine Mokkatasse Reis dazu und ließ beides mitdünsten, bis schließlich der Porree, ein Teelöffel Zucker, Salz und zwei Mokkatassen heißes Wasser hinzukamen. Alles wurde umgerührt und zuerst bei starker Hitze, dann bei niedriger Hitze im geschlossenen Topf gar gekocht. Er nahm das Gericht vom Herd, beträufelte es mit Zitronensaft und stellte es kalt. Mit den Auberginen und Zucchini, die er schon am Vortag gebraten hatte, und der Knoblauch-Joghurt-

Sauce, hatten sie ein wunderbares Entree. Die Hauptspeise würde er ganz zum Schluss angehen. Jetzt waren erst einmal die Speisen an der Reihe, die abkühlen mussten.

Özakın ließ einen Liter Milch, zweihundert Gramm Zucker und einen Teelöffel Salz aufkochen, verrührte drei Esslöffel Reismehl, einen Esslöffel Stärke in anderthalb Mokkatassen lauwarmem Wasser in einem Schälchen und gab das Ganze unter schnellem Rühren langsam in die Milch. In diese dickflüssige Mischung kamen nun hundertfünfzig Gramm geriebene Pistazien. Und fertig war der Reispudding mit Pistazien. Er musste nur noch abkühlen.

Normalerweise waren es ja die Frauen, die den ganzen Tag über diese Köstlichkeiten zubereiteten. Sevim aber, seine Frau, überließ Özakın das Kochen. Das war wohl auch besser so. Zum Glück hatte sie wenigstens eingekauft, dachte er, als er die Stimme seiner Frau hörte.

»Ist jemand zu Hause?«

»Wenn man vom Teufel spricht«, murmelte Özakın. Beim Kochen war er der Typ pedantischer Eigenbrödler und konnte keine Störung gebrauchen. »Hier bin ich, in der Küche«, machte er auf sich aufmerksam. Wo sonst?

Sie warf ihre Handtasche auf den Sessel am Eingang, zog ihre Straßenschuhe aus und marschierte in die Küche. »Hier, die Petersilie. Die fehlt noch. Du glaubst ja nicht, wie eingebildet manche Leute sind«, meinte sie dann und schüttelte den Kopf. »Da kam doch vorhin eine Frau mit piekfeinem Kostüm, Perlenkettchen und Versace-Täschchen zum Gemüsehändler. Die Haare natürlich gefärbt, hochtoupiert und mit viel Spray fixiert. Der ganze Laden hat nach Chanel No. 5 gerochen. Wir sind alle in der Schlange gestanden. Ich mit meiner Petersilie in der Hand, wollte schnell zahlen, da herrscht sie mich an, was mir einfiele, mich vorzudrängeln, sie habe nicht so viel Zeit wie andere. Außerdem sei sie längst dran, aber wenn der Gemüsehändler sie nicht bedienen wolle, könne sie auch woanders einkaufen gehen. Das müsse sie sich nicht antun. Eigentlich habe sie ja einen Dienstboten, der die Einkäufe für sie erledige, aber der sei jetzt in seiner Heimat in Ostanatolien. Ob man denn nicht wüsste, wer sie sei. Als der Mann mit der Schulter zuckte und peinlich berührt lächelte, hat sie sich ganz und gar provoziert gefühlt und meinte wütend, sie würde den ganzen Laden hier aufkaufen. Ach was, die ganze Straße, nein, ihn, den Gemüsehändler, und seine Familie. Dann hat sie sich auf dem Absatz umgedreht und ist verschwunden. Kannst du dir vorstellen, wie wir alle vor Lachen gebrüllt haben, als sie den Laden verlassen hat?«, erzählte sie.

»Es lebe die Klassengesellschaft«, meinte Özakın. »Die eine prasst nur so mit Geld um sich, geht mit der Versace-Tasche zum Gemüsehändler, und der andere preist aus Geldmangel seine eigene Niere und Leber an.«

»Wer denn?«, fragte Sevim und strich sich eine braune Haarsträhne aus dem Gesicht, das für eine Frau um die vierzig noch glatt und jugendlich aussah.

»Ein Imbissbudenbesitzer. Das Wasser steht ihm bis zum Hals. Zuerst hat er inseriert, um seine Organe zu verkaufen, dann hat er es sich anders überlegt und wahrscheinlich eine Bank überfallen.«

»Oje, da siehst du mal, was für Probleme andere haben. Mit einer Niere lässt es sich weiterleben, aber wie ist es mit der Leber?«

»Soviel ich weiß, ist es nur ein Teil, der transplantiert wird, der Rest wächst nach.«

»Hat er Familie?«

Özakın nickte. »Nur kein Mitleid«, meinte er dann, als er die traurigen braunen Augen seiner Frau sah. »Der Typ hat wahrscheinlich einen Menschen auf dem Gewissen.«

»Ist das schon bewiesen?«

Özakın machte eine unschlüssige Geste. »Sagen wir mal, es gibt Anhaltspunkte.« Er warf einen Blick in den Kühlschrank und holte die Zutaten für sein Huhn im Tontopf aus Schränken und Schubladen. »Korutürk bestreitet die Tat. Angeblich war er zur Tatzeit in seiner Imbissbude, aber sein Nachbar, fünfzig Meter weiter, der ebenfalls Buletten mit scharfer Soße im Brot verkauft, hat ausgeplaudert, dass er seinen Laden geschlossen hatte. Bin gespannt, wie sich der Kerl da herauswindet«, bemerkte Özakın, während er das Hähnchen in mehrere kleine Portionen zerschnitt.

»Sein Alibi wird durch die Aussage eines Nachbarn widerlegt? Ich sag es ja, den Nachbarn kannst du einfach nicht trauen.« Sevim ging ins Wohnzimmer, wo sie an der Fernbedienung herumfummelte, bis sie das geeignete Programm als Geräuschkulisse gefunden hatte – eine Musikgruppe, bestehend aus älteren Männern und einer blond gefärbten Frau, die klassische türkische Musik sang.

»Übrigens«, sagte sie etwas zögerlich, als sie wieder vor ihrem Mann stand, »wir haben Post vom Vermieter.«

Özakın hielt kurz inne hielt und blähte wütend die Backen auf, als wüsste er schon, was da kommen würde.

»Ich hab dir schon immer gesagt, lass uns eine Wohnung kaufen, damit es endlich aufhört mit diesen ständigen Mieterhöhungen.«

»Und mit welchem Geld, bitte schön?«, reagierte Özakın sauer. »Ja, in den Trabantensiedlungen rings um die Stadt, vielleicht. Das könnten wir gerade noch bezahlen.« Er lachte zynisch. »Eingepfercht mit tausend anderen. Nicht mit mir!«, empörte er sich.

»Ich hätte auch lieber 'ne Wohnung direkt am Bosporus, aber wenn du nicht genug verdienst …«

Jetzt war Özakın nicht mehr zu halten. Er schlug mit der geballten Hand auf die Anrichte, sodass Salz- und Pfefferstreuer auf den Boden purzelten. Die Äußerung seiner Frau war wie ein Schlag ins Gesicht, dabei hatte er einen Knochenjob, und kochen konnte er auch noch, wenn er aus dem Büro zurückkam. Er war maßlos enttäuscht und hatte schon gar kein Ohr mehr für Sevims überschwängliche Entschuldigungen. »Dann such dir doch einen Reicheren«, sagte er beleidigt und floh auf den Balkon, um sich eine Zigarette anzuzünden.

»Ich hab es doch nicht so gemeint«, rief Sevim und lief ihm hinterher, um die Wogen zu glätten. Sie umarmte ihn von hinten mit beiden Armen und wollte ihm einen Kuss geben, doch er entzog sich ihren Liebkosungen und wandte sich murrend ab.

»Nicht böse sein«, bettelte sie jetzt. »Ich weiß doch, wie schwer du arbeitest. Du bist doch nicht schuld daran, dass wir immer noch zur Miete wohnen, sondern diejenigen, die deine Arbeit nicht angemessen bezahlen. Mir als Lehrerin geht es doch genauso«, sagte sie. Mit ihrem kärglichen Einkommen von jeweils umgerechnet 500 € im Monat konnten sie keine großen Sprünge machen. Ein armseliges Gespann waren sie, zwei Beamte – eine Lehrerin und ein Polizist – mit den stressigsten und unterbezahltesten Berufen in der Türkei.

Özakın winkte ab. »Ist schon in Ordnung. Wie viel ist es denn?«

»50 Yetele.«

Das entsprach genau der Inflationszulage, die der Vermieter an den Mieter weiterreichen durfte. »Also demnächst 550 Miete im Monat«, stellte er fest und presste die Lippen zusammen.

»Dieser geldgierige Ausbeuter«, schimpfte Sevim. »Da studierst du jahrelang und musst dich auch von solchen Neureichen schikanieren lassen. Von wegen Mittelschicht. Wir haben genug, um nicht zu verhungern, haben ein kleines Auto und ein Dach über dem Kopf, das ist es aber auch schon. Urlaubsreisen oder Eigentum kannst du vergessen. Geerbt haben wir auch nichts.« Ihre Eltern waren vor einiger Zeit verstorben, hatten ihr aber nichts hinterlassen. Ganz zu schweigen von Özakıns Eltern, denen er manchmal sogar etwas zustecken musste, wenn es um den Kauf von teuren Medikamenten ging.

»Bleibt nur noch die Lotterie«, sagte Sevim. »Ich warte ja immer noch auf den ganz großen Coup. Dann geht's aber erst mal auf die Bahamas.«

Özakın lachte und hoffte das Beste. »Wir werden schon eine Lösung finden«, meinte er dann. Wie viele seiner Landsleute wollte er mit der Problemlösung erst dann beginnen, wenn es wirklich keinen Ausweg mehr gab. Sprich: der Vermieter mit Anwalt oder Zwangsräumung drohte.

Kommt Zeit, kommt Rat, dachte er und ging zurück in die Küche, um sich den sinnlichen Genüssen des Lebens zu widmen.

Er briet vier Hähnchenteile in Öl an, würzte sie mit Salz und Pfeffer und legte sie in einen Tontopf. Jetzt war das Gemüse an der Reihe, so schnitt er jeweils zwei Karotten, Kartoffeln, Fleischtomaten, eine Stange Sellerie und hundert Gramm Sellerieknolle klein und ließ das Gemüse mit sechs Schalotten im restlichen Bratenfett anschmoren. Das Ganze kam zu den Hähnchenteilen in den Tontopf und wurde übergossen mit einer Mischung aus zwei Esslöffeln Tomatenmark in einem halben Liter Wasser. Mit Salz und Pfeffer wurde nachgewürzt, genauso wie mit zwei zerdrückten Knoblauchzehen. Darauf verteilte er Rosmarin- und Thymianzweige, deckte das Gericht mit Alufolie ab und schob es zum Garen für etwa eine Stunde in den vorgeheizten Ofen bei 200 Grad.

Bald darauf zogen Schwaden von pikant-herbem Aroma durch die Wohnung, während Özakın von seinem Balkon aus den Blick über die erleuchtete Bosporusbrücke schweifen ließ, auf der die Fahrzeuge wie kleine Spielzeugautos aussahen.

12... Mustafa hatte einen Anruf aus der Notfallchirurgie des Bakırköyer Krankenhauses bekommen. Die Frau, die der Bankräuber angeschossen hatte, könne demnächst als Zeugin befragt werden, frühestens aber übermorgen, so der leitende Arzt. Endlich ein kleiner Lichtblick am Ende des Tunnels. Mustafa schöpfte Hoffnung. Er blickte auf die Uhr und dann automatisch aus dem Fenster und sah, wie der Anwalt von gegenüber erneut seine Anwaltsgehilfin anbaggerte. Wie man unschwer erkennen konnte, hatte er wohl seit dem letzten Mal Fortschritte gemacht in seinem Bemühen, seine Angestellte herumzukriegen. Er wunderte sich, dass sie nichts gegen diese sexuelle Belästigung am Arbeitsplatz einzuwenden hatte. Wahrscheinlich gefällt es ihr noch, dachte er. Es war einfacher, Chinesisch zu lernen, als türkische Frauen zu verstehen. Beschwerten sich über Macho-Männer, genossen es aber, wenn sie angemacht wurden. »Hau ihm doch endlich auf die Finger«, rief er, als sein Handy klingelte.

»Nur noch ein paar Minuten. Ich bin gleich so weit«, sprach er etwas abwesend ins Telefon. »Wir treffen uns, wie verabredet, zum Fastenbrechen in

Beyoğlu, und dann machen wir die Gegend unsicher. Bis gleich.«

Seine Augen waren immer noch auf das Büro von gegenüber gerichtet, wo aber die Vorstellung längst beendet war. Die beiden hatten sich wohl in den Nebenraum verzogen. Und das auch noch an Ramadan! Dabei hatte er die Anwaltsgehilfin eher als keusch und konservativ eingeschätzt.

Wie auch immer, jetzt freute er sich, seinen früheren Kollegen wiederzutreffen. Der hatte vor einiger Zeit seinen Job hingeschmissen und war, soviel er wusste, Privatdetektiv geworden.

Der neue Szenetreff am Galataturm sah von außen eher unscheinbar aus. Er lag unterhalb der Istanbuler Touristenattraktion in einer engen Kopfsteinpflastergasse, in die sich nur selten ausländische Besucher verirrten. Für den Kenner jedoch war es klar, dass sich hinter der grauen, verschlissenen Fassade ein Kleinod verbarg. Im Parterre konnte man erkennen, dass die Handwerker gute Arbeit geleistet hatten: hohe Decken, stuckverziert, Holzparkett und Gobelins an den Wänden.

Mustafa und Arslan hatten in einem kleinen Restaurant in Beyoğlu gegessen und waren dann plaudernd und schlendernd hierhergekommen, wo Arslan seinem Exkollegen Mustafa die neueste Entdeckung im Istanbuler Nachtleben präsentieren wollte.

Mustafa wusste, nur wer Geld hatte, konnte sich

diesen erlesenen Geschmack erlauben. Das war auch der Grund, weswegen er sich meist auf der anatolischen Seite der Stadt aufhielt, da waren die Kneipen noch erschwinglich und nicht so auf Teufel komm raus aufgemotzt und gestylt, als gelte es, einen Preis der Akademie der schönen Künste für den schicksten Laden zu bekommen. Doch er hatte auch nichts dagegen, sich mal unter die jungen Bohemiens der Stadt zu mischen. Man gönnte sich ja sonst nichts.

Sie standen da, die Köpfe nach hinten gebeugt und die Augen auf die Decke gerichtet, und bewunderten die drei überdimensionalen Kristalllüster, die in Reih und Glied wie in einem Lampenladen aufgehängt waren.

»Aus der Ukraine«, sagte eine dunkle Stimme, und Arslan stürmte gleich auf einen Mann vom Typ alternativer Intellektueller mit einer Spur Exzentrik zu, um ihn zu begrüßen. Der hatte wie Arslan eine schmale Hüfthose an und trug auf der nackten Haut einen engen Pullover mit V-Ausschnitt, am Hals eine Hippie-Kette. Die Haare reichten ihm bis zu den Schultern, sahen wie bei Bülent etwas verfilzt aus. Doch das gehörte wohl zu ihrem lässigen Look und war nicht als Zeichen von Schlampigkeit zu verstehen.

»Das ist Cenk, der Besitzer«, sagte Arslan freudestrahlend zu Mustafa, der ihm die Hand zur Begrüßung reichte.

»Hier kriegst du zwar auch ordentliche Lüster, aber in der Ukraine sind sie billiger«, erklärte Cenk.

»Wir sind leider noch ein bisschen in Verzug mit den Arbeiten. In den Stockwerken eins bis drei wird noch kräftig renoviert. Dort treten bald Musikgruppen aus der Istanbuler Szene auf. In jeder Etage eine andere Musikrichtung, Jazz, Pop und Rock«, kam er ins Schwärmen. »Jetzt sind leider aber nur die Dachterrasse und der untere Bereich geöffnet. Dort wird Caféhausmusik gespielt.« Er deutete in den Verkaufsraum, wo hinter Glas reich verzierte glasierte oder kandierte Torten und Törtchen um die Gunst der Kunden wetteiferten. Sie sahen so makellos und perfekt aus, dass man meinen konnte, sie seien nicht das Werk eines Konditors aus Fleisch und Blut, sondern eher aus Plastik.

»Ich weiß nicht, ob ihr's gemerkt habt, hier soll so etwas wie ein Wiener-Kaffeehaus-Flair auferstehen. Kleine runde Tischchen, Holzstühle mit geflochtenen runden Lehnen, Sofas und Recamieres im Jugendstildesign. Dazu jede Menge Dekorationselemente aus dieser Epoche, eigenhändig ausgesucht in den Antiquitätengeschäften der Stadt«, sagte der Besitzer stolz.

Mustafa kam das ein bisschen übertrieben vor, weswegen er, um den, wie er fand, etwas angeberischen Vortrag zu beenden, fragte: »Sollen wir mal auf die Dachterrasse?«

Eine gute Wahl sei das, meinte Cenk. Dort würde ein DJ Platten auflegen. Übrigens habe man von dort die beste Aussicht auf das Goldene Horn.

»Woher hat der Typ nur die Immobilie?«, fragte

Mustafa etwas neidisch, als sie über eine Holztreppe auf die Dachterrasse stiegen.

»Geerbt«, antwortete Arslan. »Noch vor drei Jahren wusste der Kerl nichts damit anzufangen, weil alles so heruntergekommen war. Und jetzt schau dir mal das Schmuckstück an.«

»Ja, ja, so eine Immobilie, die ist Gold wert. Da hat man ausgesorgt.« Mustafa seufzte, nachdem sie sich die besten Plätze mit Blick über das in der Dunkelheit schimmernde Goldene Horn ausgesucht hatten.

Der Kellner erschien und stellte zwei kleine Schälchen mit Pistazien und Nüssen auf den Tisch, und sie bestellten Whisky.

Mustafa atmete die nächtliche Brise ein, blickte in den Schein der überdimensionalen Öllampen, die rundherum aufgestellt waren, und meinte: »So könnte es jeden Abend sein.« Er genoss die Abwechslung, die ihm sein alter Freund Bülent Arslan bereitete. Und wie es aussah, wollte er ihn sogar einladen, das hatte er jedenfalls angedeutet. Trotzdem musste er so tun, als käme das natürlich nicht infrage. Dann würde es lange hin und her gehen um die Frage, wer zahlt und wer nicht. Die Geldscheine würde man hin und her schieben und es nicht auf sich sitzen lassen, dass der andere bezahlte, nach dem Motto:

Nein, ich bezahle, nein auf keinen Fall. Okay, du das nächste Mal. Nein ich.

Das geht aber wirklich nicht. Du hast schließlich einen neuen Job, musst haushalten mit dem Geld.

Ich bin dran. Ich hab dich schließlich angerufen.

Aber ich hab mich so lange nicht bei dir gemeldet, also zur Strafe bezahle ich. Außerdem hab ich keine Familie, kann das Geld verprassen.

Aber ich doch auch nicht, und einmal kann man doch über die Stränge schlagen.

Aber ich bin der Ältere von uns beiden.

Das stimmt, aber schon deswegen sollte der Jüngere dem Älteren gegenüber galant sein.

Puh, es war schon anstrengend in der Türkei, bis man endlich sein Geld loswurde.

»Apropos Geld«, fing nun Mustafa an. »Wie läuft es denn mit deinem neuen Job? Ich hoffe, du hast es nicht bereut, bei der Polizei aufgehört zu haben. Ich meine, es war sehr klug von dir, sonst hätte man dich wie einen räudigen Hund davongejagt. Im besten Fall wärst du in die hinterste Provinz versetzt worden oder würdest irgendwo Knöllchen schreiben.«

»Und alles, weil ich angeblich die Hand aufgehalten haben soll«, mokierte sich Arslan.

»Ich weiß«, sagte Mustafa. Es klang fast wie Verständnis, obwohl er es doch etwas anders sah. Auch er war ein paarmal in dieser brenzligen Situation gewesen, wo er hätte schnell ein Paar Scheinchen einstecken können, aber er hatte der Versuchung zähneknirschend widerstanden. Na ja, das lag wohl an Özakın, dessen guter Einfluss sich auch bei ihm so langsam bemerkbar gemacht hatte. »Und der neue Job?«, fragte Mustafa erneut.

»Prima«, antwortete Arslan, während er Erdnüsse schälte und sie mit vollem Schwung in seinen Mund warf. »Hab schon die erste Klientin.«

»Sagtest du Klientin? Irgendeine reiche Zicke, deren untreuen Ehemann du beschatten sollst?«

»Ja, ja, der Klassiker.« Arslan nickte vielsagend.

»Jedenfalls scheint die Dame ordentlich zu bezahlen, sonst würdest du ja kaum in solchen überteuerten Bars verkehren«, sagte Mustafa und genoss den eisgekühlten Whisky an seinem Gaumen.

»Hab einen Vorschuss bekommen. Der Rest wird gezahlt, wenn ich den Fall zur Zufriedenheit der Klientin erledigt habe«, meinte Arslan zuversichtlich.

Mustafa spitzte die Ohren und pfiff, weil die Melodie seines Lieblingslieds durch die Lautsprecher drang. »Übrigens, fährst du immer noch diese alte Karre?«, wechselte Mustafa das Thema.

»Du meinst den …?

Mustafa konnte sich gut vorstellen, warum Arslan es nicht wagte, den Namen seines Wagens auszusprechen. Er schämte sich wohl für den Schrotthaufen namens Auto.

Arslan nickte. »Aber nicht mehr lange. Ich denk über eine Neuanschaffung nach. Der neue Ford X-Max würde mich schon sehr reizen.« Seine Augen glänzten, und er geriet vollends ins Schwärmen. »In anthrazit mit Haldex-Allradantrieb.«

»Ich weiß, vom Land Rover Freelander.«

»Angetrieben von Vier- und Fünfzylindern bis 2,5 Liter Hubraum.«

»Immerhin ganze vier Meter vierzig lang.«

»Ich find aber den Seat Altea Freetrack noch besser.«

»Allradler mit der Karosserie des Altea XL.«

»Und 17-Zoll-Rädern und 40 Millimeter mehr Bodenfreiheit.«

»Als 2.0 TDI mit 170 PS oder als 2.0 TFSI mit 200 PS?«

»Das ist mir völlig egal. Hauptsache sportlich-kompakt.«

»Das kann man wohl sagen. Der ist eng verwandt mit dem VW Tiguan.«

»Beide sind ja keine Sparkünstler, dafür mit starkem Motor.«

»Und das Multimediasystem im Fond ist auch noch serienmäßig.«

So ging es hin und her, bis ins letzte Detail, fast schon so, als wären sie autosüchtig und reif für die Betty-Ford-Klinik. Beide wussten sehr wohl, dass sie sich solche Anschaffungen vorerst nicht leisten konnten, aber davon träumen dürften sie doch wohl. Und als dann alles ausdiskutiert war, fragte Arslan, an welchem aktuellen Fall Mustafa denn arbeiten würde.

Eigentlich durfte er ja nicht darüber reden, trotzdem erzählte er Arslan vom Bankraub in Bağcılar, wo der Täter an die 50 000 YTL erbeutet, auf der Flucht einen Wachmann erschossen und eine Frau schwer verletzt hatte. Bisher habe sich aber keiner gemeldet, der den Täter erkannt habe, und das trotz des Presseaufrufs und der Bilder in der Zeitung. Glücklicherweise hätten sie eventuell noch eine Zeugin – die Verletzte aus dem Krankenhaus. Bisher sei sie nicht ansprechbar gewesen, aber bald würde man sie befragen. Obwohl, so aussichtslos sei die Lage ja gar nicht. Immerhin hätten sie einen Verdächtigen, einen verschuldeten Imbissbudenbesitzer. Mit den Beweisen sehe es allerdings schlecht aus. Die Waffe sei nirgends aufgetaucht, genauso wenig wie die Maskierung des Täters und natürlich das Geld.

Arslan hatte von dem Fall in der Zeitung gelesen und auch das Fahndungsfoto des Täters gesehen.

Mustafa hatte jetzt keine Lust mehr, über den Job zu reden. Er nahm einen großen Schluck von seinem eisgekühlten Whisky und gab sich ganz der Musik hin. »So könnte es jeden Abend sein«, meinte er zufrieden.

13 …

Mustafa sah sie zu spät, sonst hätte er einen großen Bogen um sie gemacht, die Gestalt im züchtigen Kostüm und den streng nach hinten gekämmten und hochgesteckten Haaren. Doch nun stand er fast vor ihr und schlug die Augen nieder, um nicht ihren zu begegnen. Sie aber suchte die Konfrontation und machte sogar einen Schritt nach vorn, warf sich ihm förmlich in den Weg, um dann verbal über ihn herzufallen. »Was soll das eigentlich, dass Sie mich ständig beobachten? Haben Sie nichts anderes zu tun als Polizist, oder fällt es nun auch in Ihren Bereich, unbescholtene Bürger zu terrorisieren?«

Mustafa erstarrte vor Schreck, denn mit dieser Attacke hatte er am allerwenigstens gerechnet. Er dachte scharf nach, was er auf die Anschuldigungen entgegnen könnte, und war bemüht, besonders locker und cool zu wirken. Jetzt nichts Unüberlegtes sagen, dachte er. Es stimmte ja, dass er die Anwaltsgehilfin von gegenüber seit Jahren vom Fenster aus beobachtete. Vielleicht war das eine Art Berufskrankheit, andere zu observieren, ob sie nun etwas ausgefressen hatten oder nicht. Dass es andere stören könnte, war ihm nie in den Sinn gekommen.

»Na, hat es Ihnen die Sprache verschlagen?«, fragte die Anwaltsgehilfin angriffslustig, trotzdem war zu erahnen, dass sie ihren ganzen Mut zusammennehmen musste. Sie trat nervös von einem Bein auf das andere. Schließlich sprach sie mit einem Polizisten, einem Kommissar. Auch wenn es manchmal so aussah, als hätte diese Berufsgruppe in der Türkei mit mangelnder Akzeptanz zu kämpfen, ein bisschen Achtung konnte man schon erwarten.

»Ich? Beobachten?«, tat Mustafa nun unschuldig. »Es muss doch wohl erlaubt sein, aus dem Fenster zu blicken, oder soll ich mir dicke Gardinen kaufen und mich dahinter verstecken?«

»Tun Sie nicht so scheinheilig«, rief sie aus und warf ihren Kopf zornig in den Nacken. »Sie mischen sich in meine Privatangelegenheiten ein und denken, das sei eine Lappalie. Glauben Sie ja nicht, dass ich nicht gesehen hätte, wie Sie sich die Nase an der Scheibe platt drücken, wenn mein Chef im Raum ist.«

»Ja, ja, Ihr Chef«, entfuhr es ihm forsch. »Der ist ja ein ganz toller Hecht. Da scheint sich ja eine schöne Romanze zwischen Ihnen anzubahnen. Ach, was sag ich, eine wilde Leidenschaft. So etwas kann manchmal das Arbeitsklima ungeheuer verbessern«, spottete er, »manchmal aber auch komplizierter machen.«

Sie errötete jäh. »Vielen Dank für die Belehrung. Ich bin eine erwachsene Frau, und die Beziehung zu meinem Chef geht Sie rein gar nichts an.«

Jetzt war aber Mustafa etwas mulmig zumute, denn eigentlich wollte er gar nicht so persönlich werden.

»Ich misch mich ja auch nicht in Ihr Leben ein. Also lassen Sie mich in Ruhe, verstanden. Sonst …« Sie wirkte angriffslustig, ihr Gesicht hatte einen aggressiven Ausdruck bekommen.

»Was sonst?«, fragte Mustafa etwas ungehalten. Er fühlte sich provoziert, weil er es nicht gewohnt war, dass andere ihm drohten. Und ausgerechnet ein Mauerblümchen, das von ihrem Chef wachgeküsst worden war.

»Ach nichts«, sagte sie und kniff die Lippen zusammen, als habe sie einen Fehler gemacht. Etwas unsicher drehte sie sich um und eilte davon.

Nachdenklich sah Mustafa ihr hinterher, bis sie hinter der Eingangstür des Gebäudes verschwunden war.

Scheiße, dachte Mustafa, der sich nun auch auf den Weg in sein Büro machte. Dort musste er sehen, dass seine furienhafte Bekanntschaft gerade dabei war, irgendwelche Topfpflanzen vor die Fenster zu stellen, um ihm die Sicht zu versperren.

Er haderte mit sich, weil er so barsch reagiert hatte. Was ging es ihn eigentlich an, wenn sich ein vermutlich verheirateter Anwalt an seine Mitarbeiterin ranmachte? Hätte sie etwas gegen seine Annäherungsversuche, dann würde sie ihm das schon selbst zu verstehen geben. Bald aber hatte er sich wieder gefangen und machte sich, selbstbewusst wie er war, über die Anwaltsgehilfin lustig. Wie empfindlich diese Frau doch war. Ihren Chef ließ sie an die Wäsche und ihm machte sie Vorwürfe, weil er ihr Treiben am Arbeitsplatz »zufällig« mitbekommen hatte.

»*Selam*«, begrüßte er Özakın, der seiner Lieblingsbeschäftigung nachging, dem Lesen von Sportseiten, vor allem der Ergebnisse der Ringerliga.

»Vorhin hatte ich eine Begegnung mit der anderen Art«, meinte Mustafa süffisant. »Die Anwaltsgehilfin von da drüben …« Er machte eine Kopfbewegung zum Fenster hin. »Sie hat mich abgepasst und mich übelst beschimpft. Was sagst du dazu?«

Özakın schüttelte mitleidig den Kopf. »Du bist doch wie ein Kind. Wann wirst du endlich erwachsen? Ich hab dir doch schon immer gesagt, lass das Beobachten sein.«

»Erwachsen, ich? Weiß gar nicht, was so erstrebenswert daran sein soll, am Erwachsensein. Das ist doch todlangweilig. Zum Gähnen ist das«, erwiderte Mustafa, warf sich auf seinen Stuhl und schwang die Füße auf den Schreibtisch, als wäre er ein Berufsjugendlicher.

»War ja nicht anders zu erwarten. Für dich ist das Leben wohl immer noch ein Abenteuerspielplatz, aber vergiss nicht, dass du Polizist bist«, ermahnte ihn Özakın und schüttelte hoffnungslos den Kopf. »Übrigens, aus Küçükçekmece wurde ein Banküberfall gemeldet. Die Handschrift ähnelt der unseres Täters. Die Tarnung war ebenfalls eine Baseballkappe und eine Sonnenbrille. Außerdem war es wieder eine kleine Filiale, und wieder war nur ein Bankangestellter anwesend. Der Täter hatte also freie Hand.«

Mustafa war jetzt endlich aufnahmebereit. »Glaubst du an Zufälle?«

»Keine Ahnung. Vielleicht war's tatsächlich derselbe Täter, der sich gezielt kleine, unbewachte Filialen aussucht, die er kurz vor Feierabend überfällt. Es könnte aber auch ein Trittbrettfahrer sein.«

»Wie sah er denn aus, der Räuber?«

»Stell dir vor, die Überwachungskamera war defekt«, antwortete Özakın belustigt. »Nach der Beschreibung des Angestellten soll er aber von hagerer und mittelgroßer Statur gewesen sein.«

»Würde ja passen, und auch noch in Küçükçekmece, das ist ganz in der Nähe von Bağcılar, gleich um die Ecke«, sinnierte Mustafa und musterte seinen Kollegen, der sich hastig erhoben hatte.

Der blieb plötzlich wie angewurzelt stehen und fragte: »Ach, wie lief's übrigens in Tarlabaşı, bei den Transvestiten?«

»Wie es lief? Stell dir vor, man hat mich zuerst mit äußerst potenten Bonobos in einen Käfig gesperrt und dann noch wilden Bestien zum Fraß vorgeworfen!«

»Ich kenn das.«

»Ja, wirklich?« Mustafa grinste. Denn glücklicherweise war alles glimpflich abgelaufen bei der Schlägerei zwischen aufgebrachten Transvestiten und einer Gruppe rechtsgerichteter Jugendlicher, wo er zwischen die Fronten geraten war. Und das auch nur dank der schnellen Einsatztruppe, die zweihundert Meter weiter am Tarlabaşı Bulvarı stationiert war. Danach waren sie alle im Revier gelandet. Wobei Mustafa als Zeuge fungieren musste. Natürlich erst, nachdem man festgestellt hatte, dass er kein zahlender Kunde war, sondern ein Kriminalbeamter, der in einem Mordfall ermittelte. Dort erzählte er auch von seiner Vermutung, dass es sich bei den Angreifern um rechtsgerichtete Jugendliche handeln musste und dass sie die Transvestiten ohne erkennbaren Anlass angegriffen hätten. Dem war die Polizei nachgegangen, und bald hatte sich herausgestellt, dass die jungen Burschen Mitglieder einer Jugendorganisation der Grauen Wölfe waren, die an diesem Abend ausgerückt waren, um, wie sie es nannten, Transvestiten zu »klatschen«. Wie die Polizei mit ihnen weiter verfahren war, hatte Mustafa nicht mehr verfolgen können. Denn auch er hatte ein paar Kratzer abbekommen, weswegen er schnell nach Hause gewollt hatte. All das erzählte er Özakın.

»Glaub mir, ich hab mich nicht um den Fall gerissen, aber jetzt kenn ich mich bestens aus mit dem höchst sensiblen Seelenleben von Transvestiten«, sagte Mustafa. »Und ich weiß jetzt auch, warum es in Istanbul so viele von ihnen gibt. Diese Zwitterwesen haben's mir verraten: Weil nämlich ihre Kunden schwule Männer sind, die es sich selbst nicht eingestehen wollen. Dann schlafen sie mit Fast-

Frauen und fühlen sich nicht schuldig.« Mustafa schlug sich mit der flachen Hand gegen die Stirn, als wolle er sagen: *Was für ein Stuss!*

Özakın meinte: »So kann man sich auch Sand in die Augen streuen. Eigentlich sind wir ja eine stockkonservative Gesellschaft.«

»Also, diese Ausführungen von den Transen ...«, stöhnte Mustafa nun und schüttelte verwirrt den Kopf. »Wer wie wo operiert oder penetriert wurde und dabei wie viel ausgegeben oder verdient hat. Auf nüchternen Magen sind Prostituierte, ihre Geschichten und diese vor Dreck starrende Straße, die sich großkotzig Boulevard nennt, einfach zu viel für mich!«

»Das kann ich mir vorstellen«, bemitleidete ihn Özakın. »Außer diesen durchaus aufschlussreichen Geschichten hast du aber nichts Verwertbares erfahren, oder?«

»Doch!« Mustafa schmunzelte. »Dass zum Beispiel diese Männer in Frauenkleidern total scharf sind auf Jean Paul Gaultiers Parfüm.«

»Wenn es weiter nichts ist«, bemerkte Özakın. »Jetzt musst du mich aber entschuldigen. Ich hab nämlich Schießtraining. Hast du nicht auch Lust, die neue Raumschießanlage im Haus einzuweihen?«

»Irgendwann später, Rambo«, winkte Mustafa ab, denn er erwartete einen Anruf von Arslan, mit dem er sich offenbar ganz gut verstand, zumindest in puncto Nachtleben.

Sieben Meter vor der Zielwand hatte Özakın die Ohrenschützer angelegt und beide Hände am Griff seiner Pistole, den Finger am Abzug und die Waffe nach vorn gerichtet. Er konzentrierte sich, zielte auf den Kreis auf der Zielwand und drückte ab. Getroffen! Diesen Vorgang wiederholte er mehrmals hintereinander. Seit fast einem Jahr hatte er nicht mehr geschossen. Laut Vorschrift mussten die Polizeibeamten alle paar Monate zum Training, aber bei ihm war immer etwas dazwischengekommen. Doch hier ging es nicht nur ums Schießen. Vor allen Dingen sollten die Polizisten in Sekundenschnelle Situationen richtig einschätzen. Denn nur wenige Momente entschieden über Leben und Tod. Bis vor drei Jahren war auch für Özakın alles gut gegangen, sein Gefahrenradar hatte ihn nicht im Stich gelassen. Doch dann war ein Geisteskranker hinter einem Auto hervorgesprungen und hatte eine Waffe direkt auf Mustafa und ihn gerichtet, ohne dass sie eine Deckung suchen konnten. Özakın hatte sofort geschossen, der Mann war tot zusammengebrochen. Später stellte sich heraus, dass seine Waffe nur eine Spielzeugpistole gewesen war.

Als junger Polizist hatte er immer Angst gehabt, dass er irgendwann einen Menschen würde töten müssen, und dann war es passiert. Und heute noch, nach so vielen Jahren als Polizist, hatte Özakın Angst davor, dass sich das wiederholen würde, dass aus der Trainingssituation erneut ein Ernstfall werden könnte.

Der Schießtrainer tippte ihm auf die Schulter. Er drehte sich um, schüttelte den Kopf, was denn los sei, und steckte die Waffe ein.

Schließlich nahm er sich die Ohrenschützer ab.

»Telefon für dich«, sagte der Schießtrainer und drückte dem überraschten Kommissar das Diensthandy in die Hand.

»Mein lieber Özakın«, begann Kommissariatsleiter Yılmaz. »Warum ich anrufe ... Es geht um den Bankraub.«

Es war klar, dass es etwas Unangenehmes sein musste, sonst wäre sein Vorgesetzter bei ihm im Büro vorbeigekommen, wie es sonst seine Art war. Aber heute zog er es wohl vor, die Dinge nicht von Angesicht zu Angesicht zu regeln, sondern förmlicher, am Telefon, wo die Distanz gewahrt blieb.

»Die Nichte des Politikers ... Sie wissen schon ... ihr geht es Gott sei Dank wieder besser. Nicht auszudenken, wenn sie verstorben wäre ... Jedenfalls, langer Rede kurzer Sinn: Es gab auch etwas Druck von politischer Seite, wenn Sie verstehen, was ich meine. Nicht, dass ich jetzt den Schwanz einziehen würde ... Auch wenn die Verletzte nun halbwegs genesen ist, man will, dass der Täter so schnell wie möglich gefasst wird, und da habe ich mich doch, nicht dass Sie das nun falsch verstehen, höchstpersönlich in die Sache eingeschaltet, um die Dinge etwas zu beschleunigen. Habe also die Bilder der Überwachungskamera noch einmal inspiziert. Auch mir wäre es fast nicht aufgefallen, aber der Bankräuber ist doch tatsächlich Linkshänder! Hatten Sie das in Ihrem Bericht vermerkt? Ich glaube kaum. Wie es scheint, haben Sie das übersehen, mein lieber Özakın. Der Täter auf den Bildern trägt die Waffe mit links. Und jetzt halten Sie sich fest. Unser Hauptverdächtiger, dieser Korutürk, ist doch ebenfalls Linkshänder oder etwa nicht? Das kann doch kein Zufall sein!«

»Wissen Sie, wie viele Linkshänder es in der Türkei gibt?«, fragte Özakın atemlos und wischte sich mit dem Hemdsärmel den Schweiß von der Stirn. Verdammt, da hatten sie doch tatsächlich ein Detail übersehen. Ob es ein wichtiges Detail war, das sie zum gesuchten Täter führen würde, konnte er noch nicht einschätzen, aber die Tatsache, dass der Leiter der Mordkommission ihn quasi vorführte, wurmte ihn ungeheuer.

»Dies ist doch eine nicht zu unterschätzende Spur«, schloss Kommissariatsleiter Yılmaz triumphierend.

»Das mag wohl sein, aber erst vorhin kam die Meldung von einem Banküberfall in Küçükçekmece, und der ähnelte dem in Bağcılar. Nur, dass es glücklicherweise keine Toten und Verletzten gegeben hat. Wir sollten lieber abwarten. Noch haben wir nichts Entscheidendes gegen Korutürk in der Hand«, insistierte Özakın.

»Noch nicht, aber das wird sich bald ändern. Ich habe jetzt prophylaktisch eine Hausdurchsuchung beantragt.«

Ganz prophylaktisch und alles hinter meinem Rücken, dachte Özakın. Hoffentlich ging der Schuss nicht nach hinten los. »Wollen Sie nicht noch ein bisschen damit warten?«, warnte Özakın erneut. Er hielt diese Aktion für übereilt.

»In diesem Punkt, das muss ich Ihnen mal sagen, sind Sie noch ein bisschen naiv«, holte Kommissariatsleiter Yılmaz zu einem längeren Vortrag aus. »Bald sind Wahlen, da ist es ratsam, die Politiker nicht in Rage zu bringen. Nicht, dass ich Angst hätte. Ich bin schon mit anderen Großkalibern fertig geworden. Aber was kostet es uns? Geben Sie sich einen Ruck. Auch wenn wir bei der Hausdurchsuchung nichts finden, können wir immer noch sagen, wir sind der Sache nachgegangen, haben nichts unversucht gelassen. Ein bisschen schlaues Taktieren täte Ihnen auch gut, mein Lieber. Da stünden Sie sich nicht immer selbst im Weg.«

Özakın hatte verstanden. Er war also ein Prinzipienreiter, einer, der sich, aber vor allem andere, mit dieser Marotte behinderte.

Zum Glück hatte er heute Schießtraining und konnte seine Aggressionen abbauen.

»Ich bin wieder so weit«, sagte er zum Schießtrainer, als das Gespräch beendet war. Er zog wutentbrannt seine Waffe und konnte es kaum erwarten, die ganze Munition auf die Zielwand abzufeuern.

14... »Wie geht's?«, fragte Arslan auf Deutsch, was bei Ariane wegen seines starken Akzents Gelächter auslöste.

Sie lagen in den Dünen von Kilyos, vor den Toren Istanbuls, wo der Bosporus in das Schwarze Meer mündet, zwischen ihnen eine erregende Seligkeit. Er nahm ihr Gesicht in beide Hände und küsste sie. Dann schaute er zu ihr hoch.

Ariane saß mit dem Rücken gegen das Sandlager gelehnt, die Arme über dem Kopf, Zigarette zwischen den Fingern, und war nur mit einem rosa Hemdchen bekleidet. »War das eben der Beginn einer heißen Romanze?«, fragte sie mit glänzenden Augen.

Arslan suchte nach den passenden Worten.

»Oder war es etwa Mitleid?«

»Könnte sein«, scherzte er, während er den Geruch von Seetang und Salz in sich einsog. Er genoss die herbstliche Atmosphäre, blickte in den Sternenhimmel und lauschte den Wellen, die sich mit großer Wucht gegen den langen Sandstrand warfen.

»Nicht gerade schmeichelhaft. Und ich dachte, du hättest dich ernsthaft in mich verliebt.«

»Wer kann es schon ahnen«, überlegte er und streichelte sanft ihren Rücken.

»Ich weiß ja noch nicht sehr viel von dir«, stellte sie fest, während sie den Kopf an seine Brust schmiegte. »Vielleicht hast du ja sogar etwas zu verbergen? Du bist doch bestimmt ein ganz übler Casanova«, kicherte sie nun. Dann blickte sie seufzend auf den Sternenhimmel. »Verheiratet?«

»Wie hast du das nur herausbekommen!«, rief er aus.

Sie antwortete nicht, aber ihr Lachen klang ein ganz klein wenig schrill.

»Ich muss dir davon erzählen«, fuhr er fort, »es ist nur fair dir gegenüber. Ich weiß selbst nicht, warum ich sie geheiratet habe. Na ja, Ehen unter Verwandten, eine arrangierte Ehe, Zwangsehen würdet ihr sagen, wie sie tausendfach in der Türkei vorkommen.« Er machte eine Pause. »Ich weiß nicht, ob ich es dir wirklich erzählen soll.«

»Ja, mach schon.«

»Eines Tages, da ist sie mal allein aus dem Haus gegangen. Ich hab den Braten sofort gerochen. Sie wollte sich mit ihrem Liebhaber treffen. Da hab ich sie mit meiner Dienstwaffe erschossen. Peng! Du musst wissen, wir Türken sind äußerst eifersüchtig.«

»Du hast sie umgelegt?«

»Mit einem gezielten Schuss, mitten durch die Stirn, so wie ich es bei der Polizei gelernt habe.«

»Ach, du meine Güte«

»Also, um ehrlich zu sein, ich habe sie dann auch noch mit meinem Messer aus der Militärzeit zerstückelt und die Teile in die Tiefkühltruhe gepackt.«

»Das ist ja unheimlich.«

»Unheimlich, aber nicht ungewöhnlich.«

»Ja, wirklich?«, fragte sie perplex.

Er fragte sich, ob Ariane ihm wirklich glaubte. »Ich bin froh, dass ich sie los bin. War sowieso nicht glücklich«, überlegte er. »So ist es aber nun mal in der Türkei. Da löst man seine Probleme in Selbstjustiz.« Er beugte sich über sie und küsste sie zärtlich.

Ariane erschauderte.

Sie hat doch tatsächlich an diese Horrorgeschichten geglaubt, dachte Arslan und lachte verräterisch. »Nein, im Ernst. Ich bin nicht verheiratet«, sagte er, fast entrüstet. »Gott behüte, hab' keinen Bedarf an kleinbürgerlichem Familienkram.«

»Zu viel Verantwortung, stimmt's?«, bemerkte sie.

So konnte man es nennen. Denn er war wirklich nicht der Typ, der eine Frau hatte, die onduliert und adrett am Abend mit dem Essen auf ihn wartete, während das Kind friedlich in der Wiege schlummerte.

»Du lebst lieber in den Tag hinein. Und wenn dir noch eine deutsche Braut ins Netz geht, umso besser«, sagte sie.

»Du meinst, damit ich nach Deutschland auswandern kann? Meine Güte, nein! Da schlag ich mich doch lieber hier durch. Mit solchen Fällen wie deinem.«

»So eine Beziehung funktioniert sowieso nicht ...«, murmelte sie.

»Wegen der kulturellen Unterschiede? Da könnte etwas dran sein. Das fängt ja schon damit an, dass der Deutsche gerne im Voraus plant, sogar seine Beerdigung, während der Türke spontan entscheidet. Und selbst beim Fußball ist es nicht anders: Der Deutsche spielt, als ginge es um sein Leben, der Türke spielt, als stünde er im großen vaterländischen Befreiungskrieg.«

»Und auch in der Liebe offenbaren sich die Unterschiede: Der Deutsche liebt, der Türke aber ist verliebt in den Gedanken an die Liebe«, ergänzte sie.

»Und ich dachte immer, Gegensätze ziehen sich an.«

»Am Anfang zumindest«, sagte sie. »Später werden sie zur Belastung.«

»Du scheinst damit Erfahrung zu haben«, meinte er, »mit dieser Art von fatal gegensätzlicher Beziehung.«

Gequält schaute sie ihn von der Seite an, als habe er ein Tabu verletzt, und im Nu ergossen sich die Tränen über ihr blasses Gesicht. Sie erhob sich und schlüpfte in ihre Sachen. »Ich sollte jetzt lieber gehen«, sagte sie niedergeschlagen.

»Hey, nicht so schnell«, sagte Arslan und zog sie nach unten. Er öffnete eine von den Rotweinflaschen, die sie in einer Bar gekauft hatten, bevor sie nach Kilyos gefahren waren. »Alles wird gut«, meinte er ruhig, während er ihr die Flasche reichte.

Sie nahm einen Schluck, und er sah, wie sie die

Hand an ihren Mund führte, als sei ihr übel. »Was ist?«, fragte er.

Sie klammerte sich an ihn. »Mein Körper fährt Karussel mit mir. Komisch, der Mond steht plötzlich kopfüber, auch alles andere. Ich glaube, ich muss kotzen«, sagte sie, bevor sie sich abwandte.

Er schüttelte ratlos den Kopf.

»Ein Unglück kommt selten allein«, raunte sie verärgert, nachdem sie den Rotwein und das bisschen Essen, das sie im Magen hatte, in eine Mulde neben sich entleert hatte. Sie fummelte in ihrer Handtasche herum und holte ein Taschentuch hervor, um sich den Mund abzuwischen, dann eine Zigarette. »Bist du eigentlich glücklich?«, fragte sie, während sie den Rauch in die Luft blies.

»Ich dachte, der Alkohol würde dich eher aufheitern, und jetzt kommst du mit solch einer unnützen Frage«, erwiderte er.

Sie warf ihm einen bösen Blick zu. »Ganz schön cool, der Herr Detektiv«, sagte sie etwas pikiert.

»Was ist schon Glück? Damit beschäftigen sich die Philosophen schon lange. Ich persönlich halte es mit Dostojewski.« Verträumt betrachtete er den Mond, als sinniere er über die Menschheitsgeschichte.

»Der Mensch ist unglücklich, weil er nicht weiß, dass er glücklich ist. Wer das erkennt, der wird gleich glücklich sein, sofort, im selben Augenblick.«

»Wie aufschlussreich!«

»Du bist aber zart besaitet«, meinte er, als er wieder Tränen in ihren Augen schimmern sah. Irgendwie hatte er immer das Talent, Problemfälle wie diesen an Land zu ziehen. Er holte seinen MP3-Player aus der Tasche und steckte einen der Kopfhörer in ihr Ohr. »Hör dir mal diesen Song an«, redete er wie auf einen Kranken ein. Musik war das Beste, um den Kopf freizubekommen. Es war klar, dass sie jetzt an Deniz dachte.

15 … Wenn Özakın einen richtigen Freund hatte, dann war es Ali, der ein Restaurant in der Nähe des Polizeipräsidiums besaß. Dort hatten sie sich auch kennengelernt, vor langer, langer Zeit. Doch nicht nur das Kochen verband die beiden auf eine magische Art und Weise, es war auch ihre subtile Hingabe zum Wasser, zum Bosporus. Keiner kannte die Stimmungen dieser Meerenge zwischen Europa und Asien, zwischen Schwarzem Meer und Marmarameer besser als Ali, ihre Launen und Geheimnisse, ihre Untiefen und Wirbel. Ali war ein Seebär und hatte jeden Millimeter des Bosporus erforscht. Von ihm wusste Özakın alles über seine tückische Strömung, bedingt durch den unterschiedlichen Salzgehalt zweier Meere: Aus dem Schwarzen Meer floss ein kräftiger Oberstrom und in umgekehrter Richtung, in etwa vierzig Metern Tiefe, ein schwächerer in entgegengesetzter Richtung. Doch bei seltenen Südwinden konnte sich die Wasserströmung an der Oberfläche auch gelegentlich drehen.

Von der Terrasse seines Hauses aus war Ali Zeuge manch einer Katastrophe geworden: stinkende Giftteppiche, die aus dem Goldenen Horn herausschwappten, in Seenot geratene russische Schiffsbesatzungen, ein liberianischer Tanker, der beinahe einen osmanischen Palast gerammt hatte, ein brennender Öltanker nach einem Zusammenstoß mit einem Frachtschiff, als dicke Rauchschwaden tagelang die Stadt bedrohten. Trotzdem konnte man Ali nicht die Illusion von der Schönheit des Bosporus rauben. Denn er sah bunte Farben, das Spiel der Delfine im Wasser, und wenn er Glück hatte, einen Seeadler am Horizont. All das konnten Ali und Özakın ungestört genießen, wenn sie zum Angeln auf den Bosporus hinausfuhren. Um halb fünf Uhr morgens tuckerten sie los, wenn die Stadt noch schlief, schaukelnd und eingenommen von der Ruhe vor dem Sturm: rechts von ihnen die Bosporusbrücke, weiter hinten der Sultanspalast und gegenüber der andere Kontinent, vorbei an gigantischen Kreuzfahrtschiffen, die im Hafen ankerten.

Özakın und Ali mochten den Morgen. Also schnell in die Fahrrinne, wo sich die Fische vorzugsweise aufhielten. Doch lange dauerte die Stille nicht. Bald schon rieb sich die Stadt verschlafen die Augen: Sonnenaufgang über Istanbul. Und bald darauf fing es an zu vibrieren, als stünde ein Erdbeben bevor, das sich dann in ein Brummen verwandelte und schließlich in das nicht abreißende Geräusch von Tausenden Autos. Und plötzlich waren sie mit seiner Nussschale mittendrin in einem Gedränge und Gewusel von Tankern, Barkassen, Jachten, Containerschiffen und Fähren, die unermüdlich

Menschen zwischen den Kontinenten hin und her transportierten – Pendler, die Zeitung lasen oder Sesamkringel aßen. Jetzt war es auch höchste Zeit, sich ans rettende Ufer zu begeben. Sie hatten vier große Blaubarsche gefangen, die sie später zubereiten würden. Das war dann eine noch viel größere Freude für Ali und ihn.

Özakın kannte keinen größeren Feinschmecker als Ali. Leider traf das auch auf die Damenwelt zu. Da war er ein ausgesprochener Gourmet. Das war auch der Grund, weswegen ihn seine Frau vor Jahren aus der gemeinsamen Villa geschmissen hatte.

Ali aber bekräftigte immer wieder, dass er das Fremdgehen für sein körperliches Gleichgewicht bräuchte: zeitweise drei Frauen auf einmal und Sex mindestens alle sechs Stunden.

Obgleich Özakın dieser Leistung gegenüber seinen Respekt zollte – Sevim und er schafften es leider nur einmal die Woche, ihren ehelichen Pflichten nachzukommen –, fand er das viel zu übertrieben, fast schon krankhaft. In seinem Job wäre das auch kaum praktikabel. Sein Freund konnte sich ja seine Zeit einteilen und in die Besen- oder Vorratskammer des Restaurants verschwinden, wenn ihn der Heißhunger wieder packte.

Vor Kurzem aber war Ali in ein tiefes Loch gefallen, seine Freundin war plötzlich verstorben, und Özakın hoffte, er möge nun zu Vernunft gekommen sein, zumal er sich auch den sechzig näherte. Er überlegte, ob die Ärmste vielleicht an Herzversagen nach zu intensivem Beischlaf verstorben sein könnte, denn auch sie hatte er schwer rangenommen. Bei einem früheren gemeinsamen Wochenendtrip an der See hatten Sevim und er die beiden kaum zu Gesicht bekommen, da sie die meiste Zeit im Bett verbracht hatten. Weil sie die leidenschaftlichen Geräusche aus dem Nebenzimmer nicht mehr ertragen konnten, hatten sie sich Ohrstöpsel besorgen müssen. Seitdem vermied es Özakın, mit Ali und seinen Freundinnen irgendwohin zu fahren.

Doch jetzt schien Ali ein gebrochener Mann zu sein. Am Telefon jedenfalls klang er ziemlich deprimiert, als er Özakın bat, so schnell wie möglich bei ihm vorbeizuschauen. Er sei nervlich am Ende, brauche seelischen Beistand, Trost nach diesem herben Schicksalsschlag. Da war es doch Ehrensache, jemandem in der Not zu helfen.

Außerdem war Özakın auf dem Weg ins Krankenhaus, um die verletzte Zeugin zu befragen. Und Ali wohnte ganz in der Nähe.

Wenig später stand Özakın vor dem Haus seines Freundes und klingelte, aber es schien niemand da zu sein. Er wartete und wartete, schaute nach, ob Alis Auto irgendwo geparkt war, bis urplötzlich die Tür aufgerissen wurde und eine etwas verlebte Frau mit blondierten Haaren, die brav zu Kleinmädchenzöpfen geflochten waren, ihm gegenüberstand. Sie schaute ihn mit großen, mascaraverschmierten Augen an und wusste anscheinend sofort Bescheid. Denn sie hauchte ihm gleich ein vertrautes »*Mer-*

baba« entgegen, bevor Özakıns Blick unweigerlich an ihr entlangwanderte. Denn die Dame hatte nur transparente, fleischfarbene Strumpfhosen mit Zwickel über ihre Beine gezogen, darüber einen kurzen weißen Pulli, der ihr bis zum Bauchnabel reichte.

Seine Sucht hat sich verstärkt, hat groteske Züge angenommen, war Özakıns erster Gedanke, als Alis Gespielin ihn bat hereinzukommen: »Sie sind bestimmt Mehmet. Ali ist gleich so weit«, sagte sie mit rauchiger Stimme. Ihre absurd-schräge Aufmachung schien sie nicht im Geringsten zu stören, und so schritt sie voraus. Mehmet Özakın, der ihr zaudernd folgte, hatte das Vergnügen, auf ihren wohlgeformten Hintern zu blicken, mit der hinteren Strumpfhosennaht genau zwischen den Pobacken.

Bewundernswert, wie Ali die Frau so schnell organisiert hatte. Vorhin am Telefon hatte er noch herumgeheult, sein Freund solle so schnell wie möglich kommen, er würde es vor Einsamkeit nicht aushalten, stünde quasi kurz vor dem Selbstmord.

Etwas verloren stand Özakın nun im Wohnzimmer, da erschien Ali – wahrlich kein Adonis, mit Froschaugen und dicker Hornbrille, spärlich sprießendem, strähnigen Haar. Um seinen Bauchansatz zu kaschieren, hatte er die gestreifte Boxershorts bis fast unter die Achseln hochgezogen. Er begrüßte Özakın enthusiastisch, als habe er gerade seinen verlorenen Sohn nach Jahrzehnten wiedergefunden. Die Situation schien ihm nicht einmal peinlich zu sein.

»Um Gottes willen, wie siehst du denn aus?«, rief nun Özakın entsetzt aus. Er konnte Ali nur noch anstarren und mit dem Finger auf das Weiße auf seiner Nase deuten.

»Ach das«, wiegelte Ali desinteressiert ab und tastete an der Gipshaube herum, die seine Nase zierte. »Ein kleiner Unfall, nichts Schlimmes.«

»Nichts Schlimmes? Deine Nase ist gebrochen.« Özakın schüttelte verwundert den Kopf.

Sein Freund aber meinte nur: »Ihre Vorgängerin hat mir die Nase gebrochen.« Er deutete in die Ecke des Wohnzimmers, wo sich seine Freundin auf einem Sessel sitzend verträumt die Fingernägel feilte.

»Ihre Vorgängerin? Weil du sie wegen der da verlassen hast? Oje, das tut mir aber leid«, flunkerte Özakın und freute sich insgeheim, dass Ali endlich eine Abreibung bekommen hatte. Endlich mal eine, die sich gegen dieses Sexmonster gewehrt hatte. »Oder hat sie dir eins auf die Nase gegeben, weil ihr deine Potenz unheimlich wurde und sie einfach nicht mehr konnte?«, fragte er scheinheilig.

Ali schüttelte nur den Kopf, es sei vollkommen anders gewesen. Er habe sich ihr wunschgemäß von hinten genähert, da habe sie sich in wilder Ekstase aufgebäumt, fast schon wie ein junges Fohlen, und ihm mit dem Hinterkopf die Nase zertrümmert. Das hätte sie allerdings nicht daran gehindert, ihren Akt zu Ende zu bringen, mit blutig geschlagenem Riechkolben, unter Schmerzen. Denn er könne was aushalten. Schwierig sei es nur gewesen, dem Arzt die Situation zu erklären.

Respekt, dachte Özakın. Ihm war das noch nie passiert, dass sich seine Frau so aufgebäumt hätte. Und das lag bestimmt nicht an ihm. Wie konnte dieser Typ eine derart animalische Anziehungskraft haben?, fragte sich Özakın voller Neid. War es Alis romantische Ader, die Art, wie er den Frauen den nächtlichen Sternenhimmel über den Wipfeln zeigte, sein herber Duft, der ihn so sexy machte und seinem Ruf als Ladykiller alle Ehre erwies, oder sein Bart und seine markante Nase, die Leidenschaft versprachen? Özakın verstand es einfach nicht, bis ihm plötzlich einfiel: Ach ja, seine Millionen! Wie konnte er das nur vergessen!

Da Ali bereits Beistand bekommen hatte, hielt ihn jetzt nichts mehr in seinem Haus. Wenn *der* ein typisch türkischer Mann war, dann hatte das Land ein Problem. Er verabschiedete sich, und Ali versprach, ihn so bald wie möglich anzurufen. Doch Özakın winkte nur ab und machte sich auf den Weg, mit dem Gedanken, dass Ali die Schwäche des Fleisches wohl niemals überwinden würde.

»Sie hat Glück gehabt«, sagte der Neurochirurg. »Sie hat überlebt, wird aber womöglich mit einem Projektil im Rücken leben müssen.«

Özakın stand im Krankenhausflur der Unfallchirurgie und lauschte aufmerksam den Erklärungen des Mediziners. Um sie herum war eine Gruppe

Krankenschwestern, die schweigsam und etwas devot zuhörte.

»Das Geschoss, etwa sieben Millimeter groß und etwa elf bis fünfzehn Gramm schwer, steckte in der Wirbelsäule. Es sitzt im elften Brustwirbelkörper, am unteren Rand des Rippenbogens, und hat nur um wenige Millimeter das Rückenmark der jungen Frau verfehlt. Aber glücklicherweise sitzt es fest im Knochen und hat sonst keinen Schaden angerichtet.«

Eine kürzere Zusammenfassung hätte es auch getan. Aber so waren sie nun einmal, die Ärzte. Kaum erschien ein Laie, schon schöpften sie aus dem Vollen, dachten, sie seien auf einem Ärztekongress, wo es galt, den Kollegen zu imponieren. Er aber war nun mal ein gestresster Kommissar, der keine Zeit für Ausschweifungen hatte.

Doch der Neurochirurg fuhr ungerührt mit seinem Vortrag fort. »Ein operativer Eingriff hat zurzeit für die Patientin keinen Nutzen. Deshalb habe ich entschieden, das Projektil dort zu belassen, wo es ist. Leider muss ich Sie enttäuschen, wenn Sie hoffen, den Schützen durch das Projektil überführen zu können.«

»Ich kann Sie beruhigen«, sagte Özakın. »Sie müssen nicht operieren. Durch die ballistischen Untersuchungen konnten wir längst das Kaliber und den Waffentyp identifizieren. Das Projektil, das den Wachmann an der Halsschlagader traf, ist ausgetreten und in einer Häuserwand steckengeblieben.«

»Na dann. Wir haben Frau Vural gegen mögliche Infektionen mit Antibiotika behandelt«, erklärte der Mediziner nüchtern, während er Özakın bis zur Tür des Krankenzimmers begleitete und sich verabschiedete.

Özakın trat ein, stellte sich vor und wurde gleich mit einem Vorwurf empfangen. »Haben Sie ihn endlich, den Mörder?«, fragte Esma Vural sofort, obwohl sie noch sehr geschwächt wirkte. Sie hatte ein strenges, kantiges Gesicht, die blond gefärbten Haare waren zu einem Pferdeschwanz gebunden.

»Wir können nicht zaubern«, antwortete Özakın. »Aber Sie wären die Erste, die das erfährt.«

Sie presste die Bettdecke an die Brust, schloss die von dunklen Rändern umrahmten Augen und meinte: »Soweit ich informiert bin, haben Sie doch bereits einen Hauptverdächtigen.«

»Ich weiß nicht«, zögerte Özakın und wunderte sich, dass sie darüber Bescheid wusste.

»Und die Hausdurchsuchung?«

»Ja, genau, die wird bestimmt Klarheit in die Sache bringen. Da bin ich mir sicher.« Er kochte innerlich vor Wut, denn irgendjemand musste sie über die Hausdurchsuchung bei Korutürk informiert haben. Er machte trotzdem gute Miene zum bösen Spiel und begann mit der Zeugenbefragung. »Ihre Beobachtungsgabe ist für uns von großer Bedeutung. Beginnen wir also von ganz vorn. Was genau ist an diesem Tag eigentlich passiert?«

Esma Vural seufzte. »Ich bin gerade vom Einkaufen gekommen und war auf dem Weg nach Haus. Es war etwa in der Höhe des Bankeingangs, da ist der Wachmann mit gezückter Waffe an mir vorbeigestürmt, um die Verfolgung aufzunehmen. Er hat einen überraschten Eindruck gemacht. Ich drehte mich automatisch um, wollte wissen, was da los ist, und hörte auch schon die Schüsse. Der Wachmann hat noch gerufen: ›*Mach keinen Scheiß, Junge, bleib stehen!*‹, aber der Räuber ist weitergelaufen.«

»Und er hat dabei geschossen.«

»Ja, er hat wild um sich geballert.«

»Und eine der Kugeln traf auch den Wachmann.«

»Ich hab gesehen, wie er zusammengebrochen ist. Der Räuber hat aber weiter herumgeschossen. Ich hab geschaut, dass ich weitergekommen bin, hab überlegt, wo ich in Deckung gehen könnte. Jedenfalls hab ich dann plötzlich einen Knall gehört und hab eine große Wucht gespürt, als ob mir jemand mit einem Hammer ins Kreuz schlägt. Ich bin zusammengeklappt, habe nach meinem Rücken getastet und das Blut an meiner Hand gesehen. Dann bin ich ohnmächtig geworden.«

»Dann haben Sie den Täter ja gar nicht gesehen?«, stellte Özakın enttäuscht fest.

»Doch, kurz zuvor, aber das hab ich bereits Ihrem Kollegen gesagt«, rief sie verwundert aus. »Entweder Sie haben zu viel Personal, sodass Sie alles doppelt erfragen müssen, oder bei der Polizei weiß die linke Hand nicht was die rechte tut.«

Özakın verstand gar nicht, worauf sie hinauswollte. »*Wem* haben sie *was* gesagt?«, fragte er, während er überlegte, wer denn dieser Kollege gewesen sein könnte.

»Gestern war doch einer von Ihnen hier im Krankenhaus. Er hat mir seinen Polizeiausweis gezeigt, und dem hab ich erzählt, wie der Mann aussah. Er hatte sogar ein Foto dabei, darauf war der Gesuchte zu erkennen.«

Da stimmte doch was nicht. Wer war nur dieser Kollege? Hatte etwa Yılmaz heimlich einen seiner Vertrauten hierhergeschickt, weil er Özakın nicht mehr über den Weg traute? Diese Ungereimtheiten im Polizeipräsidium wollte Özakın aber nicht vor einer Fremden breittreten, also konzentrierte er sich auf die Sachlage. »Sie haben den Bankräuber auf *diesem Bild* wiedererkannt?«

Sie nickte. »Ich glaube schon. Für einen kurzen Augenblick hab ich ihm direkt ins Gesicht geschaut, da hatte er die Baseballkappe und die Brille schon abgelegt.«

Leider hatten sie die beiden Gegenstände noch nicht gefunden. »Wie sah der Täter denn aus?«, fragte Özakın, während er weiter mit den Gedanken bei dem vermeintlichen Kollegen war und sich fragte, was der mit dieser Aktion bezwecken wollte.

»Eine große, markante Nase hatte er, aber nicht abstoßend. Sie passte irgendwie in sein Gesicht, zu seinen dunklen Augen und den buschigen Augenbrauen.«

»Sie scheinen ja ein ausgezeichnetes Gedächtnis

zu haben«, lobte er sie. »Und was ist Ihnen noch aufgefallen?«

»Er hatte dichtes schwarzes Haar.«

Das hatten viele in der Türkei. Schade, dass der Täter kein Albino war, denn dann wäre es ein Leichtes gewesen, ihn zu fassen. »Haben Sie den Täter schon mal in Ihrem Viertel gesehen?«

Sie winkte etwas pikiert ab. »Ich selbst wohne ja gar nicht in Bağcılar, nur eine ältere Bekannte. Die ist etwas schlecht auf den Beinen, und der besorge ich einmal die Woche die Einkäufe.«

Klar. Die Nichte eines wichtigen Politikers wohnte woanders, dort, wo man nicht auf der Straße angeschossen wurde. »Sind Ihnen noch irgendwelche anderen Details aufgefallen?«

Esma Vural zog die Bettdecke noch höher über ihren Oberkörper und überlegte. »Ich weiß nicht, ich war viel zu sehr mit mir selbst beschäftigt, hatte Angst«, antwortete sie. »Außerdem hab ich bereits alles Ihrem Kollegen erzählt. Der hat bestimmt alles detailliert in seinem Protokoll notiert. Ein netter Mann übrigens, Ihr Kollege. Gar nicht so wie der typische Polizeibeamte.«

Beleidigen lassen musste man sich auch noch. Er ließ sich trotzdem nicht von seinem Konzept abbringen. Er rückte näher an ihr Bett heran und erklärte mit Nachdruck in der Stimme: »Hören Sie, Frau Vural, wir wissen, dass der Täter Linkshänder war, und auch, wie er ungefähr aussieht, schließlich haben wir die Bilder aus der Überwachungskamera.

Aber Sie sind die Einzige, die ihn nach der Tat unmaskiert gesehen hat. Hatte er ein besonderes Merkmal? Eine Narbe, ein Muttermal oder dergleichen im Gesicht?«

Sie blickte ihn zuerst länger schweigend an, sagte dann aber: »Ich hab tatsächlich noch etwas ... Seine Schuhe ... Mir sind seine Schuhe aufgefallen. Er hatte sehr originelle, dunkelbraune Sportschuhe an, mit einem großen M an der Seite. Sie müssen wissen, ich habe einen Faible für Schuhe.«

Özakın versuchte sich diese Schuhe im Geiste vorzustellen, schüttelte irritiert den Kopf und beschloss, die Zeugin erst einmal in Ruhe zu lassen. Er verließ die nach Desinfektion und Putzmitteln riechenden Flure der Unfallchirurgie und wandte sich dem Ausgang zu.

Wer um Himmels willen war dieser »Kollege«, der die Zeugin besucht hat, und woher hatte er das Foto des Täters?

16…

Langweilig war sein neuer Job auf keinen Fall. Das gefiel ihm, denn alles Starre, jede Routine ermüdete ihn, und so fühlte er sich inzwischen wie der geborene Privatdetektiv, der mit Hingabe versuchte, allen neuen Anforderungen gerecht zu werden. Als Expolizist wusste er genau über das Strafgesetzbuch Bescheid, und er kannte seine Grenzen. Doch die galt es jetzt zu überwinden. Er war die Alternative zu Polizei und Staatsanwaltschaft, aber tausendmal effektiver.

Ariane wird sich über die Fortschritte im Entführungsfall ihres Jungen freuen, dachte Arslan und ließ sich auf dem Bürostuhl in seiner Junggesellenbude nieder. Eine Ecke seines Wohnzimmers hatte er zum Büro umfunktioniert. Voller Stolz betrachtete er seine Detektivausrüstung – Fernglas, Digitalkamera, Nachtsichtgerät und Handpickset, um Schlösser einfach, schnell und ohne Zerstörung zu öffnen. Außerdem seine neueste Anschaffung – eine extrem kleine Kamera, so groß wie eine Walnuss, um verdeckte Aufnahmen zu machen.

Sein Vorteil war es, dass er mit nötiger Diskretion Leute anzapfen und verdeckt ermitteln konnte. So war er auch bei seinem Kontakt zum Erziehungsministerium vorgegangen, als er seine alte Bekannte Gülcan aus der Abteilung Schulwesen angerufen hatte, damit sie ihm die Einschulungsdaten von Deniz Albayrak besorgte. Wenn sie ihm Ort und Name der Schule, in die der Junge ging, übermittelte, dann war es ein Leichtes, die Gesuchten ausfindig zu machen. Sie wollte es versuchen, aber versprechen konnte sie ihm nichts. Denn dazu musste sie sich illegal in den Zentralcomputer einloggen. Wenn das herauskam, war sie ihren Job los. Sie hatte Arslan beiläufig gefragt, wann man sich denn wiedersehen würde. »Bald«, hatte er sie hingehalten, »wenn du die Daten besorgt hast.«

Das war vor Tagen gewesen, und er hatte immer noch nichts von Gülcan gehört. Entweder war es ihr bisher nicht möglich gewesen, Zugang zu dem Computer des Ministeriums zu bekommen, oder Albayrak hatte Deniz noch gar nicht eingeschult, sodass es auch keine Daten über ihn gab.

Trotzdem: Arslan musste sich diese Spur warm halten. Doch obwohl er sich unermüdlich Mut zusprach, war seine Stimmung eher gedrückt.

Das blieb auch eine Weile so, bis er im Lokalteil von *Hürriyet* diesen Artikel über eine Massenschlägerei las:

In Bağcılar schlugen gestern Abend bis zu 30 Mitglieder zweier verfeindeter Familienclans nach einer Hochzeitsfeier aufeinander ein. Als die ersten Beamten mit zwei Streifenwagen eintrafen, bot sich ihnen das Bild einer Kampfarena. Erst nachdem die

Polizei Verstärkung angefordert hatte, gelang es, die Lage zu beruhigen. Wie es zu dieser Massenschlägerei kommen konnte, ist unbekannt. Gerüchte, wonach einer der Hochzeitsgäste die Schwester und Mutter des Bräutigams beleidigt haben soll, konnten nicht bestätigt werden. Wie ein Polizeisprecher berichtet, wurden die Randalierer, nachdem man ihre Personalien aufgenommen hatte, vorübergehend festgenommen.

Schlägereien zu Ramadan waren an sich keine Seltenheit, aber das war es auch nicht, was seine Aufmerksamkeit erregte. Er überflog die Liste der Personen, die in die Massenschlägerei verwickelt waren. Darunter war auch ein gewisser Deha A. Dieser Vorname war äußerst selten, sodass Arslan eine leise Hoffnung hegte, es könnte sich um Arianes Exmann handeln. Unterstützt wurde diese Hoffnung vom Kürzel des Nachnamens, das, wenn er Glück hatte, auch Albayrak bedeuten konnte. Oder war es nur ein sonderbarer Zufall? Er griff kurzerhand nach seinem Handy, und schon bald hatte er den Polizeireporter von *Hürriyet*, der den Artikel verfasst hatte, an der Strippe. Auch ihn kannte er aus früheren Polizistentagen. Leider hatte aber dieser nur wenig Zeit für ihn. Doch er riet ihm, das zuständige Polizeirevier zu kontaktieren. Dort könne man ihm sicherlich noch mehr über den besagten Fall berichten. Außerdem würde dort inzwischen ein früherer Bekannter Arslans arbeiten. Er bedankte sich für diese Informationen, wählte die Nummer des zuständigen Reviers und ließ sich mit Ahmet verbinden. Wie er sich dumpf entsinnen konnte, schuldete dieser ihm noch einen kleinen Gefallen. Jetzt hatte Ahmet die Gelegenheit, ihn zurückzuzahlen.

»*Selam*, Ahmet. Ich bin's Bülent, Bülent Arslan.«

»Na, so eine Freude«, rief Ahmet gut gelaunt aus.

»Hab ein Problem«, kam Arslan gleich zur Sache. »Ich brauch ein paar Informationen …«

»Wie kann ich denn helfen, Sherlock Holmes?«, fragte Ahmet.

»Du weißt, dass ich inzwischen …?«

»So was spricht sich schnell herum. Du machst jetzt einen auf Privatdetektiv.«

»So ist es«, sagte Arslan. »Und jetzt brauche ich dringend deine Hilfe.«

»Kommt drauf an, was es ist«, zögerte Ahmet.

»Es kostet dich nur ein paar Mausklicks. Du hast doch Zugriff auf den Polizeicomputer, oder?«

Ahmet seufzte. »Hat das mit deinem aktuellen Fall zu tun?«

»Ja, am Rande.« Arslan berichtete von der Massenschlägerei, über die er in der Zeitung gelesen hatte. »Einige von den Personen habt ihr doch hopsgenommen«, meinte er.

»Die sind aber wieder auf freiem Fuß, da keiner der Verletzten Strafanzeige gestellt hat.«

»Ich weiß. Was ich brauche, ist eine Bestätigung, ob eine der Personen den Namen Deha Albayrak trägt.«

»Willst ihn wohl beschatten? Geht es um Untreue oder so etwas? Lass mich raten, er betrügt seine Frau mit der Tochter des Bäckers um die Ecke. Als Privatdetektiv hat man es doch nur mit solchen pikanten Geschichten zu tun. Du bist zu beneiden, Bülent.«

»Es ist schon ein Elend«, seufzte Arslan. »Die türkische Familie geht immer mehr den Bach runter. Jeder betrügt jeden, keine Moral, kein Anstand. Viel Arbeit also für einen Detektiv.«

»Na ja, dann wollen wir mal schauen, ob wir den Raufbold finden können«, sagte Ahmet betont freundlich und schien sich mit dem Computer zu beschäftigen, bis er dann anfing laut vorzulesen: »Deha Albayrak, geboren am 23.3.1970 in Diyarbakır. Ist das dein Ehebrecher?«

»Und ob«, antwortete Arslan hocherfreut. »Jetzt brauche ich nur noch seine Adresse.«

Arslan rieb sich nach dem Telefonat die Hände, denn auch die Adresse hatte er bekommen. Jetzt wusste er zumindest, dass sich der Gesuchte in Istanbul aufhielt. Er konnte sein Glück kaum fassen. Wie töricht von Albayrak, bei der Polizei seine Adresse anzugeben. Arianes Exmann war ja so ungeschickt, dass es schon an Dummheit grenzte. Fast sah es so aus, als provoziere er es förmlich, gefasst zu werden.

Arslan ging in die winzige Küche, die einen ziemlich chaotischen Eindruck machte, und setzte Tee auf. Seine Laune war blendend, und plötzlich hatte er ein Lied in den Ohren und dessen Melodie auf den Lippen. Es geht aufwärts, machte er sich Mut. Ab morgen beginnt die Observation. Am besten postierte er sich in der Nähe von Albayraks Wohnung und schaute einmal, was er so den ganzen lieben Tag trieb. Ging er arbeiten? Wenn ja, wo? Wann ging er aus dem Haus, und was machte der Junge während dieser Zeit? Und dann musste er nur noch einen geeigneten Augenblick abpassen, um Deniz zu entführen. Bald würde die Falle zuschnappen, da war er sich ganz sicher.

Es klingelte an der Tür, und Arslans Gesicht hellte sich auf, als er Ariane sah: »Was für eine Freude. Komm rein«, sagte er, während seine entzückten Blicke an ihr entlangwanderten, von ihren braunen Haaren bis zu ihren schönen langen Beinen, die unter ihrem Jeansrock hervorschauten. Dann gab er ihr einen Kuss und führte sie in sein Wohnzimmer. »Tee?«

»Gerne«, antwortete Ariane, während Arslan in die Küche eilte.

Ariane schlenderte nun durch den Raum und schaute sich neugierig um. »So wohnst du also«, rief sie aus und strahlte Arslan an, der mit zwei Gläsern Tee in der Hand vor ihr stand.

»Leider ist die Wohnung zu klein. Du kannst dir vorstellen, wie teuer die Mieten hier sind.«

»Na, vielleicht wirft ja deine Detektei bald größere Früchte ab und du kannst dir etwas Besseres mit einem ordentlichen Büro leisten.«

Arslan schmunzelte. »Das hoff ich auch. Ich werde auf jeden Fall meine Angebotspalette erweitern«, kündigte er an. »Observierung von Fremdgehern.«

Sie lachte schallend, aber er schüttelte ernsthaft den Kopf und meinte: »Da ist viel Geld drin. Ein bisschen Observieren, ein paar Fotos schießen, und schon ist der untreue Partner entlarvt. Gerade hier in der Türkei, wo man zurzeit eine sexuelle Revolution erlebt, ist das eine lohnende Marktlücke.«

»Bist du dir da sicher?«

»Jedenfalls gibt es mehr Frauen, die ihre Partner betrügen, als Frauen, die im Ausland ihre entführten Kinder suchen. Deine Sache ist sehr anspruchsvoll und zeitaufwendig, eine Observierung eines untreuen Partners dagegen ein Klacks«, schloss er.

»Ja, das stimmt. Und was gibt es Neues in meinem Fall? Konntest du etwas herausbekommen?«, fragte sie ungeduldig.

»Ich bin tatsächlich einen kleinen Schritt vorangekommen«, untertrieb er absichtlich.

Sie lachte ungläubig. »Sag schon, was hast du erfahren?«

Er füllte noch einmal Tee auf und spannte sie auf die Folter, dann reichte er ihr das zierliche Glas.

Sie hatten auf dem geblümten Sofa, das Arslan von seinem Vormieter übernommen hatte, Platz genommen, als er ihr von seinem phänomenalen Erfolg berichtete, dass er nunmehr dem flüchtigen Vater auf der Spur sei. Es handle sich nur noch um eine Frage der Zeit, bis sich Mutter und Sohn in den Armen liegen würden.

Sie zitterte vor Aufregung, und plötzlich fiel sie über ihn her, umschlang mit ihren Armen seinen

Körper, presste ihren Mund auf seinen und küsste ihn so lange, dass er fast keine Luft mehr bekam. »Ich fass es nicht, ich fass es nicht«, wiederholte sie, vollkommen aus dem Häuschen.

Jetzt fielen sie von Überschwang gepackt vom Sofa auf den Boden, rollten umschlungen hin und her, wie Kinder. »Wenn du Dennis siehst, musst du ihn unbedingt fotografieren, bitte, mein Held, mein süßer Schatz«, bettelte sie. »Ich will sehen, wie er inzwischen ausschaut.« Sie weinte fast vor Glück.

Als sie wieder dasaßen, er mit dem Rücken zum Sofa, sie neben ihm, die Arme um ihre Beine geschlungen, das Kinn auf den Knien, hatte sie die Realität wieder eingeholt, und sie fragte mit düsterer Miene: »Und wie willst du mir Dennis wiederbringen? Hast du schon einen Plan?«

Kindesrückführung hieß das im Detektivjargon, und genau genommen hatte Arslan noch keinen Plan. Ihm war es wichtig, einen Schritt nach dem anderen zu gehen. Jetzt war erst einmal die verdeckte Ermittlung an der Reihe.

»Du musst ihn dir schnappen, wenn er aus dem Haus kommt«, rief sie aufgebracht.

»Nur wenn er allein ist, sonst ist es zu gefährlich.«

»Wenn wir nur wüssten, ob Dennis hier in die Schule geht.«

»Dann wäre es in der Tat leichter. Vorausgesetzt, er wird nicht von deinem Exmann abgeholt.«

»Deha bewacht ihn aber wahrscheinlich wie seinen Augapfel.«

»Oder einer seiner Verwandten kümmert sich um den Jungen«, überlegte Arslan. »Aber das werde ich schon herausbekommen, mach dir da keine Sorgen. Noch sind das alles ungelegte Eier.«

»Ich mach mir keine Sorgen«, wiederholte sie abwesend. »Solange du alles im Griff hast.« Sie war ganz ruhig, hielt seine Hand und sagte kein Wort. Nach einer Weile fragte sie: »Hast du auch eine Waffe? Ich trau meinem Exmann nicht, er ist äußerst gewalttätig.«

»Überlass das mal mir«, sagte Arslan.

»Ich glaube, du bist nicht nur ein guter Detektiv, sondern auch ein guter Freund. Das bist du doch, oder? Denn sonst würdest du dich nicht so einsetzen für mich.«

»Na ja, du bezahlst mich ja schließlich.«

»Gib zu, dass du kein geldgieriger Typ bist, dass dir auch etwas an mir liegt. Gib es zu«, protestierte sie und kitzelte ihn, bis er nur noch »aufhören« schreien konnte.

17 …

»Übrigens, bevor ich es vergesse, irgendjemand war bei unserer verletzten Zeugin im Krankenhaus«, bemerkte Özakın mit vollem Mund. Er saß in einer Ecke des Büros an einem runden Tisch, hatte kleine Töpfchen mit kalten Vorspeisen vor sich stehen und eine mit Spinat gefüllte Blätterteigtasche in der Hand. Während des Ramadan hatte er beschlossen, die Restaurants in seiner Umgebung zu meiden – die, die mittags geöffnet hatten, kochten für seinen Geschmack miserabel, den Ärger darüber wollte er sich ersparen. Er salzte seinen Kartoffel-Tomaten-Salat mit Chili und streute etwas klein gehackte Petersilie drüber, die er in einem Plastikbehälter aufbewahrte. Dann öffnete er einen Behälter mit kleinen Paprikaschoten, die er mit Reis und Pinienkernen gefüllt und in Olivenöl gedünstet hatte. Er sog den Geruch der pikant gewürzten Füllung in die Nase und sah, wie Mustafa schluckte, weil er sich das Essen verkneifen musste.

»Einer, der sich als Polizist ausgegeben hat«, fuhr Özakın fort, während er sich eine Gabel von dem Salat nahm. »Und er hatte ein Foto bei sich, das Bild des Täters. Was sagst du nun?«

»Was ist denn das für ’ne verrückte Geschichte.

Irgendjemand besitzt ein Bild des Täters?«, fragte Mustafa ungläubig.

Özakın nickte kauend. »Unsere Zeugin aus dem Krankenhaus hat den Täter als Einzige ohne Maskierung gesehen und den Mann auf dem Bild als unseren Täter identifiziert.«

»Und der Typ, der die Zeugin im Krankenhaus besucht hat, soll ein Kollege gewesen sein?«

»Das hat er zumindest behauptet. Aber er kann kein Polizist gewesen sein.«

»In welcher Beziehung steht der Kerl wohl zu dem Täter?«

»Und vor allem, warum interessiert er sich für ihn?«, ergänzte Özakın, als Oktay, ihr Kollege von der Spurensicherung, in der Tür erschien. Er machte einen zufriedenen Eindruck.

»Was ist los, Oktay?«, fragte Özakın. »Irgendwelche neue Spuren?«

»Ich bin der Sache mit dem geraubten Geld noch mal nachgegangen«, antwortete Oktay, sein Blick blieb an dem reich gedeckten Tisch hängen.

Özakın war das nicht entgangen, und er sagte sofort: »Bedien dich!« Er machte eine einladende Geste, während Mustafa die Augen verdrehte und meinte: »Lad doch gleich das ganze Präsidium zum Schlemmen ein. Auf mich braucht ihr keine Rücksicht zu nehmen. Foltert mich ruhig.«

Die beiden anderen lachten. Oktay biss in eine Blätterteigtasche, blickte mampfend in die erwartungsvollen Gesichter seiner Kollegen und meinte dann: »Wie ihr wisst, liegen in den Banken immer Bündel mit registriertem Geld an der Kasse, für den Fall der Fälle. Nach Auskunft des Bankdirektors hat aber die Kassiererin dem Täter keine registrierten Scheine mitgegeben. Wir sollten der Sache nachgehen.« Er schob einen Stuhl an den Tisch heran und griff nach den gebratenen Auberginen.

»Was? Die Beute enthält keine registrierten Scheine?«, rief Özakın entrüstet aus. Er wischte sich den mit Olivenöl verschmierten Mund ab und knallte die Serviette auf den Tisch. »Darf ich fragen, warum ihr so lange gebraucht habt, um das herauszubekommen?«

Oktay winkte ab, und auch Özakın ließ dann fünfe gerade sein. Es war nicht der Zeitpunkt, sich über den türkischen Schlendrian aufzuregen.

»Darf ich mich trotzdem von den kleinen, mit Schafskäse gefüllten Buletten bedienen?«, fragte Oktay mit Unschuldsmine.

Özakın konnte es ihm nicht abschlagen, und beide machten sich gierig über die Reste des Mahls her.

Mustafa verkroch sich kopfschüttelnd hinter seinen PC und wetterte über diese rücksichtslosen Gesellen.

»Ablenkung ist wohl die beste Medizin«, meinte Özakın und schmunzelte. Es ist schon merkwürdig, dachte er dann, dass die Kassiererin beim Bankraub kein registriertes Geld unter die Beute gemischt hat. Oktay hatte recht, es lagen immer einige Bündel für diese Fälle bereit, 2000 bis 3000 YTL mit einer

Klammer versehen. Löste man sie, wurde automatisch Alarm auslöst. Steckte da wirklich Absicht dahinter, oder war die Kassiererin so angespannt gewesen, als der Täter sie mit der Waffe bedrohte, dass sie das in ihrer Verwirrung einfach vergessen hatte? Oder wusste sie im Gegenteil sehr wohl, was sie da tat, überlegte er, während sie sich köstliches *Cacik* in den Mund schaufelten. Armer Mustafa. Er kann wahrscheinlich die Knoblauch-Joghurt-Minze-Olivenölmischung förmlich auf den Geschmacksknospen seiner Zunge spüren, aber essen darf er nichts, dachte Özakın und fokussierte seine Gedanken wieder auf ihren aktuellen Fall. Könnte es nicht auch so gewesen sein, dass die Kassiererin den Täter entkommen lassen wollte? Kannte sie den Täter etwa? Wenn sie ihn kannte, dann war es ja naheliegend, dass sie ihn mit diesem Manöver schützen wollte. Es kam nicht selten vor, dass Opfer und Täter gemeinsame Sache machten.

Er blickte zu Mustafa hinüber, der ausgehungert auf den Monitor seines Computers starrte. Oktay und er aber leckten sich nach dem köstlichen Mahl schmatzend die Finger ab.

18 …

Himmelhoch jauchzend und jetzt zu Tode betrübt, so fühlte sich Arslan. Er war bis nach Fenerbahçe in den asiatischen Teil Istanbuls gefahren, um Albayrak ausfindig zu machen. Doch die Adresse, die dieser nach der Massenschlägerei bei der Polizei angegeben hatte, war falsch. Dieses Arschloch hatte alle an der Nase herumgeführt. Ihn und vor allem die Polizei. Verdammt! Arslan schäumte vor Wut. Für diesen Anfängerfehler hätte er sich ohrfeigen können. Wie konnte er nur darauf reinfallen?

Er saß in seinem Lieblingscafé, vor sich ein großer Becher Milchkaffee. Abwesend betrachtete er die Vorbeiflanierenden und brütete vor sich hin. Der Kerl war doch nicht so dumm, wie er gedacht hatte, sonst hätte er es wohl nicht geschafft, so lange unentdeckt zu bleiben, nachdem, was er alles verbrochen hatte. Wahrscheinlich besaß er eine große Portion Gottvertrauen. Wenn er sich da mal nicht täuschte. Auch wenn die Polizei diesen Kriminellen nicht zu packen bekommt, ich werde ihn bald zur Strecke bringen, machte er sich Mut, als sein Handy klingelte.

»*Efendim?*«, meldete er sich etwas zögerlich, als erwarte ihn die nächste Hiobsbotschaft.

»Ich bin's, Gülcan.«

»Schön, von dir zu hören, Gülcan«, seufzte er. »Welche schlechte Nachricht hast du für mich parat?« Er rechnete fest damit, dass ihm seine Bekannte aus dem Erziehungsministerium eine Abfuhr erteilen würde.

»Halt dich fest«, sagte Gülcan zu seiner großen Überraschung. »Der Junge wurde vor Kurzem in Istanbul eingeschult.«

»Ist nicht wahr!« Arslan jubilierte innerlich, konnte aber seine Freude nicht lautstark zum Ausdruck bringen. Im Café saßen noch andere Gäste. Also erhob er sich und ging in Richtung Männertoilette, wo er sich ungestört fühlte. »Du bist ein Schatz«, sagte er mit gesenkter Stimme.

»Wenn er es tatsächlich ist, aber da besteht eigentlich kaum Zweifel. Schließlich gehört er zu den wenigen, die erstens in Deutschland geboren wurden, und zwar in Frankfurt, und zweitens im eher fortgeschrittenen Alter von zehn Jahren in die zweite Klasse gehen. Eigentlich müsste er schon in der vierten sein.«

»Vielleicht spricht er kein Türkisch«, erklärte Arslan. »Oder er kann's, aber weigert sich. Aus Protest nehme ich mal an, weil er gegen seinen Willen in die Türkei gebracht wurde.«

»Ich verstehe«, sagte Gülcan und wiederholte nochmals die Daten, um ganz sicherzugehen, Name, Geburtsort und Geburtsdatum des Jungen, bevor sie ihm zu guter Letzt die Adresse der Schule gab, in der Deniz Albayrak vor nicht allzu kurzer Zeit eingeschult worden war. »Brauchst du noch etwas?«

Er lachte verlegen, weil er nicht zu unverschämt wirken wollte. »Hast du vielleicht noch eine Telefonnummer für mich, die des Vaters?«

»Leider nein. Die musst du dir schon in der Schule besorgen. Vielleicht hat er sie ja angegeben, für Notfälle.«

»So werde ich es wohl machen müssen. Ich weiß deine Hilfe zu schätzen. Vielen Dank«, sagte Arslan. »Ich küss dich ganz innig, und ich melde mich, wenn der Fall erledigt ist.«

Er sammelte seine Gedanken, bezahlte und lief dann hinaus auf die Straße. »Na, wer sagt es!«, rief er, ganz beflügelt.

Ziya Gökalp Ilkokulu stand mit großen Lettern über dem Eingang der Grundschule geschrieben. Gleich daneben beäugte, auf einem Sockel stehend, eine riesige Büste des Gründers der modernen Türkei, Kemal Atatürk, seine Schäfchen, gerade so, als betrachte er, was er da geschaffen hatte.

Arslan nahm drei Stufen auf einmal und steuerte zielstrebig den Eingang des Gebäudes an, ein nüchterner, zweigeschossiger Zweckbau mit großen Fenstern. Der Unterricht war längst zu Ende, es lag eine friedliche Ruhe über den Fluren. Eine durchaus günstige Gelegenheit für ein paar diskrete Auskünfte, dachte Arslan, als er sich schnellen Schrittes in Richtung erster Stock bewegte. Dort fand er das Sekretariat, setzte ein besonders freundlich-gewinnendes Gesicht auf, klopfte und wurde hereingebeten.

»Was kann ich für Sie tun?«, fragte eine junge, aber auf ältlich getrimmte Frau mit schwarzem Rock und gestärkter weißer Bluse, die hinter ihrem aufgeräumten Schreibtisch saß.

»Es geht um meinen Neffen«, begann er. »Mein Patenkind«

»Und?«, fragte sie, während sie nicht einmal aufblickte und irgendwelche Zettel beschriftete.

»Mein Patenkind Deniz Albayrak.«

»Dass er Ihr Patenkind ist, hab ich schon verstanden«, sagte die Sekretärin kühl. »Was ist mit ihm?«

Aslan trat näher, um sich besseres Gehör zu verschaffen. »Ich würde ihn gerne überraschen. Er hatte doch unlängst Geburtstag, der gute Junge.«

Ihre Miene schien sich nun etwas aufzuhellen.

»Der Junge hat nur mich, seinen Onkel. Sein Vater hat kaum Zeit für ihn, muss als Tellerwäscher arbeiten, um sich und seinen Sohn ernähren zu können. Zu allem Überfluss ist die Mutter auch noch mit einem Deutschen abgehauen, und die Großeltern sind beim letzten Erdbeben ums Leben gekommen.«

Als könne sie das schwere Los des Jungen kaum begreifen, schüttelte die Frau nun schwermütig den Kopf und schnalzte als Ausdruck ihrer Anteilnahme mit der Zunge.

»Leider konnte ich mich kaum um ihn kümmern,

war im Ausland als Gastarbeiter in Saudi Arabien. Zwei Jahre lang. Nun hat mich die Heimat wieder, und jetzt wollte ich Deniz mit einem kleinen Geschenk überraschen.«

»Wie schön! Aber wie kann ich Ihnen helfen? Wissen Sie nicht, wo Deniz wohnt?«

»Nein. Das ist eine lange Geschichte«, antwortete Arslan und startete von Neuem: »Mein Bruder und ich haben uns leider in die Haare gekriegt, haben kein Wort mehr miteinander gesprochen. Ersparen Sie mir die Details, aber es ist um das Erbe der Eltern gegangen, die wie ich bereits erwähnt habe, beim Erdbeben verschüttet wurden und nur noch tot geborgen werden konnten. Streit kommt wohl in den besten Familien vor. Seitdem hatten wir keinen Kontakt mehr zueinander. Aber mein Lieblingsneffe hat mir erst kürzlich eine Karte nach Saudi-Arabien geschickt, hat mir ganz stolz geschrieben, in welcher Schule er jetzt ist. Wo er und sein Vater wohnen, hat er mir aber leider nicht mitgeteilt. Sie können hoffentlich verstehen, dass ich nun endlich einen Schlussstrich unter unsere Reibereinen ziehen möchte. Mit Allahs und mit Ihrer Hilfe.« Er zog alle Register.

Trotzdem spielte die Sekretärin die gestrenge Prinzipienreiterin. Dabei hatte Arslan noch gedacht, er habe sie endlich so weit.

»Bedaure, wir dürfen keine Adressen herausgeben.«

So eine dumme Kuh.

»Woher weiß ich, dass das stimmt, was Sie mir da

erzählen? Vielleicht sind Sie ja sogar ein Terrorist, ein Entführer!«

Arslan lachte, obwohl ihm jetzt eher zum Weinen war. Aber er spielte seine Rolle weiter. »Ja klar, und Sie nehme ich gleich als Geisel, und wenn Sie nicht sofort die Adresse herausrücken ...« Dabei griff er lächelnd in seine Jackeninnentasche.

Weil sie annahm, er würde jetzt seine Waffe zücken, wich die Sekretärin mit vor Schreck weit geöffneten Augen zurück.

Aber er hatte nur das Foto, das ihm Ariane gegeben hatte, hervorgeholt. »Hier, erkennen Sie den kleinen Deniz?«

Erleichtert ließ sie jetzt ihren Blick auf das Foto sinken.

»Er ist mir wirklich ans Herz gewachsen, wenn Sie verstehen, was ich meine. Ein eigenes Kind war mir ja leider nicht vergönnt.« Er bemühte sich, besonders traurig auszusehen. »Sie haben bestimmt Kinder«, fuhr er fort, als er bemerkte, dass die kritischen Augen der Sekretärin von Milde umflort waren. »Nein? Nicht verheiratet? So eine hübsche Frau wie Sie ...« Er sah, dass sie leicht errötete, und räusperte sich. »Entschuldigen Sie bitte ... Ich wollte nicht persönlich werden«, sagte er.

»Ist schon gut.« Sie betrachtete erneut das Foto. »Ja, das ist er, unser Türkeiheimkehrer. Spricht nur gebrochen Türkisch. Da müssen Sie ihm noch ein wenig helfen.«

»Ja, ja, deswegen bin ich auch hier. Wenn die Familie nicht zusammenhält, was hat man dann vom Leben noch zu erwarten?«

»Solche Menschen wie Sie sollte es noch mehr geben«, seufzte sie nun gerührt, stand auf und lief quer durch den Raum zu einem Karteikasten. Sie riss von einem Notizblock ein Blatt ab und kritzelte die Adresse von Deha Albayrak darauf. »Die Telefonnummer des Vaters auch?«, fragte sie lächelnd.

»Warum nicht? Doppelt hält besser«, antwortete Arslan freudestrahlend.

Sie nickte. »Ich darf sie eigentlich nur in Notfällen herausgeben, aber wenn das kein Notfall ist! Ich hoffe, die Überraschung gelingt Ihnen. Der Junge braucht jetzt viel Zuwendung und Freude, damit er wieder lachen kann.«

»Wie wahr, wie wahr«, gab ihr Arslan recht, während er das Papier entgegennahm und gefaltet in seine Tasche schob. Er lief nachdenklich und mit gebeugtem Kopf zur Tür, als sei er gerührt, und verabschiedete sich. Im Flur konnte er sich ein teuflisches Grinsen nicht verkneifen. Die Schmierenkomödie, die er da abgeliefert hatte, war oscarreif gewesen. Er hätte Purzelbäume schlagen oder muntere Lieder trällern können, so glücklich war er. »Ich komme, Albayrak«, rief er und fügte drohend hinzu: »Sieh dich vor, du Oberschlappschwanz!«

19... Es war sein freier Tag, und noch dachten sich Özakın und seine Frau nichts dabei, als sie den Trailer im Fernsehen sahen. In großen roten Buchstaben, unterlegt mit melancholisch-herzzerreißender Musik, wurde die Sendung *Tragödie am Ramadan* angekündigt. In der Türkei, vor allem aber in einer solchen Stadt wie Istanbul, wo es mitunter rau und unangenehm zuging, bestand das Leben im Allgemeinen aus vielen Tragödien, sodass der Titel alleine sie nicht unbedingt abschreckte. Außerdem waren sie mit den Zynismen im türkischen Fernsehen großgeworden, sodass sie einiges vertragen konnten, bis hin zu Menschen, die sich vor laufender Kamera zuerst stritten, dann prügelten und schließlich umbrachten. Doch plötzlich stockte selbst ihnen der Atem, als der Einspieler mit extrem kurzen, aber prägnanten Bildern, die menschenverachtender nicht sein konnten, über die Mattscheibe flimmerte. An einem Balkon hing ein Körper wie eine Hülle leblos hinunter. Die Kamera zoomte darauf zu, verharrte kurz auf den halb geschlossenen Augen, schwenkte zuerst nach oben, auf das Geländer, wo etwa einen Meter über dem Kopf ein Seil geknotet war, dann nach unten, zum

Hals des Mannes, in den sich die Schlinge deutlich ins Fleisch gebohrt hatte. In der Totalen war das Schreckensszenario zwar kurz, aber in seiner ganzen Dimension zu erkennen.

Özakın war entsetzt und schlug die Hände vors Gesicht, als könne er nicht glauben, was er da sah. »Das ist doch ...« Er schüttelte ungläubig den Kopf.

»Ist was?«, fragte Sevim erschrocken. »Kanntest du den Mann etwa?«

»Und ob! Das ist Korutürk. Du weißt schon, der verdächtige Bankräuber, der einen Wachmann erschossen haben soll«, sagte er aufgebracht. »Der hat sich doch tatsächlich stranguliert! Und wie es aussieht, war die Medienmeute noch vor der Polizei am Ort des Geschehens.«

Jetzt erschien eine herausgeputzte Moderatorin im modisch-blondierten Strähnchen-Look auf dem Bildschirm und begrüßte die Zuschauer mit einem dezenten Lächeln, das dann aber situationsgemäß gefror:

»Guten Abend, sehr verehrte Damen und Herren. Das waren emotional äußerst aufwühlende Bilder, liebe Zuschauer. Herzlich willkommen zu unserem langen FUN-TV-Spezial über eine Tragödie, die sich mitten in Istanbul ereignet hat, während die Menschen vor ihren Fastentellern saßen. Ein Selbstmord, der einen dunklen Schatten auf den heiligen Ramadan wirft, aber auch auf unsere Gesellschaft, die immer mehr verroht. Auf eine Gesellschaft, die Menschen im Stich lässt.

Gani Korutürk hatte versucht, seine Familie im Schweiße seines Angesichts zu ernähren, und scheiterte daran. Weil seine Imbissbude nicht genug abwarf, war er hoch verschuldet, so hoch, dass er sogar seine Niere und Leber per Inserat anbieten musste. Heute Abend fand ihn sein Nachbar tot auf seinem Balkon.«

»Die gibt sich wohl als Menschenfreund. In Wahrheit ist es ihr doch scheißegal, ob jemand tot ist oder nicht. Hauptsache, sie hat ihre Show«, ätzte Özakın.

Diese Bemerkung fand den Beifall seiner Frau, und beide ärgerten sich über diese maßlose Heuchelei.

Es folgte ein Hintergrundbericht mit Eindrücken aus der Straße des Toten. Sein Haus und seine Imbissbude mit den geschlossenen Fensterläden wurden gezeigt, der Nachbar, der ihn gefunden hatte, interviewt, bevor man erneut zum Balkon schwenkte, an dem der Mann baumelte.

In diesem Moment spürte Özakın eine doppelte Wut in sich. Das privateste der Gefühle, der Tod, wurde erneut durch das Fernsehen in die Öffentlichkeit gezerrt, und dieses Mal war er nicht ganz unbeteiligt an diesem menschlichen Schicksal. Schließlich hatte auch er dazu beigetragen, Korutürk in die Enge zu treiben. Nach dem ersten Schock aber war er wieder ganz ruhig, sein Kopf arbeitete, und er dachte daran, dass sie nur ihren Job getan, den Mann verhört und befragt hatten, genauso wie jeden anderen, der ihnen verdächtig erschienen war. Vielleicht hatte er ja sogar den Freitod gewählt, um nicht in den Knast zu wandern. So gesehen konnte sein Selbstmord auch ein Schuldeingeständnis gewesen sein.

Die Moderatorin spulte ein paar überleitende Sätze ab, bevor sie den Reporter vor Ort ankündigte:

»Direkt am Unglücksort in Bağcılar steht nun mein Kollege, der uns mehr zu den Hintergründen dieses Selbstmords erzählen kann.«

»Oh, nein, dieses Arschloch«, rief Özakın angewidert aus, als er den Journalisten sah. »Schon wieder dieser Ender Altındağ, unser alter Bekannter von FUN-TV, der Leichenfledderer.«

Sevim lächelte und meinte: »Ein toller Name für einen Reporter. Ich kann mir bildhaft vorstellen, was er den ganzen Tag so treibt.«

»Was schon, er wühlt im Dreck. Das tut er ständig, auch bei dem ermordeten Transvestiten hatte er seine ekligen Finger im Spiel«, sagte Özakın verächtlich, als sich der Reporter ins Bild schob.

»Korutürks Selbstmord kam nicht von ungefähr. Er stand unter enormem Druck, weil er sich im Visier der Polizei befand. Er soll einen Bankraub verübt und einen Wärter erschossen haben. Die Polizei ging von ihm als Hauptverdächtigen aus, dabei gab es so gut wie keine Beweise gegen ihn. Freunde beschreiben Korutürk als angenehmen und verantwortungsvollen Familienvater. Ein Nachbar erzählte uns gerade von einer Hausdurchsuchung, die gestern

stattgefunden haben soll. Wie unsere Recherchen ergaben, konnten aber keine Hinweise auf die Tat in der Bank gefunden werden. Es gibt auch Gerüchte, sein Imbiss sei wegen der angeblichen Verstrickung in diese kriminelle Tat von den Kunden gemieden worden. Er sei wie ein Aussätziger behandelt worden, was ihm allmählich zu schaffen gemacht habe ... All das hat der Mann nicht verkraftet ...«

»Das sind ja schwere Vorwürfe gegen die Polizei«, sagte die Moderatorin zu dem Reporter. *»Korutürk soll aber kein Alibi gehabt haben und zu Recht als Hauptverdächtiger eingestuft worden sein.«*

»Das haben wir selbstverständlich recherchiert. Wir haben einen seiner Freunde ausfindig gemacht, und der sagte uns gegenüber, Korutürk, er und ein paar andere hätten zur Tatzeit Karten gespielt. Nur sollte das niemand an die große Glocke hängen, weil seine Frau auf keinen Fall von seiner Zockerei erfahren durfte. Also, wir gehen davon aus, dass der Mann durchaus ein Alibi hatte, und damit gebe ich zurück ins Studio.«

»Da weiß Altındağ mehr als wir. Wenn das stimmt, dann ...«, murmelte Özakın, als sich sein Handy bemerkbar machte. Er warf einen Blick auf das Display und verzog genervt das Gesicht.

»Haben Sie das eben auch gesehen?«, fragte ein missgestimmter Kommissariatsleiter Yılmaz und fluchte über die Journalisten, die einem bei jedem Scheiß an den Fersen klebten und schrieben, wie schusselig die Ermittler seien. »Was sagen Sie dazu?

Das können Sie doch nicht auf sich sitzen lassen, als ermittelnder Kommissar. Die Polizei hätte Korutürk unter Druck gesetzt, dass ich nicht lache! Da schwingt doch der Vorwurf mit, wir hätten ihn in den Selbstmord getrieben. Übrigens, das mit dem Alibi, das müssen Sie genauestens überprüfen. Das fehlte noch, dass Polizeireporter mehr wissen als wir.«

Der hat gut reden, der Herr Yılmaz, dachte Özakın. Das Alibi hätten sie sowieso überprüft, aber er musste ja gleich mit der Hausdurchsuchung vorpreschen. Er hatte seinen Chef noch gewarnt, er solle erst einmal abwarten, aber nein, er wollte sich von ihm nichts sagen lassen, weil seine feinen Politikerfreunde ganz schnell einen Täter brauchten.

Als das Gespräch beendet war, lag die *Tragödie am Ramadan* in ihren letzten Zügen. »Zu diesem tragischen Selbstmord hätte es nicht kommen müssen«, zog die Moderatorin ihr Resümee, bevor sie zum Schluss mit trauriger Miene einen Bericht über die geschockte Ehefrau des Toten ankündigte.

20...

Deha Albayrak riss den braunen Umschlag auf. Ein kalter Schauer jagte ihm über den Rücken, als er den Inhalt sah. Er holte tief Luft und setzte sich benommen auf einen Stuhl, um die Post genauer zu betrachten. Irgendjemand ist mir auf die Spur gekommen, schoss es ihm blitzartig durch den Kopf. Er fasste sich an die schweißnasse Schläfe und spürte seinen Puls rasen. Jetzt haben sie mich, dachte er, bis er sich jäh aufbäumte. »Niemals, nur über meine Leiche!«

Der Umschlag war mit seinem Namen ohne Briefmarke einfach in den Briefkasten geworfen worden. Er schob den Vorhang zur Seite, linste möglichst unauffällig hinter der Fensterscheibe hervor, graste mit seinen Blicken die Umgebung vor dem Haus ab, bevor er sich wieder setzte. »Verdammt, ich werde erpresst!«, murmelte er apathisch und blickte auf das Papier mit den daraufgeklebten bunten Buchstaben, der Drohung, 10 000 YTL bereitzustellen, sonst würde man zur Polizei gehen. Und dass er bald weitere Anweisungen bekommen würde, wo er das Geld deponieren solle.

Es war, als wäre seine kleine Welt, die er sich mühsam aufgebaut hatte, in tausend Stücke zerbrochen. Wer wusste davon, dass er seinen Sohn entführt hatte, und könnte ihn damit erpressen? Ariane fiel ihm sofort ein. Doch Deutschland war weit weg. Und außerdem waren inzwischen zwei Jahre seit ihrer Flucht vergangen. Sie hatte sicherlich längst aufgegeben.

Es könnte jemand aus seiner unmittelbaren Umgebung sein. In einem Stadtteil wie Bağcılar war das ohne Weiteres möglich. Da kam fast jeder infrage, sogar die Verwandtschaft. War es etwa die späte Rache einer seiner Geschwister, der die Verantwortung für die Großfamilie tragen musste, während er, der Jüngste der Albayraks, zum Studieren nach Deutschland durfte? Oder sein Onkel Erol? Mit ihm verstand er sich am allerwenigsten. Niemals, dachte er, zauderte dennoch. Und was war mit den Kindern seiner Tante, inzwischen erwachsene Menschen? Immer wildere Vermutungen schossen ihm durch den Kopf. Seine Cousine? Die machte sich ja schon lange Hoffnungen, dass aus ihnen beiden etwas werden könnte. Vielleicht ging es ihr nicht schnell genug, und sie wollte ihm eins auswischen. Sie benahm sich ja jetzt schon wie eine Ehefrau und Stiefmutter, mischte sich in Deniz' Angelegenheiten ein, und nun war sie mit ihm unterwegs in der Stadt. Er blickte auf die Uhr, und eine panische Unruhe erfasste ihn plötzlich, Angst, dass dem Jungen etwas zugestoßen sein könnte, dass der Erpresser zuschlagen, der Polizei einen Hinweis geben könnte. Ihm wurde ganz übel bei dem Gedanken.

Wer also wusste noch Bescheid? Nur noch eine einzige Person fiel ihm da ein: Serenay, aber die war tot, ermordet von einem Freier – das hatte er von einer ihrer Freundinnen erfahren. Fassungslos war er gewesen. Ihr Tod hatte ihn geschockt, aber auch traurig gemacht. Er hatte sie damals, bei ihrer Flucht, im Flieger kennengelernt. Fast wäre er sogar darauf reingefallen, dass sich hinter der perfekten weiblichen Fassade ein Mann verbarg, wenn sie ihm nicht die Wahrheit gesagt hätte. Ihr Angebot, mit ihr zu schlafen, kostenlos natürlich, hatte er dankend abgelehnt, aber sie wurden irgendwie Freunde, verbrachten viele Abende schwatzend in ihrer Wohnung. Von ihr fühlte er sich verstanden, vielleicht auch deswegen, weil sie eigentlich ein Mann war. Sie engte ihn nicht ein, verlangte nichts von ihm und war ein guter Zuhörer. Er besuchte sie immer montags und erzählte ihr von seinem Sohn, von seiner Ehe, von Deutschland, seiner Cousine, die scharf aufs Heiraten war, und dass er vielleicht mit ihr eine neue Existenz aufbauen wollte, wohl oder übel, wenn er das Geld zusammen hatte, damit er nicht von den milden Almosen seiner Verwandtschaft leben musste. Bei Serenay konnte er sicher sein, dass sie schwieg. So wie er, mied auch sie die Polizei, die ihr das Leben schwer machte. Genauso wie ihre Kunden. *In der Nacht fallen sie betrunken über mich her, aber wenn ihr Kopf wieder klar ist, wollen sie nichts mehr von mir wissen, als wäre ich der letzte Dreck,* beklagte sie sich immer. Sie aber wehrte sich gegen diese Demütigungen und nahm ihre Freier richtig aus. Sie hatte sogar einen festen Wochenplan für ihre Liebesdienste.

Ein Geräusch an der Tür kündigte seine Cousine an, die mit Deniz an der Hand ins Zimmer trat.

»Wo wart ihr so lange? Ich warte schon seit Stunden auf euch«, herrschte er sie an. Er packte seinen Sohn am Arm und zog ihn besitzergreifend an sich, während er ihm den Kopf tätschelte.

»Was ist denn los mit dir?«, fragte sie verwundert. »Wir haben doch nur Schulhefte gekauft und noch eine weitere Hose für die Schuluniform. Wir haben uns für dunkelblau entschieden«, versuchte sie die Stimmung aufzulockern.

Albayrak aber reagierte nicht und bat seinen Sohn, ins Nebenzimmer zu gehen. Er gehorchte.

»Du hattest wohl Angst, dass ich mit deinem Sohn abhaue«, rief sie ihm belustigt zu. »Du traust wohl niemandem mehr.«

»Was willst du eigentlich, Geld?«, brüllte er und blickte sie verächtlich an. »Kannst du haben, nur lass uns in Frieden. Diese Heuchelei, diese Enge gehen mir so langsam auf den Geist. Wir hätten niemals in die Türkei zurückkommen sollen.«

»Bist du deswegen so gereizt, weil deine Geliebte tot ist?«, fragte sie scheinheilig.

Albayrak stürmte auf sie zu, ergriff wütend ihr schmales Handgelenk und drohte: »Pass auf, was du da sagst.«

Sie riss sich los und keifte: »Ich wusste es schon die ganze Zeit, dass du zu einer Nutte gehst. Und jetzt ist sie tot!«

Mein Gott, sie weiß es, dachte er und wehrte dennoch ab: »Wer ist tot?«

»Diese Serenay – ein Transvestit, mein Gott, wie tief bist du gesunken!«

»Ich bin dir keine Rechenschaft schuldig«, erklärte er nun in einem überheblichen Ton, obwohl ihn diese Vorwürfe trafen.

»Und ich dachte, wir gehören zusammen«, schluchzte sie. »Warum bist du nur so abweisend?« Sie packte ihn an beiden Händen und umarmte ihn leidenschaftlich.

Ihre Nähe war ihm unangenehm, sodass er sie von sich wegschob.

»Du musst Vernunft annehmen. Denk an deinen Sohn«, warnte sie gekränkt. »Du sitzt tief in der Scheiße. Nur, wenn wir zusammenhalten, schaffen wir es. Setz nicht alles aufs Spiel.«

»Pah, eine Zukunft auf tönernen Füßen, damit du mich jederzeit erpressen kannst.«

»Erpressen, ich?«

»Du willst doch Geld, du elende Erpresserin, oder?«

»Deine Liebe wäre mir lieber«, antwortete sie und lächelte krampfhaft. »Hier in der Türkei laufen die Dinge anders. Du musst schon deine Versprechungen einhalten. Sonst tuscheln die Nachbarn, dann gibt es böses Blut«, beschwor sie ihn. »Die gehen längst davon aus, dass wir ein Paar sind. Und für Deniz bin ich doch eine gute Mutter. Bin ich es etwa nicht?«

Verdammt, dachte er, sie hat mich in der Hand!

21 ...

Als Özakın in sein Büro trat, offenbarte sich ihm, was aus einem vor Kraft strotzenden Mann innerhalb von nur drei Wochen werden kann, wenn nur sein Essenszyklus durcheinandergeriet. Der fastende Mustafa war nur noch der Schatten seiner selbst, mit aschfahler Haut, dunklen Rändern unter den Augen und eingefallenen Wangen, als wäre er gerade einer Hungerskatastrophe entkommen. Das hatte ihn allerdings, das musste Özakın mit Bewunderung feststellen, nicht davon abgehalten, pünktlich zur Arbeit zu erscheinen, und wie es aussah, hatte er auch schon fleißig recherchiert. Klar, die Routine hatte sich erbarmungslos über ihn gestülpt und ließ ihm keine Zeit für Sinnfragen. Das jedenfalls verriet die Unordnung auf seinem Schreibtisch.

»*Selam*«, begrüßte Özakın seinen Kollegen. »Wie kommt es, dass du schon da bist?«

»Na, rat mal«, antwortete Mustafa müde. »Der Chef hat mich gestern Abend noch angerufen.«

»Dich auch?«, unterbrach ihn Özakın und schleuderte erbost seine Aktentasche auf den Schreibtisch. »Und was wollte er? Dass du ein paar Spuren für ihn verwischst?«

»So ähnlich«, antwortete Mustafa. »Ich war gerade mit Arslan unterwegs, du weißt schon, mit unserem früheren Kollegen, da hat er mich auf dem Handy angerufen und hat gefragt, ob ich diesen Bericht im Fernsehen gesehen hätte. Ich sagte Nein, und er hat erklärt, worum es ging. Ich war richtig geschockt. Die Fernsehleute haben wohl den ermittelnden Polizisten üble Vorwürfe gemacht, haben behauptet, wir hätten Korutürk in den Freitod getrieben. Das sollten wir auf keinen Fall auf uns sitzen lassen, hat Yılmaz gemeint.«

»Wir? Er ist natürlich vollkommen unschuldig. Er war es doch, der auf der Hausdurchsuchung bestanden hat«, empörte sich Özakın. »Das hat dem Mann den Rest gegeben.«

»Du denkst, er war unschuldig?«, fragte Mustafa.

»Was weiß ich«, antwortete Özakın. »Ich hätte den Fall jedenfalls gerne zu Ende gebracht, ohne dass er uns unter den Fingern wegstirbt.«

Mustafa winkte ab und meinte: »Der Chef will jedenfalls, dass ich den Vorwürfen der Reporter nachgehe. Auf dich kann er sich wohl nicht mehr verlassen.« Mustafa schmunzelte.

»Mach dich nur lustig über mich«, rief Özakın aus und zündete sich eine Marlboro an.

»Nun, wie es aussieht, könnten die Vorwürfe sogar stimmen. Vor allem, was das Alibi betrifft. Wir gingen ja bisher davon aus, dass er keins hatte, aber Korutürk soll zur Tatzeit tatsächlich Karten gespielt haben. Das sagen seine Freunde.«

»Wenn man diesen *Freunden* glauben darf«, warf Özakın misstrauisch ein.

»Eben«, bemerkte Mustafa.

»Und ich dachte, der Kerl sei hoch verschuldet gewesen.«

»Fürs Zocken findet man anscheinend immer Geld«, meinte Mustafa. »Nach dem jetzigen Stand der Ermittlungen könnte er vermutlich doch unschuldig gewesen sein. Soweit ich das feststellen konnte.«

»Vermutlich … Soweit ich feststellen konnte … Du redest schon wie ein Politiker. Geht's nicht ein bisschen präziser? Im Grunde stehen wir doch wieder vor einem Rätsel.« Özakın schluckte und murmelte dann wie hypnotisiert: »Ob wir nicht doch zu viel Druck gemacht haben?«

Mustafa merkte, dass sich sein Kollege Vorhaltungen machte. »Korutürks Selbstmord hätten wir doch nicht verhindern können, Mehmet!«, sagte er.

»Bist du dir da ganz sicher?«, fragte Özakın mit schlechtem Gewissen.

Mustafa nickte bedrückt. »Ob schuldig oder nicht. Anscheinend war sein Leidensdruck so groß, dass er keinen anderen Ausweg mehr sah, als sich das Leben zu nehmen.«

»Trotzdem, das hätte mir nicht passieren dürfen. Ich hätte niemals zulassen dürfen, dass …«

»Nur zu deiner Beruhigung«, meinte Mustafa. »Der Mann hat einen Abschiedsbrief hinterlassen. Darin beschreibt er, wie sehr er unter seinem

Schuldenberg gelitten hat, und vor allem, dass er keinen Sinn mehr darin sah, weiterzuleben, nachdem ihn seine Frau mit den beiden Kindern verlassen hat.«

»Trotzdem«, seufzte Özakın, »der Schuss ist nach hinten losgegangen.«

Özakıns schlechte Laune hin oder her, die Sache duldete keinen Aufschub, und so ging es am späten Nachmittag erneut nach Bağcılar, das die beiden Kommissare inzwischen wie ihre Westentasche kannten. Man konnte es sich denken, dass sie sich nicht darum rissen. Denn das Viertel machte einen eher deprimierenden Eindruck auf sie, und jedes Mal, wenn sie ihre Befragungen abgeschlossen hatten, waren sie heilfroh, wieder ins lebensfrohe Beyoğlu zurückzukehren.

Mit dem überraschenden Selbstmord von Korutürk hatte ihr Fall eine neue Wendung bekommen, vor allem aber nach Oktays Feststellung, dass das geraubte Geld keine registrierten Scheine enthielt, was irgendwie sonderbar erschien und die Kommissare zur Annahme verleitete, die Kassiererin könnte durchaus mehr wissen, als sie bisher zum Besten gegeben hatte. Özakın konnte sich darüber blau ärgern, dass er diese Spur nicht gleich verfolgt hatte. Hinzu kam, dass Mustafa das persönliche Umfeld der Kassiererin Fatma Benli durchleuchtet hatte und auf einen ihrer Brüder gestoßen war, einen wegen Raub und Waffenbesitz polizeibekannten jungen Mann, sodass sie ihren Besuch bei der Familie Benli mit einer gewissen Zuversicht hinsichtlich einer heißen Spur angehen konnten.

Es war halb sechs, und Özakın und Mustafa gingen davon aus, dass die Benlis zu Hause sein würden. Ramadan war die beste Zeit für Zeugenbefragungen. Und sie kamen unangemeldet, was eine gute Taktik war.

»Die Kriminalpolizei«, rief Fatma Benli überrascht, aber etwas zu laut, nachdem sie die Haustür geöffnet hatte. Sie lächelte gekünstelt und ließ die beiden Kommissare eintreten. »Die Kripo, ihr wisst schon, wegen der Sache in der Bank«, rief sie ihren Verwandten zu, die im Wohnzimmer zu einem Plausch zusammensaßen, sich aber nun, alarmiert durch ihr Getöse, zum Gehen erhoben. Dabei mussten sie aber an den Kommissaren vorbei, weswegen die Kassiererin nun nicht umhinkonnte, einen nach dem anderen flüchtig vorzustellen, damit sie nicht allzu unhöflich erschien. »Das sind meine Großeltern, meine Mutter, meine Tante und ... meine anderen Verwandten«, erklärte sie, worauf die Vorgestellten eine Geste der Begrüßung andeuteten, bevor sie sich beeilten, wegzukommen.

Als sich die Menge verzogen hatte, fragte Mustafa: »Ist Ihr Bruder Ercan auch da?«

Fatma Benli fixierte ihn mit einem eisigen Blick. »Was wollen Sie von ihm?«

»Prüfen, ob er immer noch der böse Junge geblieben ist«, antwortete Mustafa forsch.

Sie seufzte. »Immer wieder diese ollen Kamellen ... Hat man denn nie seine Ruhe!«

»Na, hören Sie mal! Schließlich ist Ihr Bruder kein unbeschriebenes Blatt. Ob es Ihnen nun passt oder nicht, wir müssen jedem Hinweis nachgehen«, sagte Mustafa gereizt, während er und Özakın sich wie selbstverständlich, und weil es die Tradition erforderte, die für Gäste bereitstehenden Hausschuhe überzogen, allerdings zähneknirschend, denn es müsste nur ein Verdächtiger zu flüchten versuchen. Ihn mit Hausschuhen zu verfolgen, war ein Ding der Unmöglichkeit.

»Ein großes Haus«, bemerkte Özakın, als Fatma Benli sie ins Wohnzimmer führte.

Sie nickte.

»Wie viele Personen wohnen hier eigentlich so unter einem Dach?«, fragte Özakın, weil er merkte, dass die Stimmung etwas angespannt war.

Sie überlegte kurz und meinte dann: »Dreizehn! Also Oma, Opa, Mutter, Vater, Tante, Onkel und insgesamt sieben Kinder. Unten im ersten Stock wohnen wir mit den Großeltern, und im zweiten wohnt die Familie meiner Tante. Das ist hier so üblich. Alle Familien leben in Sippen zusammen. Und das Haus steht jederzeit offen, falls neue Verwandte aus der Heimat nachkommen. So ist es nun mal. Man muss zusammenhalten.«

»Indem Sie zum Beispiel Ihrem Bruder irgendwelche Tipps für einen Raubüberfall geben und ihn dann entwischen lassen?«, fragte Mustafa scheinheilig. »Meinen Sie diese Art von Zusammenhalt?«

»Wie bitte? Ich hör wohl nicht recht«, empörte sie sich. »Ich setze mich der Gefahr aus, von irgendwelchen Verrückten niedergeschossen zu werden, mache meine Arbeit, überstehe in panischer Angst diesen brutalen Bankraub, und Sie werfen mir so etwas vor?« Enttäuscht wandte sie sich ab, etwas zu theatralisch, wie Mustafa fand.

»Wir haben noch kein Urteil gefällt. Aber gestatten Sie uns, einigen Ungereimtheiten nachzugehen«, bemerkte nun Özakın, während sie auf einem Sofa mit Spitzendeckchen am Kopfteil und an den Armlehnen Platz nahmen.

»Ungereimtheiten? Ich hab Ihnen doch schon alles gesagt. Und jetzt kommen Sie ausgerechnet an Ramadan und belästigen unsere Familie«, erhob Fatma die Stimme.

Doch die beiden ließen sich nicht davon beeindrucken, vor allem Mustafa, der sich durch das Fasten matt und ausgemergelt fühlte, war wieder kurz davor, in die Luft zu gehen. »Wir haben auch wenig Zeit, wollen heim, uns endlich satt essen«, sagte er ungehalten. »Aber vorher wollen wir wissen, warum Sie dem Bankräuber keine registrierten Scheine ausgehändigt haben. Die Geldscheine lagen doch für solche Fälle bereit! Wen wollten Sie da schützen?«

Sie lächelte etwas unsicher, bevor sie fragte: »Ist das wahr? Na so was, da muss ich wohl etwas durcheinandergebracht haben. Ist das jetzt schlimm?«

Wie naiv ist die eigentlich, überlegte Mustafa und schaute sie ungläubig an.

Fatma Benli spürte, dass er ihr nicht glaubte, und fragte: »Waren Sie noch nie in solch einer Situation, dass Sie Angst hatten, erschossen zu werden, dass Sie nicht mehr wussten, was Sie da taten? Den armen Wachmann hat's ja erwischt, kurz vor seiner Pensionierung. Sollte etwa noch einer dran glauben?«

Das ließ Mustafa erst einmal so stehen und meinte: »Und den Alarmknopf haben Sie natürlich auch zu spät gedrückt, weil Sie Angst vor dem Bankräuber hatten?«

»Hab ich das tatsächlich?«, fragte sie unschuldig. »Und ich dachte, das sei genau richtig gewesen. Schließlich sollte man sich nicht unnötig der Gefahr aussetzen. Hätte ich zu früh gedrückt, der Typ hätte mich wahrscheinlich auch erschossen. Ich liebe meinen Job, aber das geht dann wohl zu weit.«

Dem konnte man nichts hinzufügen. Bei einem Überfall spielten verständlicherweise die Nerven verrückt. Aber irgendetwas missfiel Mustafa. War es ihre stromlinienförmige Art, sich herauszureden, ihre Unbekümmertheit oder ihre Art, sie für dumm zu verkaufen? »Sie spielen uns ständig die Naive vor«, sagte er. »Sie verheimlichen uns doch etwas!« Mustafa erinnerte sich an Korutürks Aussage, nachdem ihn Özakın an dessen Imbissstand besucht hatte. »Frau Benli, warum haben Sie eigentlich behauptet, dass Korutürk Sie vor der Bank angegriffen hat?«

Und Özakın ergänzte: »Weder der Bankdirektor noch irgendein anderer konnte bestätigen, dass es zu tätlichen Auseinandersetzungen gekommen ist. Sie sollen sich nur gestritten haben.«

»Haben Sie Korutürk absichtlich belastet, um einen anderen zu schützen? Denken Sie an Korutürks Selbstmord. Ich weiß nicht, ob Sie das mit Ihrem Gewissen vereinbaren können«, fügte Mustafa hinzu.

»Das ist ja ungeheuerlich, was ich mir da anhören muss!«, rief sie aufgebracht.

»Sie sollten jetzt Ercan holen«, forderte Özakın sie aber ungerührt auf und erhob sich demonstrativ, mit ihm Mustafa. Sitzend auf dem bunten Sofa und mit ihren Hausschuhen sah es so aus, als wären sie zum Kaffeeklatsch hier. Es fehlte nur der Kaffee, den sie schon aus diesem Grund dankend abgelehnt hatten.

Sie lief ein paar Schritte in Richtung Flur, drehte sich dann um und meinte schließlich: »Er war zur Tatzeit zu Hause. Das können hier alle bestätigen.«

»Schön, dass Sie für ihn in die Bresche springen«, rief ihr Özakın hinterher. »Wir würden uns aber gerne selbst ein Bild darüber machen.«

»Die leben hier wie in einem Dorf zusammen«, sagte Mustafa, als die Kassiererin gegangen war.

»Da gibt's noch einen kleinen Unterschied«, entgegnete Özakın. »Im Dorf können sich diese Typen keine krummen Dinger leisten. Hier in der Stadt werden alle zu Hyänen.«

Mittelgroß, dichte schwarze Haare, etwas schmal,

wie mindestens zwanzig Millionen Männer in der Türkei. Das dachten sich die beiden Kommissare, als sie Ercan Benli sahen, der mit kleinen Schritten etwas zaudernd ins Wohnzimmer trat.

Mustafa beäugte seine Klamotten, konnte aber nichts Verdächtiges feststellen und sah, wie Özakın die Schuhe des jungen Mannes inspizierte, aber auch er musste wohl passen.

»Was kann ich für Sie tun?«, fragte Ercan Benli mit südostanatolischem Akzent und stand abwartend im Raum.

»Fragen Sie lieber, was wir für Sie tun können«, antwortete Mustafa. »Denn Sie sitzen ziemlich in der Patsche nach dem, was wir alles über Sie erfahren haben.«

»Ich weiß schon, was Sie meinen. Ich bin aber seitdem nicht mehr rückfällig geworden«, wehrte sich der Beschuldigte vehement. Er wendete sich seiner Schwester zu und schüttelte ärgerlich den Kopf.

»Da hab ich aber andere Informationen«, konterte Mustafa, der sich lange mit dessen Person beschäftigt hatte. Der Kerl war vorbestraft, arbeitslos, neigte zu Gewalt, und er war ein ausgesprochener Waffennarr. Bekannte von ihm hatten unlängst gesehen, wie er auf einem leeren Grundstück Schießübungen gemacht hatte. »Besitzen Sie eine Waffe?«, fragte er.

»Was für 'ne Waffe?«

»Herr Benli, besitzen Sie eine Waffe vom Typ Ceska?«, wiederholte Özakın.

»Wer behauptet das?«, fragte er und musterte die beiden. »Die Nachbarn? Die von der Schwarzmeerküste, stimmt's?«

Mustafa seufzte und verdrehte genervt die Augen. Schon wieder diese Rivalität zwischen Bewohnern der Schwarzmeerküste und denen aus dem Südosten.

»Die sind doch nur neidisch auf uns. Die lügen doch alle«, ging Fatma dazwischen.

»Die wollen mich im Knast sehen, diese Sardellenfresser von der Küste. Denen hau ich aufs Maul«, schrie Ercan Benli und schlug demonstrativ mit der Faust auf die Handinnenfläche.

»Gar nichts tun Sie. Sie haben schon genug Ärger. Sie sollen jemandem erzählt haben, dass Sie am liebsten eine Bank überfallen würden. Ihre Schwester würde Ihnen da gewiss helfen«, bemerkte Özakın.

Mustafa taxierte die Geschwister, als sich in diesem Moment Özakıns Handy bemerkbar machte.

Özakın klappte es auf und ging ran.

Ercan Benli nutzte die Gelegenheit und zündete sich eine Zigarette an, und Fatma lief aus dem Wohnzimmer, das sie nach ein paar Minuten mit einem Aschenbecher in der Hand wieder betrat.

Mustafa beobachtete, wie sich ihr Bruder mit der linken Hand Feuer gab. Er grinste zufrieden in sich hinein, weil der Täter ja ein Linkshänder war. Als er aber sah, wie Ercan Benli die Zigarette mit der Rechten hielt, war er ziemlich enttäuscht.

Währenddessen schien sich Özakıns hartnäckiger

Anrufer nicht abwimmeln lassen zu wollen. Mustafa sah nur das schmerzvoll verzerrte und entsetzte Gesicht seines Kollegen und sein irritiertes Kopfschütteln, bevor er auflegte.

»Was sagen Sie also zu Ihrer Äußerung, Sie würden am liebsten eine Bank überfallen? Da Sie ja gute *connections* hätten«, nahm Özakın etwas abwesend den Faden wieder auf, nachdem er sein Gespräch beendet hatte.

»Ein kleiner Scherz, sonst nichts«, protestierte Ercan Benli und blickte sich Hilfe suchend nach seiner Schwester um.

»Ein Scherz mit weitreichenden Folgen. Mit einem Toten und einer Verletzten, die im Krankenhaus liegt«, bemerkte Mustafa spitz und warf Özakın einen vielsagenden Blick zu. Doch der sah irgendwie durch ihn hindurch, als wäre er gar nicht anwesend. Wie es schien, war Özakın mit den Gedanken ganz woanders. Mustafa merkte, dass er es eilig hatte. Das war wohl auch der Grund, weswegen er, nach einer schnellen Verabschiedung von den Benlis, es nicht erwarten konnte, zu seinem Auto zu kommen.

»Darf ich dich auf der Hauptstraße vor einem Sammeltaxistand herauslassen?«, fragte Özakın, als sie eingestiegen waren.

Mustafa war einverstanden, wunderte sich trotzdem über Özakıns Hast. »Hat dein plötzlicher Aufbruch mit dem Anruf von vorhin zu tun?«, wollte er wissen.

Zuerst druckste Özakın etwas unbeholfen herum, doch schließlich gab er es zu, ohne weiter darauf einzugehen.

Jetzt blieb es Mustafas Fantasie überlassen, sich vorzustellen, was so wichtig war, dass sein Kollege seine Ermittlungen abgebrochen hatte. Es musste etwas Privates sein, etwas, was einer Katastrophe gleichkam, das verriet schon Özakıns erschütterte Reaktion. Gott behüte, hoffentlich kein Trauerfall in der Familie. Er bohrte weiter nach einer Erklärung, bis Özakın zu Mustafas Überraschung meinte: »Es geht um Ali!«

»Wieso? Hat er, eifersüchtig wie er ist, seine neue Freundin umgebracht, oder sitzt er in U-Haft, weil er sich an einer Minderjährigen vergriffen hat?« Bei Ali, diesem Spinner, war alles möglich.

»Nichts dergleichen«, meinte Özakın, der hinterm Lenkrad sitzend das Gaspedal seines Autos voll durchdrückte.

»Was hat er denn?«

Özakın zierte sich, und sein Gesicht nahm wieder diesen schmerzverzerrten Ausdruck von vorhin an. »Ein Hämatom!«

»Und da machst du so ein Theater!«

»Ein Bluterguss am …«

»Na, sag schon, wo?«

»An seinem besten Stück!«, platzte Özakın heraus.

Mustafa war perplex, bog sich dann aber vor Lachen und konnte sich nicht mehr beruhigen. »Hat er versucht, damit einen Nagel einzuschlagen?«

Jetzt musste auch Özakın grinsen und meinte: »Du kennst doch seinen unersättlichen Appetit. Es waren wohl zu viele hektische Bewegungen, und dann ist sein Ding abgeknickt. Die Freundin war der Situation nicht gewachsen, ist nach Hause geflüchtet, hat ihn sitzen lassen. Jetzt liegt er mit höllischen Schmerzen und einer lila verfärbten Aubergine, die dreifach wie ein Ballon angeschwollen ist, im Bett und wartet darauf, dass ich ihn in die Klinik fahre.«

Mustafa schüttelte verwundert den Kopf und machte dabei schnalzende Geräusche mit der Zunge, als wolle er sagen: So ein perverser, unverbesserlicher Alter. »Mit einem Penisbruch ist nicht zu spaßen«, warnte er dann.

»Ich weiß, das ist der Albtraum eines jeden Mannes.«

»Das muss sofort operiert werden. Wer zögert, der riskiert auf ewig seine Potenz. Ich weiß nicht, ob Ali das überleben würde.«

»Was hast du gesagt? Er riskiert seine Potenz? Dann lassen wir ihn doch einfach schmoren und gehen einen trinken«, sagte Özakın. »Verdient hätte er es ja.«

»Weiß du was, Mehmet? Ich wundere mich, was du für eigenartige Freunde hast. Sag mal, ist dieser Sugardaddy nicht schon knapp sechzig?«

»Und ob. Und er stellt immer noch allerlei Unsinn an. Eigentlich müsste man ihn vor sich selbst schützen. Aber du hättest sicherlich deine Freude an ihm. Wie der die Frauen reihenweise bezirzt – ein Phänomen!«, sagte Özakın bewundernd.

»Da kann man direkt neidisch werden«, mokierte sich Mustafa, und vor seinem geistigen Auge erschien Ali mit bandagiertem Unterteil, der von selbstlos-engelsgleichen Frauen verwöhnt wurde.

22...

Oktay hatte die Meldung zuerst auf den Tisch bekommen: Eine Briefbombe, die in einem Abfallbehälter neben einem Imbissstand gesteckt hatte, war im Stadtteil Merter explodiert, hatte aber zum Glück niemanden verletzt. Was an ein Wunder grenzte, denn wie immer um diese Zeit quoll die Haupteinkaufsstraße dieses Viertels über vor Menschen.

Als Kriminalbeamter fiel dieser Anschlag nicht in seinen Kompetenzbereich, aber als Techniker interessierte es Oktay sehr, wessen Handschrift die Bombe trug. Es war ein wattierter DIN-A5-Umschlag gewesen, ungefähr zwei Zentimeter dick, gefüllt mit selbst gebasteltem Sprengstoff. Es handelte sich um HMTD, Hexamethylentriperoxiddiamin. Diese Substanz konnte aus Einzelstoffen, die in Geschäften und Apotheken frei verkäuflich sind, zusammengemischt werden.

An wessen Adresse die Bombe gerichtet war, darüber konnte Oktay nur spekulieren. Aber eines wusste er: Seitdem die kurdische Separatistenorganisation PKK ihren Waffenstillstand aufgekündigt hatte, war der Staat immer wieder mit ähnlich heimtückischen Anschlägen konfrontiert. Er vermutete einen Ableger der PKK, eine kurdische Splittergruppe namens »Freiheitsfalken« dahinter, die in letzter Zeit verstärkt auf sich aufmerksam gemacht hatte. Sie operierte inmitten der Städte, und zunehmend wurden sogenannte weiche Ziele getroffen. Die Gefahren lauerten überall: im Bus, in der U-Bahn, am Strand, in belebten Vierteln und in Parks. Ob es dieser PKK-Ableger war? So ganz sicher war Oktay sich da nicht, die Bombe konnten auch andere gebastelt haben. Denn die Anleitung dafür war leicht im Internet zu finden.

Die Attentäter wollten verängstigen und verunsichern. Was ihnen sicherlich gelungen wäre, wenn die Sprengladung Menschen verletzt oder sogar getötet hätte und wenn sich nicht durch Fügung ein herrenloser, hungriger Hund auf der Suche nach Nahrung an der Briefbombe festgebissen hätte und zerfetzt worden wäre. So gesehen, hatte dieses unschuldige Tier sein Leben für andere geopfert. Der brave Hund war zu einem Märtyrer im Kampf gegen den Terrorismus geworden, für den ein Denkmal errichtet werden sollte.

Die Geschichte mit dem getöteten Hund war auch Thema in allen Zeitungen des nächsten Tages, nur, dass der übrige Sachverhalt etwas anders gewichtet wurde, um nicht zu sagen, seinen Wahrheitsgehalt verändert hatte. Um die Menschen nicht zu beunruhigen, stand nämlich nichts von einer Briefbombe in der Zeitung, sondern es war die Rede von einem stinknormalen Unfall mit einer Gasflasche, die in einem Imbiss explodiert war.

23 …

»Du wolltest mich reinlegen, du miese Kreatur«, tönte die wütende Stimme am Telefon. »Deine Briefbombe sollte mir die Hände zerfetzen, mich einschüchtern, damit ich aufgebe. Oder noch schlimmer: Ich sollte krepieren. Da musst du schon früher aufstehen, elender Dreckskerl.«

Albayrak schluckte aufgeregt, und erst nach einigen Schrecksekunden realisierte er, was los war. Dass etwas schiefgelaufen sein musste und der Erpresser unversehrt war und jetzt eine dicke Lippe riskierte. Scheiße, dachte er, war aber um Fassung bemüht. Besser gesagt, er versuchte, souverän zu wirken. »Es war reiner Selbstschutz. Ich hab schlicht und einfach kein Geld zu verschenken«, sagte er schließlich.

Der Mann brüllte vor Lachen. »Und da bastelst du einfach 'ne Bombe und willst mich in die Luft jagen«, sagte der mit ruhiger Stimme. »Wäre ich ein Anfänger wie du, würde ich drauf reinfallen. Doch so musste ein Köter dran glauben.«

»Ach, wirklich?«, meinte Albayrak untröstlich.

»Und du hast wirklich keine 10 000 Yetele für mich übrig?«

»Keine einzige Lira.«

»Pech für dich, du Sohn eines Esels«, schrie der Anrufer in den Hörer hinein, »denn jetzt wird's erst richtig teuer: 15 000! Gefahrenzulage sozusagen.« Er lachte höhnisch. »Und mit jedem Trick erhöht sich die Summe. Haben wir uns verstanden?«

»Und wenn ich mich weigere?«, wagte Albayrak zu fragen. »Was passiert dann?«

»Frag nicht so blöd. Das weißt du ganz genau. Denk an den Jungen. Ein kleiner Tipp an die Polizei, und du kommst in den Knast und der Junge in ein Waisenhaus. Du willst ihn doch behalten, oder?«

Verdammt, dachte Albayrak. »Das Sorgerecht für den Jungen hab ich zugesprochen bekommen«, log er als letzten Ausweg. »Bei Gott, wenn ich dich erwische«, schäumte er.

»Ja, was dann?«, fragte der Anrufer mit einer Stimme, als würde er mit einem geistig Verwirrten sprechen.

»Ich bring dich um, du Parasit«, keuchte Albayrak.

»Man merkt, dass hier ein Mann mit Leidenschaft spricht, ein ganz Unerschrockener, der es mit einem aufnehmen will, dem er gar nicht gewachsen ist.«

»Der Junge gehört zu mir. Das werden die hiesigen Gerichte genauso sehen.«

»Wer's glaubt«, sagte die Stimme besonnen.

»Du verdammtes Arschloch! Wehe, du vergreifst dich an ihm, dann gnade dir Gott. Er ist alles, was ich habe«, flehte Albayrak.

»Das weiß ich doch«, schmeichelte der Mann. »Darum solltest du lieber kooperieren. Solche miesen Tricks schaden dir nur. Du hast doch nicht umsonst die ganze Flucht von Deutschland bis hierher arrangiert, um am Ende alles zu verlieren?«

»Verdammt, wer bist du?« In seinem Kopf spulte Albayrak erneut alle Namen und Personen ab, die als Erpresser infrage kommen könnten, hatte aber keinen blassen Schimmer.

»Einer, der es gut meint mit dir. Also tu, was ich dir sage. 15 000, mein letztes Wort.«

24 ... »Ich bin überglücklich!«, freute sich Ariane. »Und ich weiß nicht, wie ich dir danken soll.«

»Das hast du bereits getan«, bemerkte Bülent, während er sich genüsslich reckte und sein schulterlanges Haar schüttelte. Er sprang mit einem Satz aus dem Bett und schlüpfte in seine Boxershorts. Zuerst blickte er in den Spiegel im Flur, bevor er gähnend in die Küche schlurfte, um das Frühstück zuzubereiten.

»Ist die Dusche immer noch defekt?«, fragte sie.

»Ja, leider«, antwortete er aus der Küche. »Es hat aber keinen Sinn mehr, den Vermieter wegen der Reparatur zu verständigen. Zieh sowieso bald aus. Hab schon eine neue Wohnung in Aussicht«, meinte er.

»Dann muss ich wohl im Hotel duschen«, stellte sie fest, stand auf, zog sich hastig an, nahm eine kleine Bürste aus ihrer Tasche, glättete ihr Haar damit und zog sich mit einem Lipgloss den Mund nach. Ihr Kopf brummte von den gestrigen Alkoholmengen, und sie versuchte, sich an den vergangenen Abend zu erinnern. Die Erinnerung kam langsam, aber dann mit voller Wucht, und schließlich war sie so beflügelt, dass sie innerlich jubilierte: »Dennis! Ja, ja, ja. Ich hab ihn bald wieder, meinen Dennis, meinen kleinen süßen Dennis.«

Sie rannte in die Küche, wo Arslan gerade Schafskäse in dünne Scheiben schnitt, und fiel ihm um den Hals. »Du musst mir noch einmal das Video zeigen. Ich muss ihn noch mal sehen. Mein Gott, er hat sich ja kaum verändert. Seine Augen, seine Wimpern ... Süß wie immer.« Sie ergriff ihn an beiden Händen und hopste mit ihm wie ein Kind durch die Küche. »Wo ist die Kamera?«, drängelte sie.

»Gleich«, beruhigte er sie, »ich gieß nur noch den Tee ein.« Bülent lief zu seinem Schreibtisch hinüber. Er nahm die Kamera aus der Schublade und suchte die Stelle, die Ariane sehen wollte. »Hier, schau ihn dir mal an. Er geht in die zweite Klasse.«

»Mit zehn? In Deutschland wäre er schon auf dem Gymnasium«, sagte sie aufgekratzt, während sie die Aufnahme betrachtete. »Und was ist mit meinem Exmann? Hat er immer noch keine Arbeit?«

»Ein paar Gelegenheitsjobs. Zurzeit arbeitet er als Nachtwächter. Von Mitternacht bis fünf Uhr morgens. Danach schläft er sich aus. Nach meinen Recherchen spart er angeblich Geld, will aus dem Haus seiner Verwandten ausziehen, sich irgendwo anders eine neue Existenz aufbauen.«

»Er wollte doch ursprünglich studieren, der Versager«, höhnte sie und schüttelte den Kopf. »Ich hasse diesen Kerl!«, rief sie dann mit Abscheu aus und betrachtete weiter die Bilder. »Und wer ist die

Frau hier neben Dennis? Warum gehen sie Hand in Hand? Ist das die Neue von Deha?«

»Ruhig Blut. So weit ist es noch nicht. Die holt den Jungen doch nur von der Schule ab, immer in der Mittagspause«, sagte Arslan. »Soviel ich weiß, ist dein Exmann noch ledig.«

»Wie lange aber noch?«, rief sie und packte ihn an der nackten Schulter. »Du musst endlich zuschlagen. Je länger wir warten, desto mehr gewöhnt sich Dennis an die jetzige Situation. Es sind schon zwei Jahre vergangen. Wahrscheinlich hat mich der Junge längst vergessen. Die Tante da holt ihn von der Schule ab, kocht womöglich für ihn, macht mit ihm Hausaufgaben und ...« Daran wollte sie erst gar nicht denken, dass diese fremde Frau ihn wie ihr eigenes Kind in den Arm nehmen und ihm über die Wange streicheln könnte. Jetzt sah sie wieder alles grau in grau, ganz pessimistisch, und zweifelte daran, dass ihre Aktion überhaupt gelingen würde. »Ich hab mich bis jetzt nicht eingemischt, aber morgen könnte der Tag X sein«, sagte sie ganz gefasst.

Er musterte sie längere Zeit prüfend und sagte tröstend: »Nur keine Panik. Ich weiß schon, was ich tue. Seit Tagen warte ich schon auf den richtigen Augenblick, beschatte die beiden, bin über jeden ihrer Schritte informiert. Das Beste wäre, der Frau eine Falle zu stellen – ich denke da an ein spektakuläres Ablenkungsmanöver –, damit sie sich verspätet, um dann Deniz nach Schulschluss in meinen Wagen zu locken.«

»Sag ihm einfach, du würdest ihn zu seiner Mutter bringen«, überlegte Ariane und freute sich diebisch.

»Nur musst du sofort bereit sein«, belehrte er sie, während er ihr fest in die Augen schaute. »Du solltest jetzt schon deine Koffer packen. Wenn mein Anruf kommt, dass alles nach Plan verlaufen ist, muss es schnell gehen. Dann schnappst du deinen Koffer und kommst zu einem verabredeten Ort. Mein Anruf kann täglich erfolgen, kurz nach ein Uhr, wenn die Schule aus ist. Dann springst du in den Wagen, nimmst deinen Jungen in die Arme, und schließlich geht's mit quietschenden Reifen an die bulgarisch-türkische Grenze.«

»Was sollen wir denn dort?«, wunderte sich Ariane und schüttelte belustigt den Kopf.

Arslan strich ihr mit dem Finger über das Kinn und meinte: »Du bist zuckersüß, aber doch irgendwie naiv. Du willst doch nicht allen Ernstes mit deinem geraubten Kind den Istanbuler Flughafen ansteuern? Dort wimmelt es nur so vor Kontrollen. Da ist es sicherer, du nimmst die südöstliche Außengrenze der EU, eine neu eröffnete Grenzstation mit dem schönen Namen: Lesowo-Hamzabeyli. Auf türkischer Seite wird es wohl kaum Probleme geben. Die Grenzpolizisten dort sind informiert. Außerdem hab ich deinem Deniz einen gefälschten Kinderausweis besorgt. Gut, dass du noch Albayrak heißt, das erspart uns einigen Ärger. Dann ist mein Auftrag erledigt. Du gibst mir das restliche

Geld, und ich übergebe dir Deniz. Im bulgarischen Lesowo nimmst du dir ein Taxi und fährst, sicher ist sicher, ins Deutsche Honorarkonsulat in Varna, Dragoman 1. Hast du alles verstanden?«

Ariane lächelte und nickte beeindruckt. »Und was wird aus uns?«, fragte sie dann unsicher.

Arslan zuckte die Achseln.

25 … Seit Stunden schon wartete Özakın versteckt hinter einem Zeitungskiosk, in seiner Hand die Tageszeitung, sein Blick war auf das Haus der Kassiererin Fatma Benli gerichtet. So ein Mist, dachte er und verfluchte seine Gutmütigkeit, denn eigentlich war das Mustafas Job. Doch weil sein Kollege zu geschwächt war vom Fasten, hatte Özakın sich bereit erklärt, für ihn einzuspringen.

Die Observierung grenzte an eine Verzweiflungstat, das wusste er, aber was blieb ihm anderes übrig, als einer dürftigen Vermutung nachzugehen, der Vermutung, dass Fatma Benli eventuell absichtlich Korutürk belastet hatte, um vom wirklichen Täter abzulenken. Wenn der Bankräuber aber nicht der Imbissbudenbesitzer gewesen war, wer dann? Ihr Bruder, dem sie Interna aus der Bank verraten und mit dem sie gemeinsam die Tat geplant hatte? Es war schon merkwürdig, wie sie sich während und nach der Tat verhalten hatte.

Aber vielleicht war es ja doch Korutürk gewesen, der den Bankraub begangen und den Wachmann erschossen hatte. Denn sie wussten ja noch immer nicht genau, ob er überhaupt ein Alibi gehabt hatte. Seine Freunde konnten viel erzählen. Özakın hatte sich schon so viele falsche Alibis anhören müssen, dass er sie nicht mehr zählen konnte. Zur Tatzeit könnten sie Karten gespielt haben, aber war ihr Kumpel wirklich anwesend oder doch eher dabei gewesen, eine Bank zu überfallen, um dann auf der Flucht einen kaltblütigen Mord zu begehen? Fest stand, dass ihr erster Verdächtiger an diesem späten Nachmittag nicht an seinem Imbissstand verweilt hatte. Warum hatte er dann bei der Vernehmung das Gegenteil behauptet? Nur weil seine Frau von seiner Zockerei am heiligen Ramadan nichts erfahren durfte?, fragte Özakın sich mit gemischten Gefühlen.

Für Kommissariatsleiter Yılmaz war Korutürks Selbstmord ein gefundenes Fressen. Somit war der Fall für ihn ad acta gelegt. Nicht für Özakın, dessen Kopf vollgestopft war mit allerlei wirren Gedanken, obwohl er um Konzentration bemüht war. Es half nichts, der Mann hatte sein Geheimnis mit ins Grab genommen, jetzt musste Özakın den wenigen Hinweisen nachgehen, die ihm geblieben waren. Er musste die Sache restlos aufklären, nichts unversucht lassen, um am Ende die Akte mit erhobenem Haupt und gutem Gewissen schließen zu können.

Was er aber bei der Observierung sah, war mehr als langweilig: Ein ständiges Ein- und Ausgehen von Dutzenden von Familienmitgliedern, ein Tohuwabohu an Kindern, Erwachsenen und Besuchern, wie es eben in anatolischen Familien mit viel Anhang üblich war. Es war zum Verzweifeln.

Am dritten Tag hatte er wenigstens einen äußerst komfortablen Platz mit Blick auf das observierte Haus ergattert – in einem *lokanta*, einem kleinen, einfachen Restaurant: rechts vom Eingang die obligatorische Kasse, daneben hinter Glas leere Behälter für Speisen. Eigentlich war ja das *lokanta* wegen Ramadan geschlossen, aber er fand trotzdem netterweise Einlass, weil der Besitzer und er, wie es sich bald herausstellte, im gleichen Ort ihren Militärdienst absolviert hatten. Und da unter Männern solche Geschichten verbinden, musste er sich nicht draußen die Beine in den Bauch stehen.

Er setzte sich direkt an das einzige Fenster des Raumes, an einen mit pflegeleichtem Wachstuch bedeckten Tisch, die Augen immer auf den Eingang des Hauses schräg gegenüber gerichtet. Ab und zu erlaubte er es sich, abzuschweifen und in der Zeitung zu blättern, wo er auf Seite vier auf ein Salat-Rezept mit essbaren Blumen stieß, das seine Aufmerksamkeit erregte, gleich daneben das Horoskop. Unter dem Sternzeichen Widder stand da: *Ihr Gerechtigkeitssinn ist jetzt besonders wach. Aber verrennen Sie sich bloß nicht in eine Sache! Sie brauchen heute Engelsgeduld. Nichts geht einfach oder schnell. Tief ein- und ausatmen und bis drei zählen – das hilft. Ansonsten auf den Feierabend warten. Zum Ausgleich wird die Liebe heute Abend besonders süß.*

Ja, ja, die Engelsgeduld und danach die Liebe am Abend, wenn er das hier überlebte. Das war sein erster Gedanke, dann fiel ihm ein, dass ihn ja sein Freund Ali zum Abendessen eingeladen hatte – als kleines Dankeschön sozusagen, weil er ihn aus einer misslichen Lage gerettet, ihn nach seinem Malheur mit seinem besten Stück in die Klinik gefahren hatte. Das war vielleicht ein Theater gewesen! Ein wie ein Kleinkind heulender Erwachsener im Bademantel auf dem Rücksitz seines Renaults. Er hatte gebetet, es möge keinen Stau geben oder gar eine Polizeikontrolle – da wäre das Gelächter groß gewesen. Und dann noch Alis Lügengeschichten im Krankenhaus, er sei beim Pinkeln ohnmächtig geworden und auf die Klobrille gestürzt. Der Arzt hatte sich wohl seinen Teil gedacht. Solche Märchen wurden ihm wahrscheinlich jeden Tag aufgetischt. Nach der Notoperation und nach ein paar Tagen im Krankenhaus wurde er entlassen. Jetzt ging es Ali schon so gut, dass er ihn bewirten konnte. Ihn und seine Frau Sevim, die aber dankend abgelehnt hatte. Mit so einem Ekelpaket könne sie sich nicht an einen Tisch setzen, sie gehe dann ins Kino, war ihr Kommentar. In solchen Dingen war sie viel konsequenter als er. In diesem Moment rief ihn Mustafa an, der heute Bürodienst schob.

Er schaute auf das Display und tönte: »Na, du Weichei, du Simulant?«

»Musst du mir das jetzt unbedingt aufs Brot schmieren? Du hast es mir doch selbst angeboten, dass du mich vertrittst.«

Özakın stöhnte. »In einem viel zu schwachen Moment. Was soll ich denn noch alles für dich tun? Das Essen vorkauen?«

»Ja, bitte«, antwortete Mustafa. »Und noch etwas, am liebsten würde ich bequem von zu Hause aus arbeiten und die Tätersuche einem Wahrsager überlassen.«

»Wahrsager?«

»Kein Witz. Da gibt es einen in Kanlıca. Der ist auf so etwas spezialisiert. Der eine oder andere Kollege, der nicht mehr weiterweiß, holt sich da wertvolle Tipps. Yılmaz zum Beispiel. Es gibt das Gerücht ...«

»*Allah, Allah*«, unterbrach ihn Özakın kummervoll, »wie degeneriert ist dieses Land eigentlich?« Dann meinte er aber: »Das ist ja gar keine schlechte Idee. Ich komm hier sowieso nicht weiter. Wo wohnt dieser Dämon aus der Unterwelt, sagtest du?«

»Du und die Wahrsagerei«, lachte Mustafa. »Du würdest den Kerl um den Verstand bringen.«

»Was für ein Verstand? Besitzen Wahrsager überhaupt so etwas, oder profitieren sie eher von der Blauäugigkeit unserer Leute? Wir versuchen es hier erst einmal mit menschlicher Logik, und dann sind die übersinnlichen Mächte an der Reihe, *tamam*?«

Mustafa war einverstanden und fragte: »Gab's irgendetwas?«

»Nein, rein gar nichts. Jedenfalls hab ich noch keinen mit Baseballkappe, Sonnenbrille und 'ner Ceska in der Hand gesehen«, spöttelte Özakın. »Aber vielleicht muss man einfach Geduld haben.« Er musste an sein Horoskop denken, aber vor allem an ihren letzten Fall. Da waren sie auch nach wochenlangem Hin und Her einer vermeintlich falschen Hoffnung nachgehangen, die sich aber letztendlich als der richtige Weg erwiesen hatte.

»Eben, auch die Bosporusbrücke wurde nicht in einer Woche gebaut«, spendete Mustafa Trost.

»Tatsächlich?«, spottete Özakın. »Ich halte jedenfalls die Äuglein offen. Vielleicht laufen mir ja noch irgendwelche dunkelbraunen Sportschuhe mit Schnürverschluss, Gumminoppensohle und einem großen M an der Seite über den Weg. Dann könnten gleich die Handschellen klicken.«

»Du hast schon mal bessere Witze gemacht«, sagte Mustafa trocken und lachte dennoch.

»Ganz im Ernst. Dieser Hinweis kam von unserer Zeugin im Krankenhaus. Der Mörder des Wachmanns soll solche Schuhe getragen haben. Hatte ich dir das nicht schon erzählt?«

»Könnte sein. Hab's wahrscheinlich wieder vergessen. Ein M also. Was hat dieses Logo zu bedeuten?«

»Das M steht für Merrell – das ist eine amerikanische Schuhmarke. Wird aber in China produziert«, erzählte Özakın, während er ausgiebig seine abgewetzten Schuhsohlen betrachtete. Die Treter könnten auch mal eine Reparatur gebrauchen.

»In China also. Das wundert mich nicht«, bemerkte Mustafa. »Hab aber noch nie was von dieser Marke gehört. Gibt es sie überhaupt in der Türkei zu kaufen?«, fragte er. »Meinst du, dass der Täter die Schuhe im Ausland gekauft hat?«

»Möglich wäre es, aber er kann sie auch übers Internet bestellt haben, oder irgendjemand hat sie ihm aus dem Ausland mitgebracht«, schränkte er ein. »Aber das scheint eher unwahrscheinlich.«

»Und was ist mit Fälschungen? Heutzutage gibt es doch für alles Plagiate, die im Basar für einen Spottpreis feilgeboten werden.«

»Wie es aussieht, konzentrieren sich die Produktpiraten eher auf die gängigen Marken wie Puma, Adidas oder Nike. Merrell scheint da noch nicht vertreten zu sein. Ich hab nachgeforscht.« Özakın wischte seine verstaubten Schuhe an den Hosenbeinen seiner Jeans ab und sagte: »Noch hab ich leider niemanden gesehen, der diese Schuhe getragen hat. Der Bruder der Kassiererin, dieser Ercan Benli, hat jedenfalls immer ganz stinknormale blau-weiße Sportschuhe an, wenn er aus dem Haus kommt.«

»Vielleicht hat er ja die anderen zusammen mit dem übrigen Plunder vernichtet. Das würde ich auch als Allererstes tun.«

»Mal nicht gleich den Teufel an die Wand«, sagte Özakın nachdenklich.

»Was ist mit Fatma Benli?«

»Auch hier Fehlanzeige. Die scheint 'ne ganz Fürsorgliche zu sein. Ich hab sie mit einem kleinen Jungen an der Hand gesehen, ihr kleiner Bruder vermutlich.«

»Na, dann viel Glück, und halt die Ohren steif«, sagte Mustafa und legte auf.

Das wünsch ich mir auch, seufzte Özakın nach dem Gespräch. Auch ihm fiel heute die Arbeit schwer. Also holte er sich erst einmal eine Marlboro aus der Schachtel. Plötzlich nahm sein geschultes Riechorgan einen Hauch von abgestandenem Atem wahr – eine Mischung aus erkaltetem Nikotin und Alkohol. Er drehte sich zur Seite und erblickte zuerst ein Feuerzeug und dann den *lokanta*-Besitzer mit imposantem Schnurrbart und ebenso dunklen buschigen Augenbrauen, der ihm Feuer gab.

Özakın deutete auf die Schachtel vor sich und fragte: »Auch eine?«

Der Mann verneinte und griff pietätvoll mit der Rechten an die Brust, indem er devot den Kopf neigte. »Bin *elhamdülillah* Muslim. Ich faste.«

»Man merkt es«, sagte Özakın beiläufig, während er den Rauch aus dem geöffneten Fenster blies.

Verdutzt fragte der Besitzer: »Wie bitte?«

»Besser gesagt, man riecht es!«

Der Restaurantbesitzer hielt sich betreten die Hand vor den Mund und hauchte hinein, dann sagte er: »Ertappt, was?« Er sah ein, dass es zwecklos war, den frommen Muslim zu mimen.

»Mir ist es egal«, bemerkte Özakın mit einem Schulterzucken. »Die einen fasten aus tiefster religiöser Überzeugung, die anderen, um vielleicht abzunehmen.« Dabei dachte er an Mustafa. »Und wieder andere, weil es alle aus ihrer Familie oder ihrem

Viertel tun. Klar, das wäre ja auch höchst unpassend, wenn jetzt einer aus der Reihe tanzen würde.«

»Na, sehen Sie! So geht's mir auch. Nicht aus der Reihe tanzen, heißt die Devise, gerade in so einem Stadtteil wie Bağcılar. Zumal man als Lokalgröße eine gewisse Vorbildfunktion hat. Ein Problem nur: Der Körper ist willig, das Fleisch ist schwach.«

»Passen Sie mal lieber auf, dass das hier keiner in den falschen Hals bekommt. Dann könnte es unangenehm werden.« Es war keine Drohung, sondern eher eine Warnung. Özakın erinnerte sich an eine Geschichte, da hatten drei junge Leute einen anderen mit Fäusten und Knüppeln bearbeitet, weil es dieser an Ramadan gewagt hatte, mitten auf der Straße Alkohol zu trinken. Der Mann war seinen schweren Verletzungen erlegen. Das erzählte er dem Wirt.

Der schüttelte verständnislos den Kopf, auf seiner Stirn hatte sich deutlich eine Zornesfalte gebildet. »Von Toleranz im Islam haben die wohl nichts gehört.« Er nahm zwei Weißbrotscheiben aus einem Körbchen und legte sie demonstrativ vor sich auf den Tisch. »Das sind unsere beiden Gehirnhälften, und das hier ...«, jetzt pickte er zwei Erdnüsse aus einer kleinen Schale, »...das ist das Denkorgan von diesen Gehirnamputierten, von diesen Vollidioten, die meinen, sie hätten die Wahrheit mit der Muttermilch eingesogen. Alle sollen möglichst nach ihrer Pfeife tanzen, wie beim Militär. Sie haben quasi Gott für sich gepachtet. Dabei ist Religion eine zutiefst private Angelegenheit und jedem Einzelnen überlassen. Was geht es die überhaupt an, wenn einer Alkohol trinkt«, empörte er sich.

»Aber muss man das gleich in der Öffentlichkeit tun, um diese Hirnlosen zu provozieren?«, gab Özakın zu bedenken. »Man kann doch genauso gut nach Hause gehen und sich dort eine Dröhnung verpassen«.

»Oho, jetzt sprich wohl der Ordnungshüter aus Ihnen, der öffentliche Ärgernisse auf den Tod nicht leiden kann, was? Darum geht es doch gar nicht! Es geht um Intoleranz gepaart mit Ignoranz. Demnächst fallen diese Dinosaurier sogar über alle her, die ihr Haupt nicht bedecken.«

»Dass es nicht so weit kommt, darauf werden wir schon aufpassen. Unsere Demokratie ist stark genug, um den Kampf mit den islamischen Fundamentalisten aufzunehmen«, bemerkte Özakın ganz staatsmännisch, während er jetzt wieder das gegenüberliegende Haus mit seinen Augen absuchte. »Mal was anderes«, sagte er nach einer Weile, »kennen Sie die Familie Benli?«

Der Mund des Mannes verzog sich zu einem breiten Lächeln. »Die, die Sie die ganze Zeit beobachten?«

»Ja, Sie Neunmalkluger. Was sind das für Leute?«

»'ne typische Großfamilie aus dem Südosten. Ist es dieser Ercan, der Sie interessiert, Herr Polizist?«

»Kennen Sie ihn näher?«

»Hab gehört, dass er vorbestraft sein soll und einen Faible für Waffen hat.«

Na, das ist uns auch schon bekannt, dachte Özakın, bevor der Mann ergänzte: »Ach ja, und er lässt gerne die Sau raus, wenn Sie verstehen, was ich meine.«

»Und hat er das Geld dafür?«

»Der arme Wicht ist doch arbeitslos, tut aber immer so, als wäre er Bill Gates höchstpersönlich. Schwerer Fall von Minderwertigkeitskomplexen.«

»Und die übrige Familie? Das scheinen ja 'ne ganze Menge Leute zu sein.«

Der Restaurantbesitzer zuckte die Achseln, meinte aber dann: »Das kann man wohl sagen. Wie viele Leute wohnen da wohl?« Er zählte im Geiste die Familienmitglieder auf. »Es sind exakt fünfzehn Personen«, sagte er dann. »Das weiß ich sogar ganz genau. Und die Einzige, die im Schweiße ihres Angesichts Geld verdient, ist Fatma, die in der Bank arbeitet. Aber was hilft's! Die Frau ist noch ledig, über dem Verfallsdatum, fast schon unvermittelbar. Die Ärmste!«

Özakın kniff die Lippen zusammen und nickte betroffen. »Die Familie hat also Geldsorgen. Ist Ihnen in diesem Zusammenhang etwas aufgefallen? Dass die Familie dennoch irgendwelche größeren Anschaffungen gemacht hat oder plötzlich ins Restaurant gekommen ist und sich mal was Besonderes gegönnt hat?«

»Die doch nicht! Wer hier in unseren Kreisen 'ne Frau zu Hause hat, der geht doch nicht ins *lokanta,* der lässt kochen!«

Das sah Özakın ein und erinnerte sich dann an

die Merrell-Schuhe des Täters, die es offenbar in der Türkei nicht zu kaufen gab, und fragte, ob einer von den Benlis schon mal im Ausland war.

Der Mann bejahte. »Aber wo nur?«, überlegte er. Er wollte es herausbekommen, versprach er.

»*Tamam*«, sagte Özakın und blickte auf seine Armbanduhr. Es war schon halb sieben am Abend. Seit einer halben Stunde werkelte auch irgendjemand in der Küche herum, und der Duft von gebratenen Zwiebeln und Knoblauch und diversen anderen Zutaten wehte ihm in die Nase. »Weiße Bohnen, Gemüseeintopf und Hühnerpfanne«, stellte Özakın fest, als hätte er das Angebot erschnuppert. »Bald können Sie ohne Versteckspiel ungestört essen«, bemerkte er mit einem Augenzwinkern.

»Dass ich nicht faste, das bleibt doch hoffentlich unter uns, Herr Kommissar.«

»Ich schweige wie ein Grab«, meinte Özakın.

26... Arslan warf einen Blick auf seine Armbanduhr und sammelte seine Gedanken. Nur noch fünf Minuten bis Schulschluss.

Aus dem Gebäude drangen die Geräusche von Gelehrsamkeit auf die Straße. Irgendwo sangen Schüler ein Kinderlied, irgendwo anders war das allzu bekannte und für die Ohren unangenehme Kratzen von Kreide auf der Tafel zu vernehmen. Bald würde die Schulglocke ertönen – das Signal zum Zuschlagen und zugleich seine härteste Bewährung, seitdem er diesen Job als Privatdetektiv begonnen hatte. Bloß keinen Fehler machen. Seine Nerven waren äußerst anspannt, seine Hände zitterten, als er seinen alten, blauen Honda in einer kleinen Seitenstraße parkte.

Es war eine ruhige Gegend, keine Geschäfte, keine Passanten, wenig Verkehr, sodass er kaum Aufsehen erregen würde. Sie würden ihn für einen Vater halten, der seinen Sohn von der Schule abholt. Dass Deniz Schwierigkeiten machte, sich wehrte angesichts des fremden Mannes, war eher unwahrscheinlich, denn er würde ihm ja gleich versprechen, ihn zu seiner Mutter zu fahren. Das war ja auch nicht gelogen, denn Ariane wartete ja tatsächlich stadtauswärts, wie verabredet, an der D100, nördlich von Küçükçekmece. Von dort kamen sie am schnellsten aus der Stadt. Er würde sie und Deniz an die bulgarisch-türkische Grenze fahren, dann müssten sie schauen, wie sie alleine weiterkamen. Sein Plan war generalstabsmäßig vorbereitet.

Ariane und er würden sich wahrscheinlich nie wiedersehen. Das war kein Grund, sentimental zu werden, obwohl es ihm schwerfiel. Erst gestern Abend hatten sie darüber gesprochen. Er hatte versucht, ihr klarzumachen, dass er nicht nach Deutschland wollte, um so zu enden wie ihr Exmann, ohne Beruf und Perspektive, abhängig von ihr.

Er beschloss, Ariane ein letztes Mal auf ihrem Handy anzurufen. Nicht dass sie am Ende mit dem Taxi im Stau stecken geblieben war und sie die ganze Aktion abblasen konnten. Alles musste nach Plan ablaufen, da war er ausnahmsweise mal preußischer als die Preußen.

»Alles klar bei dir? Bist du schon angekommen?«, fragte er etwas fahrig.

»Ja, ich bin schon da. Ich warte am Straßenrand. Bei Tepe ist eine kleine Tankstelle, ein paar Meter weiter steh ich dann an der Straße. Ich bin so aufgeregt.«

»Bchalt bloß die Nerven. Es wird schon klappen. Die Frau, die Deniz sonst immer abholt, ist jedenfalls ausgeschaltet.« Er lachte und hatte eine diebische Freude daran.

»Was hast du mit ihr angestellt? Du hast sie doch nicht etwa …?«

»Nein«, lächelte er. »Nicht, was du schon wieder denkst. Ich hab sie in der Mittagspause an der Bank abgefangen und ihr eine kleine Betäubung verpasst. Jetzt liegt sie gefesselt in einer Tiefgarage. Bis sie zu sich kommt und um Hilfe rufen kann, sind wir längst über alle Berge.«

»Gut so«, lobte sie ihn.

»Du siehst, dem Jungen bleibt gar nichts anderes übrig, als in meinen Wagen zu steigen.«

»Zeig ihm das Bild von mir, da wird er sich freuen. Sag ihm, dass wir nach Hause fahren, nach Deutschland, zu seinen Freunden, zu Oma und Opa. Sag ihm, dass ich ihm Geburtstagsgeschenke gekauft habe.«

»So viel Zeit wird leider nicht sein«, bemerkte Arslan nervös, während er einen kurzen Blick auf das Zifferblatt seiner Uhr warf.

»Bring mir bitte meinen Sohn unversehrt zurück«, flehte sie ihn an und wünschte ihm viel Glück.

Die Stunde der Wahrheit, durchzuckte es ihn, als die Schulglocke klingelte, schrill und durchdringend. Bald darauf stürmten kleine Gestalten in blauen Schuluniformen mit vollbepackten Ranzen aus dem Gebäude, als könnten sie es kaum erwarten, da herauszukommen.

Er ließ den Motor an und rollte langsam in Richtung Hauptstraße, wo er rechts abbog und direkt vor dem Gebäude anhielt, während er mit seinen Blicken den Eingangsbereich nach dem Jungen absuchte. Was nicht ganz einfach war, denn die Schüler verhielten sich wie Bienen in einem Bienenstock, sie schwirrten in alle Richtungen aus. Zum Glück mussten sie alle durch ein Nadelöhr, durch das Törchen, das den Schulhof zur Straße abgrenzte, wo er mit seinem Honda wartete. Er hatte ein aktuelles Foto des Jungen bei sich, damit ihm auch keine Verwechslung unterlief, das war aber eher unwahrscheinlich. Und da sah er ihn auch schon. Arslan erkannte ihn an seinen blonden Haaren, der schlaksigen Figur. Für einen Zehnjährigen war er hochgeschossen, ähnelte mehr der Mutter als dem etwas zu klein geratenen Vater. Er wirkte schüchtern, seine geduckte Haltung ließ darauf schließen, dass er in der Türkei längst noch nicht angekommen war.

Arslan zitterte vor Aufregung, als er sah, wie der Junge mit unsicheren Schritten auf ihn zukam, vorsichtig und misstrauisch um sich blickend.

Da tauchte plötzlich hinter Deniz eine Frau im dunklen Kostüm auf und legte ihm die Hand auf die Schulter, weshalb sich der Junge umdrehte. Bestimmt die Lehrerin. Sie sprach mit ihm, und er zuckte nur mit den Schultern.

Wahrscheinlich wollte sie wissen, warum er nicht abgeholt wurde, wo sein Kindermädchen blieb. »Na, verpiss dich wieder ins Lehrerzimmer. Du störst«, murmelte Arslan. Eine Verzögerung konnte er sich jetzt nicht leisten. »Na, wird's bald!« Hatte sie am Ende noch vor, auf Deniz' Kindermädchen zu warten? Da konnte sie aber lange warten. Es vergingen Minuten, die Arslan wie eine Ewigkeit erschienen, bevor die Lehrerin sich endlich von Deniz verabschiedete und dann in das Schulgebäude ging. Hoffentlich nicht, um Albayrak anzurufen, überlegte er.

Der Schulhof war jetzt wie ausgestorben, der Lärm der Schüler hatte sich gelegt. Arslans Herz klopfte wie wild, seine Hände klebten schweißnass am Lenkrad seines Wagens. Innerhalb der nächsten Minuten würde er ein Kind entführen und somit sein zukünftiges Leben bestimmen. Bisher hatte er sich keine großen Gedanken über sein Handeln gemacht. Er hatte es ganz professionell gesehen: Jemand bezahlte ihn, also erledigte er diesen Auftrag. Was sollte er sich den Kopf zerbrechen, ob es richtig oder falsch war, dass er ein Kind erneut aus seiner gewohnten Umgebung herausriss, dass er quasi Tombola spielte mit dem Schicksal des Jungen. Er zögerte und blieb wie festgewachsen auf seinem Sitz hocken. Doch dann, nach einer langen Pause der Lethargie, gab er sich endlich einen Ruck, stieg aus, ging um den Wagen herum auf die andere Seite und lief direkt auf den Jungen zu, der etwas verloren auf dem Gehsteig stand und ihm mit großen Augen verwundert ins Gesicht starrte.

Zuerst versuchte es Arslan auf die besonnene Art. »Ich bin ein Freund deiner Mutter«, sagte er ruhig und beugte sich behutsam über ihn. »Ich soll dich abholen und dich zu ihr bringen. Sie kann es kaum erwarten, dich in die Arme zu schließen«, flüsterte er Deniz ins Ohr.

Der Junge schlug die Augen mit den dichten Wimpern nieder, senkte ungläubig den Kopf, als begreife er nicht, was man von ihm wolle.

»Deine Mutter, hörst du? Sie vermisst dich. Du vermisst sie doch auch. Sie wartet auf dich, hier gleich in der Nähe. Ich fahr dich hin. Steig ein«, redete er auf ihn ein.

Deniz sagte kein Wort, schüttelte nur panisch den Kopf, und Arslan fürchtete schon, er könnte um Hilfe schreien. Hatte er ihn nicht verstanden, oder warum sträubte er sich so? Ich hätte mit Ariane herkommen sollen, dachte Arslan, als er bemerkte, wie sich Deniz davonmachen wollte.

»Stopp, hiergeblieben«, rief er ihm hinterher. Er packte ihn am Ärmel, zog ihn zu sich und hielt ihm mit der einen Hand den Mund zu, während er versuchte, mit der anderen die Beifahrertür aufzustoßen. Der Junge strampelte und wehrte sich mit aller Kraft. Da verlor Arslan gänzlich die Nerven, wollte ihn mit Gewalt in seinen Honda zerren. Nur für den Bruchteil einer Sekunde blickte er auf, da sah er aus dem Augenwinkel ein Gefährt auf ihn zukommen, ein Fahrrad, etwas klein, darauf ein Mann. Schwankend und mit stark angewinkelten Beinen fuhr er auf die beiden zu.

»Lass den Jungen in Ruhe!« Der Radfahrer legte einen Zahn zu, beschleunigte, sodass seine Haare wie wild in der Luft flatterten, schoss auf Arslan zu, ließ dann aber das Fahrrad auf das Pflaster fallen und stürzte sich wie eine Furie auf ihn. Zuerst entriss er ihm den Jungen, dann prasselten Fäuste mit voller Wucht auf ihn nieder. Es war die geballte Wut eines Vaters, der um sein Kind kämpft. Bald lag Arslan ausgeknockt auf dem Boden, bevor Albayrak endlich von ihm abließ. Er nahm schnell den Jungen bei der Hand, der heulend in einem Hauseingang gewartet hatte, und sie rannten davon. »Lauf, so schnell du kannst«, feuerte er ihn an. »Renn!«

Zurück blieb Arslan, elend und schwach wie ein hilfloses Kind. Er fühlte sich gedemütigt wie noch nie in seinem Leben. Das Ganze war so erbärmlich und beschämend für ihn, dass er dachte, alles sei ein Albtraum gewesen.

»Scheiße, Scheiße, Scheiße«, schrie er nun voller Aggressionen und rappelte sich gramgebeugt auf, um in den Wagen zu kommen, bevor ihn noch jemand entdeckte und ansprach. »Du Missgeburt, du Abschaum, du ...«, fluchte er, als er sein zerfetztes Hemd sah. Dann blickte er in den Rückspiegel und erschrak vor seinem Anblick: »Ich geh zur Polizei, ich verpfeif dich, ach was, ich bring dich um.« Schwer atmend saß er da. Sein umherirrender Blick fiel auf sein Handy. Er würde ihn anrufen und ihm seine Wut ins Ohr zu schreien oder ihm eine unmissverständliche Botschaft schicken, beschloss er. So ging man nicht mit einem Expolizisten um!

Was aber würde er Ariane erzählen? Sie wartete ja noch immer am verabredeten Treffpunkt auf ihn und war voller Vorfreude. Sie darf die Wahrheit nicht erfahren, schoss es ihm durch den Kopf. Dann bricht für sie eine Welt zusammen. Er musste ihr berichten, dass es einen unvorhergesehenen Zwischenfall gegeben hatte, etwas, das die Entführung gefährdet hätte, sodass er es vorgezogen hatte, die Sache abzublasen. Ihm würde schon etwas einfallen.

»Scheiße, ich hab's vermasselt«, zischte er und ließ wie ohnmächtig den Kopf auf das Lenkrad fallen.

27 …

»Noch so spät im Büro, Herr Tombul?«, fragte Yılmaz, der Leiter der Mordkommission, für seine Art etwas zu fürsorglich. »Sie haben schon seit einer Stunde Feierabend. Ich hab doch allen Kollegen wegen Ramadan freigegeben. Was soll denn Ihre alte Mutter von mir denken, dass ich ihren Sohn so lange beschäftige«, schmeichelte er sich ein. Auch wenn er von teigiger Fülle war und seine Weste die Leibesfülle mühsam im Zaum hielt, hatte er, wie es sich für einen leitenden Beamten gehörte, eine perfekte Aufmachung: Der Dreiteiler saß, die Schuhe glänzten wie ein Spiegel, genauso wie sein goldener Siegelring, und er roch nach einer Mischung aus Moschus und Sandelholz.

Mustafa saß über seinen Akten, als ihn der Wortschwall seines Vorgesetzten traf. Er nickte wohlwollend und gab ihm zu verstehen, dass er bald das Büro verlassen würde.

Yılmaz setzte sich auf Özakıns Bürostuhl und beugte den Oberkörper über den Schreibtisch. Obwohl er längst nicht mehr auf dem Laufenden war und sich, um sich keine Blöße zu geben, meist auf das Stellen von mehr oder weniger intelligenten Fragen beschränkte, tat er immer so, als würden alle Fäden bei ihm zusammenlaufen, als hätte er alles fest im Blick. »Wie ich höre, ist der Transvestiten-Fall aufgeklärt. Gute Arbeit. Wie kam es dazu?«

»Das ist eine lange Geschichte«, begann Mustafa und erzählte, dass sich die Analyse der Glasscherbe als Tatwaffe verifiziert hatte. In der Nähe des Tatorts war nämlich eine blutverschmierte Scherbe gefunden worden. Die hatte der Täter, nachdem er dem Transvestiten die Kehle durchgeschnitten hatte, einfach ins Gebüsch geworfen. Der spitze Gegenstand stammte aus der Handtasche der Toten, denn nach Auskünften im Milieu trugen viele Prostituierte solche Waffen bei sich, damit sie sich wehren konnten, wenn Gefahr im Verzug war.

Mustafa hatte von Anfang an vermutet, dass es zum Streit mit einem der Freier gekommen war, und als die Prostituierte nach der Glasscherbe in ihrer Handtasche greifen wollte, hatte sie ihr der Täter entrissen und sie mit ihrer eigenen Waffe umgebracht. Dabei war es auch zu den von Dr. Sabancı beschriebenen Abwehrverletzungen an Unterarmen und Händen gekommen. Auf der Glasscherbe hatten sie Fingerabdrücke gefunden, die sie einem ihrer Freier zuordnen konnten.

Yılmaz lauschte aufmerksam den Ausführungen und schien ausnahmsweise mal zufrieden mit der Leistung seines Mitarbeiters. »Die Fingerabdrücke auf der Glasscherbe stimmen also mit den Fingerabdrücken des Freiers überein. Na dann, meine

Gratulation, das ist ja der erste Fall, der sich mal nicht in die Länge zieht.«

Mustafa bedankte sich und lächelte.

»Ich nehme mal an, der Täter hasste Transvestiten? Da fragt man sich, warum sich diese Männer überhaupt mit ihnen einlassen«, überlegte Yılmaz.

»Der Täter hat ausgesagt, dass sie im Auto gestritten hätten. Serenay hatte ihm angeboten, ihn mit in die Innenstadt zu nehmen. Er aber hatte Bedenken und fürchtete, man könnte ihn mit ihr sehen. Also kam es zum Streit, wobei sie ihn auch noch provozierte. Da habe er plötzlich rotgesehen. Schließlich sei er der Kunde und sie nur eine Prostituierte. Er sei ausgetickt, auch weil er stark alkoholisiert gewesen sei.«

»So, so, das sagen sie alle, um ihre Haut zu retten«, stellte Yılmaz fest, und seine gebräunte Stirn legte sich in Falten.

»Die Zeugin, die alte Frau aus dem Haus von Serenay, hat uns übrigens den wichtigsten Hinweis gegeben. Sie verstand sich sehr gut mit Serenay, und die hatte ihr alles über ihre Freier erzählt, wie sie hießen, wann sie kamen und gingen. Die Frau hatte sich alles genauestens notiert, penibel von Montag bis Sonntag, alle Männer, die täglich bei Serenay ein und aus gingen. Und Dienstagabend kam immer ein gewisser Osman Batu zu Besuch, ihr Mörder. Aber auch der Hund unserer Zeugin war bei der Ergreifung des Täters hilfreich. Bei der Gegenüberstellung bellte er besonders intensiv«, fügte Mustafa noch hinzu und musste grinsen. Weil aber sein Vorgesetzter, die Spaßbremse, nicht mitlachte, riss er sich sofort wieder zusammen.

»Es ist doch gut so, wenn Bürger Ohren und Augen offen halten«, stellte nun Yılmaz fest. »Und sie hatte tatsächlich eine Liste mit den Liebhabern des Transvestiten?«

Mustafa dachte schon, sein Chef würde das genauso komisch finden wie er, und lächelte bestätigend, da fragte Yılmaz etwas herablassend: »Und warum war sie dem Abschlussbericht nicht beigefügt? Kann ich die mal sehen?«

Was sollte das denn schon wieder?, wunderte sich Mustafa und holte sie kopfschüttelnd aus der Schublade.

Yılmaz warf einen flüchtigen Blick darauf und bedeutete Mustafa, dass er sie mitnehmen würde.

Was hatte er nur vor? Mustafa lächelte verschmitzt. Hatte er ein paar bekannte Namen auf der Liste gesehen, Freunde von ihm, die er warnen wollte?

Der Kommissariatsleiter war gerade dabei, das Zimmer zu verlassen, da warf Mustafa noch ein: »Es gibt noch ein Problem …«

Yılmaz blieb stehen und spitzte die Ohren.

»Ich hatte ja im Vorfeld der Ermittlungen einige Mobilfunkbetreiber kontaktiert, um an Serenays Verbindungsdaten zu kommen …«

»Das ist illegal, Herr Tombul, das wissen Sie ganz genau«, unterbrach ihn sein Vorgesetzter. »Normalerweise brauchen wir dazu eine richterliche Anordnung. So macht man es jedenfalls überall in der westlichen Welt.«

»Bei Gefahr im Verzug geht das doch auch ohne.«

Der Kommissariatsleiter schüttelte wie ein Lehrer tadelnd den Kopf, als habe er einen unartigen Schüler vor sich.

»Ich hatte diese Spur nicht weiterverfolgt, da wir den Täter relativ schnell überführen konnten ...«

»Ja, und dann?«

»Doch dann meldete sich mein Kumpel vom Mobilfunkbetreiber Türkcell und hat mir von einer äußerst überirdischen Begebenheit berichtet.«

»Eine überirdische Begebenheit?«

»Ja, dass nämlich diese Serenay, obwohl sie schon tot ist, immer noch telefoniert. Was sagen Sie dazu?« Mustafa schmunzelte, und Yılmaz schien einigermaßen verwundert, was bei ihm selten vorkam. »Ein Toter, der telefoniert? Wer weiß, vielleicht gibt es ja tatsächlich solche unerklärlichen Phänomene ...«

»Wer telefoniert also mit ihrem Handy? Ihr Geist? Ich kann mir das nur so erklären, dass auf ihren Namen zwei SIM-Karten registriert sind. Das eine Handy blieb nach Serenays Tod stumm, und das andere wird noch benutzt.«

»Aber von wem?«, überlegte Yılmaz und griff sich nachdenklich an die Stirn.

»Das wüsste ich auch gerne. Wurde das eine Handy etwa gestohlen?«

»Ihren Mörder können wir da ausschließen. Der

sitzt ja in Untersuchungshaft, und Handys sind dort bekanntlich verboten.«

»Ich würde der Sache gerne nachgehen«, sagte Mustafa plötzlich.

Yılmaz überlegte nicht lange und meinte zum großen Erstaunen von Mustafa: »Meinen Segen haben Sie. Aber um einen Täter festzunehmen, muss man wissen, wo er steckt. Wie finden wir den Handynutzer, und wo hält er sich gerade auf?«

»Ich dachte an eine Handy-Ortung.«

»Haben wir überhaupt die dafür notwendigen Geräte und die entsprechende Software?«

»Wir nicht, aber wir können die Daten schnell von den Netzwerkbetreibern, erfragen.«

»Ohne richterliche Anordnung, natürlich. Wer hat schon Zeit für so etwas!«, mokierte sich Yılmaz, und sein Mund verzog sich unmerklich zu einem Lächeln.

»Eigentlich ist die Handy-Ortung technisch relativ einfach. Jedes Mobilfunkgerät sendet, weil es immer auf Netzsuche ist, ständig Impulse aus. Die Geokoordinaten, errechnet nach den Positionen der Sendemasten, an denen sich Mobiltelefone einloggen, zeichnen den Weg des Täters nach. Diese Funksignale können anhand von Koordinaten innerhalb der Funkzellen geortet werden – das funktioniert so ähnlich wie das Navigationssystem GPS, das dic Position beispielsweise eines Autos mittels Satellit genau berechnet«, erklärte Mustafa.

»Hab ich das jetzt richtig verstanden: Das eingeschaltete Handy meldet sich beim nächstgelegenen Sender, der leitet das Signal an einen Rechner weiter.«

»Exakt. Im Funknetz lässt sich dann so ein Gesuchter oft präzise ausmachen, in Ballungsräumen kann das schon mal bis auf die Straße und Hausnummer genau sein«, erzählte Mustafa begeistert.

»Eigentlich ist ja das akribische Sammeln von Spuren die Grundlage der Verbrechensbekämpfung«, meinte Yılmaz etwas geknickt, als sei ihm bewusst geworden, dass er zu einer aussterbenden Spezies gehörte. »Täterjagd, das ist doch die Jagd nach Fingerabdrücken, Textilfasern oder Genspuren ...«

»... und eben die Jagd nach dem individuellen Handy-Profil, das einen Verbrecher ebenso überführt wie ein DNA-Test.«

»Ich verstehe. Handys scheinen ja die Verbrecherjagd zu revolutionieren«, schloss Yılmaz das Thema ab. »Übrigens, bevor ich es vergesse ...«, sagte er nach einer kleinen Pause. »Wir haben ja noch einen anderen Fall zu bearbeiten. Die Sachen, die der Täter beim Bankraub getragen hat, wurden gefunden.«

»Waren auch ein paar Sportlederschuhe dabei, mit einem M an der Seite?«, fragte Mustafa sogleich.

»Das kann sein, so genau hab ich es mir nicht berichten lassen. Die Spurensicherung hat die Gegenstände mit den Details auf dem Fahndungsfoto verglichen. Alles stimmt überein. Der Hinweis kam von einem Kioskbesitzer in Ortaköy. Ihm waren die Kleidungsstücke an einem jungen Bettler aufgefallen. Die Hose hatte er hochgekrempelt, weil sie ihm zu groß war, genauso wie die Schuhe, die er mit Zeitungspapier ausgestopft hatte. Der Kioskbesitzer hatte von der Suchmeldung aus der Zeitung erfahren und bei der Polizei angerufen. Der Junge sagt, er habe die Sachen in einer großen Tüte am Bosporusufer gefunden. Das glaube ich ihm sogar. War doch klar, dass der Täter sie entsorgt. Sie seien total durchnässt gewesen. Der Bettler hat sie getrocknet und dann benutzt.«

»Und jetzt sind die Kleidungsstücke wahrscheinlich unbrauchbar für die Analyse«, stellte Mustafa enttäuscht fest. »Also eine Spur weniger. Dieser Fall raubt mir den Verstand. Jetzt wäre doch endlich eine erste heiße Spur fällig.« Er ließ schwermütig den Kopf baumeln.

»Der Tathergang ist doch eigentlich klar«, sagte Yılmaz. »Was aber wissen wir bisher vom Täter?«

»Sein Aussehen, seine Größe sind halbwegs bekannt. Auch dass er vielleicht im Ausland gelebt haben könnte. Ach ja, und dass er Linkshänder ist wissen wir auch«, fasste Mustafa resigniert zusammen.

»Eine magere Ausbeute, in der Tat«, meinte Yılmaz, bevor er mit kleinen Schritten Richtung Tür lief. »Das Polizistenleben ist hart und entbehrungsreich. Also, dranbleiben, Herr Tombul, dranbleiben. Nur wer nicht aufgibt, gewinnt am Ende. Zu meiner Zeit war es auch nicht anders. Mein Gott, das waren noch Zeiten, aber da war Istanbul noch ein friedliches Nest. Und ich kannte jeden Ziegel auf den Dächern«, schwärmte er etwas wehmütig und ging aus dem Zimmer.

28... Es war ein ruhiger Arbeitstag, und Özakın hoffte, es würde so bleiben. Er lehnte sich gemütlich zurück und holte eine Zigarette aus der Schachtel. »Verdammt, wo hab ich nur mein Feuerzeug?« Er suchte unter viel Getöse die Schubladen seines Schreibtisches ab. Jetzt war die Ruhe dahin.

»Wahrscheinlich wieder einmal irgendwo liegen gelassen«, sagte Mustafa träge.

Özakın zuckte die Achseln und atmete sogleich auf, weil er sein Feuerzeug endlich gefunden hatte. »Unter den Aktenbergen«, sagte er und war erleichtert. Mit einem kurzen Knistern des Tabaks flackerte seine Zigarette auf. Er zog daran und blickte zu Mustafa hinüber. Das Fasten hatte ihn ziemlich ausgezehrt, das war nicht zu übersehen. Dementsprechend miserabel schien seine Laune zu sein. Dabei waren es nur noch ein paar Tage bis zum Zuckerfest, der Endspurt war schon eingeläutet.

Mustafa dämmerte müde vor sich hin, als plötzlich ein Geräusch und die darauffolgende frohe Botschaft aus dem Faxgerät seine Lebensgeister weckten. Er überflog kurz die Überschrift und konnte es kaum erwarten, das langsam in Erscheinung tretende Dokument in den Händen zu halten. »Ich wusste es, per Abfrage bei den Mobilfunkbetreibern lässt sich jedes Handy für Fahndungszwecke herausfiltern«, murmelte er. »Wir wissen jetzt, wer Serenays Zweithandy gestohlen hat, beziehungsweise, wo der Dieb sich aufhält«, rief er Özakın zu. Er riss die beiden Seiten des Faxes förmlich aus dem Gerät und erklärte überschwänglich: »Mein Kontaktmann von Türkcell hat mir eine Standortkennung des gesuchten Handys zugeschickt.«

Özakın nickte nur kurz, konnte aber die Worte seines Kollegen nicht genau deuten.

»Wir haben die Längen- und Breitengrade der Koordinaten vom Netzbetreiber bekommen«, präzisierte Mustafa seine Aussage. Er lief beschwingt zu Özakıns Schreibtisch und zeigte ihm die Mitteilung.

Es war eine Positionsbestimmung in Schriftform, und zur besseren Darstellung war sie sogar auf einem Satellitenfoto abgebildet.

»Schau mal, wo sich das gesuchte Handy eingebucht hat. Ist das nicht interessant?« Mustafa stockte. »... In Bağcılar, Çinar Mahallesi, 13. Sokak!«

Özakın hielt die Hand ans Ohr und fragte überrascht: »Hab ich gerade den Namen 13. Sokak gehört?«

»Ja, hier steht es schwarz auf weiß.«

»Das ist doch die Straße, in der ich ein paar Tage meines kurzen Lebens verplempert habe, um die Familie Benli zu observieren.«

»Ich weiß«, sagte Mustafa. »Dort hat sich das

gesuchte Handy angemeldet. Denkst du jetzt das Gleiche wie ich?«

»Du glaubst an eine Verbindung zwischen der Familie der Kassiererin und dem Transvestiten Serenay?« Özakın schüttelte zaudernd den Kopf, während er vor sich hin paffte. »Wie genau ist denn diese Standortbestimmung?«

»Ziemlich genau, vor allem in Ballungsräumen«, antwortete Mustafa.

Özakın nahm sich das Satellitenbild vor. Dabei wedelte er mit der Hand vor Mustafas Gesicht herum, damit ihn der Qualm aus seiner Zigarette nicht einnebelte.

»Was haben die Benlis mit Serenays Handy zu tun? Vor allem, wer von den dreizehn Mitgliedern der Familie ist der gesuchte Handy-Nutzer?«, fragte Mustafa.

»Fünfzehn Mitglieder!«, korrigierte ihn Özakın. »So viel Zeit muss sein.«

»Dreizehn oder fünfzehn, ist ja egal. Wir können den Handy-Nutzer anrufen. Wir haben doch die Nummer.«

Özakın war einverstanden.

Mustafa griff zum Telefon und wählte. »Es klingelt!«, rief er verschwörerisch aus. Beide warteten nun angespannt, dass jemand ranging.

»*Efendim?*«, meldete sich eine Männerstimme.

Was sollte er bloß sagen? »Spreche ich mit Ercan?«, fiel es Mustafa geistesgegenwärtig ein, weil ihm die Stimme irgendwie bekannt vorkam.

Zuerst Stille, dann ein zögerndes »Ja? Mit wem spreche ich?«

Mustafa bedeckte das Telefon mit der Hand und flüsterte: »Er ist es!«

Nachdem er aufgelegt hatte, hielt die beiden Kommissare nichts mehr im Büro.

»Beeilung, mach deine Karre startklar!«, trieb Özakın seinen Kollegen an, »damit uns das Täubchen nicht entwischt.«

Es war keine Stunde vergangen, da hatten Özakın und Mustafa den ahnungslosen Ercan Benli sozusagen in flagranti erwischt. Er hatte das Handy sogar in der Tasche, als die beiden Kommissare ihn an der Haustür überraschten.

Und jetzt saß er überrumpelt im Büro der beiden im Polizeipräsidium und wurde verhört. Was den Bankraub und den Tod des Wachmanns anging, hatten sie ihn sowieso im Visier ihrer Ermittlungen, trauten ihm also einiges zu. Dass er nun auch noch das Handy einer Toten bei sich trug, verstärkte diesen Eindruck.

Benli machte einen eher resignierten Eindruck, ganz anders als vor ein paar Tagen, als die Kommissare ihm und seiner Schwester Fatma, der Kassiererin, einen Besuch abgestattet hatten und er durchaus kämpferisch aufgetreten war.

Kein Wunder, dachte Özakın, denn jetzt wird er auch noch verdächtigt, eine Tote beraubt zu haben. »Komisch, dass sich die Verdachtsmomente gegen

Sie häufen. Raub, unerlaubter Waffenbesitz und nun ein gestohlenes Handy«, provozierte er ihn. »Herr Benli, finden Sie es nicht ein bisschen unfein, dass Sie das Handy einer Leiche benutzen?«

»Ich weiß, es war ein Fehler, das Handy an mich zu nehmen. Aber ich dachte, es gehört niemandem«, antwortete Benli etwas fahrig, während er sich an den Nacken griff, als fühle er sich unwohl in seiner Haut.

Ozakın bemerkte, dass er schwitzte. »Sie beharren also darauf, dass Sie es gefunden haben.«

Benli bejahte, und sein Mund verzog sich zu einem unsicheren Lächeln.

»Und wo genau, bitte schön?«, fragte Mustafa noch einigermaßen ruhig, aber Özakın ahnte schon, dass er die Contenance nicht lange würde bewahren können.

Benli seufzte, zögerte ein wenig und sagte dann: »In einem Park, im Gebüsch.«

»In welchem Park? Präziser bitte«, sagte Mustafa.

»In Bebek.«

Özakın kannte den Park. Das war doch nur zwanzig Meter vom Tatort entfernt. »Ganz in der Nähe wurde Serenay getötet. Woher kennen Sie den Tatort?«

»Das stand doch überall in den Zeitungen«, antwortete Benli.

»Was hatten Sie in Bebek überhaupt zu suchen?«

»Meine Freunde und ich sind dort spazierengegangen. Was ist denn das überhaupt für eine Frage?«, wunderte sich Benli, der nun, weil er sich in seiner Ehre angegriffen fühlte, aus seiner Schockstarre erwacht war. »Meinen Sie, dass Leute wie wir uns möglichst in unserem Stadtteil aufhalten und die besseren Viertel den anderen überlassen sollten?«

»Machen Sie jetzt keinen Klassenkampf aus dem Verhör«, gab ihm Mustafa einen Dämpfer.

Und Özakın meinte: »Keiner wird hier zu Unrecht beschuldigt, bloß weil er in einem Stadtteil wie Bağcılar lebt. Übrigens, auch wir kommen aus einfachen Verhältnissen und haben unsere Herkunft nicht vergessen.« Er blickte zu Mustafa, der jetzt neben Benli stand und bestätigend mit dem Kopf nickte. »Trotzdem haben Sie sich strafbar gemacht, weil Sie ein Handy an sich genommen haben, das Ihnen nicht gehört. Sie hätten den Fund bei der Polizei melden müssen.«

Angenommen, Benli sagte die Wahrheit, dann konnte das Handy nur der Mörder von Serenay auf der Flucht ins Gebüsch geworfen haben. Aber Mustafa hatte den Freier mehrfach dazu verhört, und dieser hatte ausgesagt, dass er, um Spuren zu beseitigen, das Handy des Opfers, ein Samsung-Modell, an sich genommen und später vernichtet hätte. Dass die Tote ein zweites Handy besäße, war ihm unbekannt. »Und Sie sind sich sicher, dass Sie Serenay nicht kannten?«, fragte Özakın.

»Diesen Transvestiten?« Benli stand die Empörung ins Gesicht geschrieben. »Wollen Sie mich beleidigen? Ich bin doch nicht pervers.«

»Na, na, beruhigen Sie sich mal«, bremste ihn Mustafa. »Vielleicht sind Sie ja die glorreiche Ausnahme. Trotzdem sind die Puffs voll mit Männern, selbst zu Ramadan. Na, macht es jetzt klick bei Ihnen?«

»Pah!«, protestierte der Verhörte und fragte: »Kann ich jetzt gehen?«

Özakın lief wütend um ihn herum und fixierte Benli aus zornigen Augen. »Machen Sie es nicht noch schlimmer mit Ihrer Bockigkeit«, drohte er.

»Nein und nochmals nein! Ich kenne diese Person nicht«, rief Benli aus.

»Dann sagen Sie uns doch mal, mit wem Sie so telefoniert haben in letzter Zeit?« Özakın fuhr sich durch die Haare, die jetzt wild von allen Seiten abstanden.

»Mit Freunden, den Verwandten ...«

»Wir haben vorhin Ihre Verbindungsdaten kontrolliert«, verkündete Özakın. »Danach haben Sie unter anderem mit einer Textilfirma in Bahçelievler und mit einer Grundschule telefoniert.«

»Kann sein. Ist das verboten?«

Mustafa lächelte vielsagend. »Verboten nicht, aber ich wundere mich, was Sie mit der Grundschule besprechen wollten. Wollten Sie etwa dort Ihren Grundschulabschluss nachmachen?«, fragte er ironisch und grinste.

Und auch Özakın plagten leichte Zweifel, dass es Benli gewesen war, der diese Nummern gewählt hatte. Vor dem Verhör hatte er einige der Verbindungen auf die Schnelle überprüft, und überall, wo er anrief, hatte man den Namen Ercan Benli zum ersten Mal gehört. Ob nun die Textilfirma in Bahçelievler oder die Grundschule, nirgends konnte man sich an seinen Namen erinnern. »Ist das alles, was Sie dazu zu sagen haben?«, machte er nun Druck. Er griff zum konfiszierten Handy, deutete darauf und tönte: »Hier, diese Nummern können nicht lügen. Und hier …« Er tippte auf diverse Tasten und Funktionen. »Da haben Sie ja eine aufschlussreiche SMS bekommen. *Das wirst du mir büßen!* Das hört sich eindeutig nach einer Drohung an.« Er hielt dem irritierten Benli das Handy vors Gesicht. »Und sehen Sie den Absender, sehen Sie diese Telefonnummer?«, insistierte er. »Diese Person hat Sie ein paarmal angerufen, und jetzt will er Ihnen an den Kragen. Verdenken kann ich es ihm nicht.«

Auch Mustafa hatte einen Blick auf das Handy geworfen, und nun reagierte er ganz so, als habe er den Teufel höchstpersönlich gesehen. Er stellte sich ans Fenster und starrte wie hypnotisiert hinaus, während Özakın sich fragte, was sein seltsames Verhalten zu bedeuten hatte.

»Wer hat noch Zugang zu diesem Handy? Wird es auch von den anderen Mitgliedern Ihrer Familie genutzt?«, wollte er nun wissen.

Benli machte eine unschlüssige Geste. »Kann mich nicht erinnern«, antwortete er nur ausweichend und schwieg.

»*Allahım*«, stöhnte Özakın und war stocksauer.

Am liebsten würde er ihn in die Isolationszelle sperren und ihn dort so lange bei Wasser und Brot schmoren lassen, bis er die ganze Wahrheit gestand. Leider waren ihm die Hände gebunden. Also blieb ihm nichts anderes übrig, als Benli erst einmal mit einer Verwarnung laufen zu lassen. Er wies ihm die Tür und sagte barsch: »Für heute ist das Verhör beendet. Aber wir sprechen uns noch. So leicht kommen Sie mir nicht davon.«

»Du glaubst ihm doch auch nicht«, sagte er zu Mustafa, als Benli gegangen war.

»Sagen wir mal so: Er hat ein taktisches Verhältnis zur Wahrheit. Dafür bekommst du jetzt von *mir* die ultimative Wahrheit: Ich kenne nämlich den Absender dieser SMS!«

»Was?« Özakın stand vor Erstaunen der Mund offen. »Du meinst diese SMS mit der kindischen Message *Das wirst du mir büßen*? Du weißt, wer sie verschickt hat?«

29 … Mustafa hatte seine Emotionen nicht mehr unter Kontrolle. Seine Stimmung schwankte zwischen Wut und Verzweiflung. Und eine Frage spukte ihm immer und immer wieder durch den Kopf: Warum schickte Arslan einem kriminellen, arbeitslosen jungen Mann aus Bağcılar eine SMS? Genauer gesagt, auf das Handy eines toten Transvestiten, das der kriminelle, arbeitslose junge Mann angeblich im Park von Bebek im Gebüsch gefunden hatte? Dem nicht genug, Arslan drohte ihm darin Vergeltung an. Was aber hatte der Empfänger der Botschaft denn so Schlimmes verbrochen, dass Arslan so ausrastete? Das Ganze war eine Gleichung mit mehreren Unbekannten, wobei die eine unbekannte Komponente Arslans aktueller Fall als Detektiv sein könnte. Er stieg in seinen Wagen und fuhr Richtung Sultanahmet, wo Arslan über einer Touristenkneipe seine Wohnung hatte. Dort hatte er ihn einmal abgeholt, als sie zu einer ihrer nächtlichen Touren um die Blöcke aufgebrochen waren.

Er wusste gar nicht mehr, was er denken sollte. Irgendwie hatte er das Gefühl, Arslan sei nicht ehrlich zu ihm gewesen. Dabei hatten sie viele schöne Abende miteinander verbracht. Doch anscheinend war sein freundliches Verhalten nur Fassade gewesen. Mustafa fiel ein, dass nur er über seine Arbeit erzählt hatte, Arslan aber war eher verschlossen gewesen. Hatte er also die ganze Zeit mit gezinkten Karten gespielt? Mustafa steigerte sich richtig in diese Theorie hinein, während er an der mit Fahrzeugen verstopften Atatürkbrücke links abbog und ein Stück am Goldenen Horn entlangfuhr, um sich dann wieder ins Gewühl des Stadtteils Cağaloğlu zu stürzen.

Er hätte platzen können vor Wut, also wählte er erneut Bülents Nummer. »Verdammt, geh jetzt ran, du Wichser«, murmelte er. Schon wieder war aber nur die Mailbox zu hören: *Hier ist Bülent Arslan. Bitte eine Nachricht hinterlassen. Danke.* Doch dazu hatte er jetzt wirklich keine Lust. Was konnte er denn schon sagen, außer: Du hör mal, ich hab deine Nummer auf dem Handy eines toten Transvestiten entdeckt, sei doch so nett und ruf mich bitte zurück. Wir müssen reden. Da war es doch besser, ihn zu Hause mit diesen Ungereimtheiten zu konfrontieren. Mustafa war neugierig auf sein verblüfftes Gesicht und vor allem auf seine Erklärungen, die schon ziemlich plausibel sein mussten, damit er sie ihm abnahm.

In einer Seitenstraße, hinter der blauen Moschee, fand er eine Lücke für sein Fahrzeug, stieg aus und ging sogleich in Arslans Wohnung. Vor der Kneipe saßen Touristen auf Korbstühlen, tranken Tee oder aßen eine Kleinigkeit. Er lief an ihnen vorbei, stieg in den dritten Stock und drückte entschlossen auf die Klingel. Er klingelte einmal, zweimal, dreimal. Enttäuscht drehte er sich auf dem Absatz um und wollte schon aufgeben. Doch etwas hinderte ihn daran. Nein, er würde jetzt nicht unverrichteter Dinge von dannen ziehen. Verdammt noch mal, er würde jetzt da hineingehen, koste es, was es wolle. Er griff sich wie von einer fremden Macht geleitet in die Tasche und holte seinen Schlüsselbund hervor, entfernte seinen Schlagschlüssel, mit dem man jede Tür öffnen konnte, ohne dabei Spuren von gewaltsamem Eindringen zu hinterlassen. Übers Internet hatte er ihn erworben, vorausahnend, dass er irgendwann einmal in die Situation kommen würde, wo er Türen wie ein Einbrecher öffnen musste. Und jetzt war der Zeitpunkt gekommen, um das, was in der Werbung versprochen wurde, auf seinen Wahrheitsgehalt zu überprüfen. Er führte dieses Wunderding der Technik wie einen normalen Schlüssel ins Schloss ein, zog seinen Schuh aus, weil er sonst nichts anderes zur Hand hatte, und schlug mit dem Absatz auf den steckenden Schlüssel ein. Das Ganze erforderte natürlich ein bisschen Übung für das richtige Timing und auch etwas Feingefühl. Und tatsächlich, man hatte ihm nicht zu viel versprochen: Nach dreimaligem Versuch konnte er den Schlüssel ganz normal im Schloss umdrehen und die Tür aufschließen. Er war selbst überrascht, aber es funktionierte. »Arslan, du Dummkopf, ich bin in deiner Wohnung«, triumphierte Mustafa, der sich über seine eigene kriminelle Energie wunderte. Er zog die Tür hinter sich zu, lief über den kleinen Flur an der Küche vorbei ins Wohnzimmer und schlenderte ziellos durch den Raum. Eigentlich wusste er gar nicht, wonach er suchte, als sein Blick auf einem Foto an der Wand haften blieb. Es war das Bild eines Mannes mit dichten Haaren und buschigen Augenbrauen, auf dessen Gesicht wie bei einer Dartscheibe ein Fadenkreuz gezeichnet war. Wie kindisch!, war Mustafas erster Gedanke. Offensichtlich war Arslan nicht gut auf den Mann zu sprechen. Denn warum sonst sollte der Pfeil mitten in seinem Gesicht stecken? Vielleicht gehört der Kerl ja zu Arslans neuestem Fall, war also eine der Personen, die er observierte. Die Frage war nur, was der Kerl ihm angetan hatte. Ihm fiel wieder die SMS ein, die Arslan verschickt hatte. Er war wohl voller Aggressionen gegenüber seinen Mitmenschen und kämpfte an mehreren Fronten gleichzeitig. Das Auge des Mannes an der Wand hatte Arslan voller Missachtung mit dem Dartpfeil durchbohrt, und einem anderen, Ercan Benli, drohte er per Handymessage Vergeltung an. Mustafa fixierte erneut die selbst gebastelte Dartscheibe. Es war, als habe er den Mann schon mal irgendwo gesehen, aber er kam nicht darauf.

Welch perfides Spiel treibst du da?, fragte er sich und begann Arslans Wohnung zu durchwühlen. Zuerst stöberte er in den Schubladen des Schreibtisches und war gar nicht mal überrascht, darin eine

Menge Bilder des Geschmähten an der Wand zu finden. Hektisch wühlte er sich weiter durch die Schublade. Sein Blick streifte das Rollschränkchen neben dem Sofa. Er rüttelte an der jalousieartigen Tür und stellte fest, dass sie verschlossen war. Er dachte kurz nach, holte mit dem Bein aus und trat mit dem Absatz seines Schuhs gegen das Schränkchen, bis das Schloss mit einem Knacken auseinanderfiel. Dass er Einbruchspuren hinterließ, war ihm jetzt vollkommen gleichgültig. Ihn hatte das Jagdfieber gepackt, gepaart mit einem fatalistischen Scheißegal-Gefühl. Auf einmal hatte er beim Durchsuchen einen Polizeiausweis in der Hand, auf dem der Name Bülent Arslan zu lesen war. Wütend biss er die Zähne zusammen und zischte: »Auf so einen Kollegen kann ich verzichten!«

Er hatte genug gesehen. Was sonst noch wichtig war, würde die Spurensicherung entdecken.

Mustafa folgte jetzt mehr einer inneren Eingebung als seinem Verstand. Den gefälschten Polizeiausweis und das Foto des Mannes, auf den es Arslan abgesehen hatte, in der Tasche, fuhr er am Ufer des Marmarameeres entlang nach Bakırköy. Zuvor hatte er sich darüber informiert, ob ihre Zeugin Esma Vural noch im Krankenhaus verweilte oder ob sie bereits entlassen worden war.

Özakın hatte sie vor einiger Zeit befragt, und da hatte sie ihm von einem »Kollegen« berichtet, der ihr ein Foto gezeigt und sie gefragt hatte, ob sie den

Mann darauf erkennen würde. Das hatte sie sehr wohl. Ihrer Meinung nach war es der Täter. Die Kommissare neigten dazu, ihr zu glauben, denn sie war die einzige Person, die den Bankräuber ohne Maskierung gesehen hatte, bevor sie von der Kugel des Täters getroffen ohnmächtig auf den Boden gesunken war. Die Polizei hatte nur eine vage Ahnung davon, wie der Täter ausgesehen haben könnte. Die Qualität der Bilder aus der Videoüberwachung ließ leider zu wünschen übrig.

Blieb nur noch die Frage nach dem »Kollegen«. Da keiner außer ihnen in diesem Fall ermittelte, war es schnell klar, dass es sich nur um einen falschen Polizisten mit einem gefälschtem Polizeiausweis handeln konnte. Bisher hatten sie nichts in der Hand gehabt, um das Rätsel zu lösen. Heute aber sah Mustafa ein kleines Licht am Ende des Tunnels aufscheinen, weswegen er sich beeilte, in die Unfallchirurgie zu kommen, was ihm auch relativ zügig gelang, weil es ausnahmsweise mal keine Staus auf dem Sahil yolu gab.

Im Krankenhaus angekommen, lief er der Patientin direkt in die Arme, die auf dem Flur auf ihn gewartet hatte.

Mustafa begrüßte sie und sagte: »Wollen Sie sich nicht lieber wieder hinlegen? Es könnte anstrengend werden.«

»Danke, lieber nicht«, meinte Frau Vural, »ich bin die letzte Zeit viel zu viel gelegen. Sich ein bisschen die Beine vertreten, kann nicht schaden.«

»Geht es Ihnen inzwischen etwas besser?«, fragte Mustafa.

»Gott sei Dank ist alles gut verheilt. Übermorgen werde ich entlassen. Anscheinend lässt es sich ganz gut leben mit einer Kugel im Rücken.«

»Kommissar Özakın hat mir davon erzählt. Und Sie spüren tatsächlich nichts von dem Geschoss?«

»Nur bei Wetterumschwung. Da zieht es ein bisschen an der Stelle«, erklärte Frau Vural und griff sich an die Wirbelsäule. »Sonst ist aber alles in Ordnung, Gott sei Dank.«

»*Inşallah*«, bemerkte Mustafa, während er neben der Frau herlief, die in einem plüschig rosaroten Bademantel und Hausschuhen den Flur entlangschlurfte.

»Ich schätze mal, Sie sind immer noch nicht weiter«, sagte sie etwas anklagend. »Dieser Gani Korutürk, der, der sich das Leben genommen hat ...«

Mustafa spitzte die Ohren.

»Er kann nicht der Täter gewesen sein.«

»Was macht Sie so sicher?«

»Ich hab mir alle Berichte über diesen tragischen Selbstmord im Fernsehen angesehen und alles darüber gelesen. Ich kann es nicht genau begründen, aber er war's nicht. Ich fürchte, da hat die Polizei den Falschen verdächtigt.«

Mustafa nickte, als wolle er ihr damit recht geben. »Wir sind davon ausgegangen, dass er kein Alibi hatte. Und er war Linkshänder. Und, das darf man ja auch nicht vergessen, Ihr Onkel hat ziemlich

Druck gemacht, wie Sie sich erinnern können. Man wollte den Täter so schnell wie möglich, koste es, was es wolle.« Mustafa konnte sich sehr wohl entsinnen, dass auch sie die Hausdurchsuchung bei Korutürk kaum erwarten konnte, obwohl man keine handfesten Beweise gegen ihn in der Hand hatte. Er verzog unglücklich das Gesicht. Außerdem sah der Imbissbudenbesitzer dem Täter tragischerweise verblüffend ähnlich. Der Arme, dachte Mustafa. Der Gedanke, sie alle könnten ihn auf dem Gewissen haben, war unerträglich für ihn. »Und wie ist es mit diesem Mann?, fragte er dann, während er ihr das aus Arslans Wohnung mitgebrachte Foto hinhielt. »Könnte dieser Mann der Täter gewesen sein?«

»Ja, das ist er!«, rief sie ohne zu zaudern aus. »Ich weiß doch, wer mich angeschossen hat. Dieser durchdringende Blick, diese große, markante Nase und die buschigen Augenbrauen und vor allem das Muttermal in seinem Gesicht. Woher haben Sie das Bild? Genau dieses Bild hatte auch Ihr Kollege bei sich, als er mich besucht hat.«

»Wie sah er denn aus, dieser *Kollege*?«

»Legere Kleidung, schulterlange Haare, etwas ungepflegt, aber trotzdem nett und gut erzogen.«

Ungepflegt, aber trotzdem nett, vor allem, wenn es darum geht, die Menschen um den Finger zu wickeln. Das kann nur dieser Hurensohn Arslan gewesen sein, überlegte Mustafa. Er deutete nun auf Arslans gefälschten Polizeiausweis, worauf der vermeintlich nette »Kollege« zu sehen war. »Und der

Polizist, der Sie hier besucht hat, dieser Hippie-Verschnitt, sah dann wohl so aus, stimmt's?«

Die Frau nickte und ließ sich erschöpft auf einen Stuhl fallen. »Ich weiß zwar nicht genau, was das Ganze zu bedeuten hat«, meinte sie, »aber ich tippe mal darauf, dass Sie dieser Typ hier ziemlich gelinkt hat.«

»Da liegen Sie nicht verkehrt«, seufzte Mustafa frustriert. Denn mit einem Male war aus einem diffusen Verdacht eine Gewissheit geworden, die fürchterlicher nicht sein konnte: Die ganze Zeit war es Arslan nicht um ihre Freundschaft gegangen, sondern darum, ihn, einen Polizisten, auszuhorchen. Arslan hatte ihm wichtige Details aus ihrer Ermittlungsarbeit entlockt, war noch vor der Polizei bei ihrer Zeugin im Krankenhaus gewesen, hatte sie befragt, während Özakın und er noch im Nebel stocherten.

Warum aber war es ihm so wichtig gewesen, den Täter zu identifizieren, und was wollte er von ihm?, fragte er sich, als er gedankenverloren den Ausgang der Unfallchirurgie ansteuerte. Ihn erpressen!, gab er sich gleich selbst die Antwort. Arslan wollte einen Teil der Beute aus dem Bankraub abhaben, sonst wäre er zur Polizei gegangen. Anscheinend hat die Erpressung auch geklappt. Denn ihm fiel ein, dass Arslan in letzter Zeit keine Geldsorgen plagten, ganz im Gegensatz zu ihm, und dass er immer sehr spendabel war, als sie durch die überteuerten Bars und Clubs von Istanbul gezogen waren.

Dass er Arslans Einladungen angenommen hatte, war mehr als beschämend für ihn. Er hatte sich einlullen lassen von dieser schillernden Welt, die mehr Schein als Sein war, wie ein einfältiger Prolet.

30 ... Eigentlich gehörte Özakın nicht zu den Kommissaren, die literweise Tee tranken und kettenrauchend versuchten, ihre Nerven zu beruhigen, wenn sie in Stress gerieten – dafür war ihm seine Gesundheit viel zu heilig –, aber heute machte auch er da eine Ausnahme. Die Spuren seines angespannten Seelenzustands waren im Aschenbecher von Mustafas Wagen zu besichtigen, in dem sie saßen. Sehr zum Leidwesen von Mustafa, dessen Körper sich zwar inzwischen an das ständige Hungern an Ramadan gewöhnt hatte, dem aber diese intensiven Rauchschwaden Übelkeit und Kopfschmerzen verursachten. Zu allem Überfluss hatte Özakın auch noch eine Knoblauchfahne.

»Sag mal, hast du dich gestern durch ein ganzes Knoblauchbeet gefressen?«, fragte Mustafa, während er kopfschüttelnd die Seitenfester herunterließ, damit die Luft, die Özakın verpestet hatte, entweichen konnte.

»Tut mir leid ... Der Auberginensalat ... Ich wusste nicht, dass wir heute so eng beieinandersitzen würden«, entschuldigte sich Özakın nuschelnd, weil er nun versuchte, mit zusammengekniffenen Lippen zu sprechen.

»Wie viele Knoblauchzehen waren da wohl drin? Zehn?« Mustafa hielt sich die Nase zu, kramte in seinen Taschen nach etwas, was Özakıns Atem erfrischen könnte, und überreichte ihm dann ein Mentholbonbon.

Özakın stopfte es sich dankend in den Mund, und sie konzentrierten sich wieder auf ihre Arbeit.

Zum ersten Mal fügte sich die Masse der Einzelheiten zu einem Mosaik zusammen, das ein plausibles Bild ergab. Denn die beiden Kommissare waren auf bisher unbekannte Details gestoßen, die vieles in einem neuen Licht erscheinen ließen. Über diese Einzelheiten hatte Mustafa seinen Kollegen bereits gestern informiert, nachdem er sich in Arslans Wohnung umgesehen hatte und schließlich zu ihrer Zeugin ins Krankenhaus gefahren war.

Eines stand nun fest: Bülent Arslan kannte den Täter und hatte es die ganze Zeit für sich behalten. Außerdem hatte er auf das Handy einer Person, die in der Çinar Mahallesi, 13. Sokak wohnte – exakt zehn Meter von ihrer jetzigen Parkposition entfernt –, eine SMS geschickt. Warum, das war noch völlig offen. Dieses Rätsel hätte der Privatdetektiv ohne Weiteres beantworten können, aber leider war er abgetaucht und erschwerte damit den Fortgang der Ermittlungen. Die Polizei fahndete bereits nach ihm mit allen ihr zur Verfügung stehenden Mitteln.

Özakın und Mustafa gingen davon aus, dass der Privatdetektiv hier auftauchen würde. Zumal er mit jemandem aus dem Haus noch eine Rechnung offen hatte. Die Drohung war unmissverständlich: »*Das wirst du mir büßen*«. Aber galt die Message tatsächlich Ercan Benli, der das Handy in der Tasche trug und den sie per Handy-Ortung ausfindig gemacht hatten, oder einem anderen, der ebenfalls in diesem Haus wohnte?

»Dieser Arslan hat dich wohl ziemlich verarscht«, sagte Özakın nach einer Weile und machte ein ernstes Gesicht.

Mustafa schüttelte frustriert den Kopf. »Erinnere mich bloß nicht daran. Die schlaflose Nacht genügt mir.«

»Glaubst du mir jetzt, dass du in deinem Job niemandem trauen kannst? Du hast dich nicht gerade mit Ruhm bekleckert.«

»Ist klar, mach mich ruhig fertig.« Mustafa drehte sich zu ihm um, schaute ihm ins Gesicht und meinte etwas geknickt: »Ich hab's nicht anders verdient.«

Özakın verdrehte die Augen, weil er die Dramatik in Mustafas Worten nicht leiden konnte. »Aber immerhin hast du wichtige Indizien gesichert. Schon dafür müsste dir zu Ehren ein Schaf geschlachtet werden«, sagte er gerade versöhnlich, als sich das Telefon bemerkbar machte und das Vorzimmer der Kommissariatsleitung ihm mitteilte, dass eine Frau aus Bağcılar den ermittelnden Kommissar in Sachen Banküberfall sprechen wolle. Ob er das Gespräch entgegennehmen wolle?

Özakın musste wohl, obwohl er sich eigentlich

keine großen Hoffnungen machte, noch etwas Entscheidendes übermittelt zu bekommen. Bislang hatten sie bis zu zweihundertfünfzig Hinweise ausgewertet und Dutzende Zeugen vernommen. Doch das meiste war im Sande verlaufen, hatte weder Hand noch Fuß, weil sich wieder irgendwelche Leute wichtigmachen wollten. Nur durch Grips und ihren eigenen unermüdlichen Einsatz konnten sie den tatsächlichen Hintergrund zum ersten Mal auf hellen, auch durch Mustafas illegale Aktion mit dem Einbruch. Dass der Bürger mal der Polizei einen entscheidenden Tipp gab, war selten genug. Letztendlich musste man als Ermittler sogar froh sein, dass man nicht auf eine falsche Fährte gelockt wurde, geschweige denn, dass einem geholfen wurde. Mit dieser Einsicht hauchte er ein leidiges »*Efendim*« in den Hörer.

»Das dauert ja bei Ihnen, bis ein Kommissar an der Strippe ist«, preschte gleich die hohe Frauenstimme angriffslustig vor. »Ich wurde bestimmt fünf Mal weiterverbunden.«

»Mit wem spreche ich überhaupt?«

»Der Name tut nichts zur Sache. Ich habe eine Beobachtung gemacht, die Sie vielleicht interessieren könnte.«

Ein anonymer Anrufer! Özakın machte Mustafa ein Zeichen, dass ihnen wieder jemand ihre kostbare Zeit rauben wolle.

»Wir haben einen Jungen in unserer Schule, der sich irgendwie merkwürdig verhält …«

»Bedaure«, bremste sie Özakın, während er seine Ohren schon auf Durchzug geschaltet hatte. »Ich muss Sie vielleicht auch weiterleiten. Dafür ist das Jugendamt zuständig.«

»... Merkwürdig in der Art, dass er mit Geld nur so um sich wirft«, sagte sie.

»Vielleicht hat ja seine Familie im Lotto gewonnen«, bemerkte Özakın und blickte zu Mustafa, der einen ungeduldigen Eindruck machte.

»Das hätte ich sicherlich mitbekommen. In Bağcılar machen solche Dinge schnell die Runde.«

»Was vermuten Sie also?«

»Wann fand der Bankraub noch einmal statt?«

»Am Ersten des Monats«, antwortete Özakın und verdrehte genervt die Augen.

»Sehen Sie, und wenige Zeit später hatte der Junge die Taschen voller Geld, bündelweise. Es ist doch irgendwie ungewöhnlich, dass ein kleiner Junge so viel Geld besitzt, und das auch noch in Bağcılar. Er hat seinen Klassenkameraden etwas davon geschenkt. Und auf dem Schulhof hat er Süßigkeiten verteilt.«

Özakıns Antennen waren jetzt wieder auf Empfang geschaltet. »Haben Sie mit ihm darüber gesprochen?«

»Ja, schon, aber der Junge ist äußerst zurückhaltend und kaum zugänglich, hat keine Freunde. Vielleicht wollte er sich deswegen auch die Zuneigung der Kinder erkaufen. Ich konnte jedenfalls nichts aus ihm herausbekommen. Außerdem fehlt er seit ein paar Tagen.«

»Ich weiß nicht …«, überlegte Özakın.

»Die Familie des Jungen kommt eigentlich aus ärmlichen Verhältnissen. Soviel ich weiß, lebt sein Vater von Gelegenheitsjobs. Die Mutter, eine Deutsche, soll gestorben sein.«

»Haben Sie den Vater bereits kontaktiert?«

»Nein, ich wollte erst mit der Polizei sprechen.«

»Danke für diesen Hinweis«, sagte Özakın nachdenklich. Er fragte noch nach dem Namen der Schule, des Jungen und in welche Klasse er ging und erkundigte sich nach der Adresse des Vaters.

Mustafa reichte ihm Stift und einen Zettel. Doch schon während er schrieb, stellte er fest, dass er die Adresse kannte. »Was wissen Sie noch über diese Familie?«, fragte er aufgewühlt. »Kann es sein, dass die Albayraks mit einer Familie namens Benli unter einem Dach wohnen? Dass sie miteinander verwandt sind?«

»Keine Ahnung«, meinte die Frau. »Ich kenne die familiären Hintergründe nicht so genau.«

»Die Mutter des Jungen ist Deutsche, sagten Sie. Heißt das, dass der Vater früher in Deutschland gelebt hat?«

»Nein … Ich weiß nicht. Oder doch. Ja, er war in Deutschland. Der Junge ist ja auch nicht von hier, hat bis zu seinem achten Lebensjahr dort gelebt, bevor er zwei Jahre später hier eingeschult wurde. Deswegen spricht er nur wenig Türkisch.«

Özakın bedankte sich bei der anonymen Anruferin, von der er annahm, dass sie eine Lehrerin war, ging kurz in sich und sagte dann zu Mustafa: »Ein Fragezeichen mehr. Jetzt bringt jemand einen zehnjährigen Schüler in Verbindung mit dem Bankraub, weil er etwas mehr Taschengeld besitzt als andere Kinder. Und das Interessante dabei: Der Junge wohnt mit seinem Vater in Bağcılar.«

»Ach ja? Wo denn?«

»Wir stehen davor.«

Mustafa schaute ihn verblüfft von der Seite an und wollte nun Näheres zu den Personen wissen.

»Die Namen werden auch dir kein Begriff sein«, sagte Özakın. »Ein gewisser Deha Albayrak und sein Sohn Deniz.«

»Seltsam, alle Spuren führen in die Çinar Mahallesi, 13. Sokak. Hier haben ja 'ne Menge Verrückter ihre Bleibe. Nicht nur diese Kassiererin Fatma Benli und ihr Bruder Ercan, sondern auch ein Vater mit seinem Jungen«, wunderte sich Mustafa.

»Wie es scheint, wohnen also dort keine dreizehn Personen, wie uns die Kassiererin weismachen wollte, sondern zwei mehr, fünfzehn nämlich, wie der Restaurantbesitzer zu wissen glaubt. Außerdem wusste er auch zu berichten, dass eines der Familienmitglieder im Ausland war. In Deutschland zum Beispiel. Das könnte ja passen! Glaubst du, die Kassiererin hat uns die zwei Personen bewusst unterschlagen? Aber warum?«

»Weil sie dort illegal leben? Weil der Vater, dieser Deha Albayrak, etwas ausgefressen hat?«, überlegte Mustafa.

»Weil der Kerl der gesuchte Bankräuber ist und den Wachmann erschossen hat?«, ergänzte Özakın.

»Du glaubst doch nicht dieser anonymen Anruferin«, meinte dann Mustafa. »Ob das alles stimmt?«

»Verdammt, ich weiß es nicht. Dieser Fall ist der vertrackteste, der mir je untergekommen ist. Wenn wir wenigstens wüssten, wo wir diesen Privatdetektiv finden können. Wenn wir ihn hätten, müssten wir uns nicht so das Hirn zermartern.«

»Komm, wir gehen jetzt da rein«, sagte Mustafa und deutete auf das Haus vor ihnen.

»Aber vorher ruf ich noch Oktay an. Vielleicht hat er ja den entscheidenden Hinweis.« Özakın wählte die Nummer der Spurensicherung. »Habt ihr noch etwas in Arslans Wohnung gefunden?«, fragte er.

»Ich wollte dich auch gerade anrufen, Mehmet. Hab interessante Neuigkeiten. Arslan hat alle Berichte über den Bankraub in Bağcılar gesammelt, sich Notizen gemacht, vor allem hat er sich für das Fahndungsfoto in den Zeitungen interessiert. Das Foto war ausgeschnitten in einer Mappe mit diversen anderen Infos zu dem Gesuchten.«

»Das stützt ja unsere These, dass der Kerl den Bankräuber längst identifiziert hatte«, bemerkte Özakın.

»Und noch etwas: Nach unseren Recherchen befasst sich der Privatdetektiv auch mit einem Entführungsfall.«

Obwohl an solche Situationen gewohnt, verschlug es Özakın nun doch die Sprache.

»Es geht um einen Zehnjährigen, den sein Vater aus Deutschland entführt hat und den der Privatdetektiv ausfindig machen sollte. Die Mutter, eine Deutsche, hat ihn beauftragt. Die konnten wir leider noch nicht aufspüren. Arslan sollte ihr den Sohn wieder zurückbringen, ihn quasi zurückentführen. Wir fanden Hinweise darauf, wie die Entführung ablaufen sollte. Sie hatten den Plan, über die bulgarisch-türkische Grenze zu flüchten.«

»Was, um Himmels willen, soll das denn?«, fragte Özakın immer noch perplex, bevor Oktay weitersprach.

»Außerdem haben wir noch jede Menge anderer Bilder gefunden, die der Privatdetektiv geschossen hat, und zwar von Vater und Sohn, als er sie observiert hat. Von der Ziya-Gökalp-Grundschule und vor ihrem Wohnhaus in Bağcılar. Und jetzt frag mich nicht warum, aber auf einem der Bilder ist auch diese Kassiererin Fatma Benli zu sehen, Hand in Hand mit einem Jungen.«

»Ich kann mir langsam denken, was das Ganze soll«, sagte Özakın nachdenklich. Auch er hatte die beiden gesehen, als er tagelang das Haus der Benlis überwacht hatte. Aber damals war er der Täuschung unterlegen, das Kind an ihrer Hand sei ihr Geschwisterchen.

»Arslan hat alle observiert, wollte eine günstige Gelegenheit abpassen, um das Kind dem Vater zu entreißen.«

»Ob er es geschafft hat?« Özakın blickte aus dem

Seitenfenster an der Fassade hoch zu den Fenstern des Hauses. Sein Blick blieb auf den zugezogenen Vorhängen der Dachkammer hängen.

»Und noch etwas: Wir haben sehr viel Geld bei ihm gefunden.«

»Gut gemacht«, lobte ihn Özakın. Er dachte gleich an Mustafas Vermutung, Arslan könnte den Bankräuber erpresst haben. Und jetzt hatte die Spurensicherung einen Batzen Geld bei diesem Dreckskerl gefunden. »Wir kommen der Sache immer näher. Tu mir aber einen Gefallen, Oktay. Ich möchte, dass du die Familien Benli und Albayrak überprüfst. Schau mal nach, ob du etwas finden kannst, vor allem, was diesen Deha Albayrak betrifft. Das kann doch nicht sein, dass einer sein Kind entführt, und keiner geht der Sache nach.«

»Was jetzt?«, fragte Mustafa, nachdem das Gespräch beendet war.

»Attacke«, antwortete Özakın und riss die Beifahrertür auf. »Wenn hier ein Bankräuber, Mörder oder Entführer wohnt, dann kriegen wir ihn.«

»Keiner verlässt das Haus«, rief Özakın mit der Waffe in der Hand, nachdem ihm Ercan Benli die Tür geöffnet hatte. Der Kommissar stieß ihn zur Seite und stürmte an ihm vorbei ins Wohnzimmer, wo er die verdutzte Familie vor dem Fernseher versammelt antraf. Währenddessen hielt Mustafa den kreidebleichen Benli in Schach. »Schön hiergeblieben«, sagte er zu ihm, als er sah, wie er sich verdrücken wollte.

Eine bunte Schar von Familienmitgliedern starrte Özakın mit weit aufgerissenen, schreckerfüllten Augen an. Der Mutigste unter ihnen fragte, was das solle und warum man sie wie Terroristen behandele.

Özakın reagierte so, als sei der Frager Luft. »Wer ist außer Ihnen noch im Haus? Ein gewisser Deha Albayrak zufällig? Und was ist mit seinem Sohn?«

Niemand antwortete.

»Hab ich mich nicht klar genug ausgedrückt? Spreche ich Suaheli?«, brüllte nun Özakın. Er rannte die Treppe hoch und rief Mustafa zu, er solle ein Auge auf diese kriminelle Brut werfen.

Mustafa trieb Ercan Benli ins Wohnzimmer und postierte sich breitbeinig vor der Tür. »Die Lage ist ernst«, sagte er. »Ich faste, also reizt mich bloß nicht.«

Mit gezückter Waffe durchsuchte Özakın in den oberen Stockwerken ein Zimmer nach dem anderen. Jetzt war er ganz oben unter dem Dach angelangt, von wo er Stimmen zu hören glaubte. Mit einem Satz stand er vor dem Mansardenzimmer, stieß die Tür auf und sah Fatma Benli. Sie stand in der Mitte des Zimmers.

»Was machen Sie hier im Halbdunkeln?«, fragte Özakın scharf und riss die Vorhänge auf.

Sie sackte wie ertappt zusammen, stellte sich mit dem Rücken vor den Wandschrank und zuckte die Achseln.

»Wo ist Deha Albayrak?«

»Wer?«

»Es hat keinen Sinn mehr zu leugnen. Wir wissen bereits alles«, raunte Özakın. Er fand es recht schwierig, seinen Ärger zu unterdrücken. Da hörte er ein leises Wimmern wie das eines Welpen. Er trat in Richtung Geräuschquelle, schob die Kassiererin zur Seite und hielt sein Ohr an den Wandschrank. Das Wimmern wurde zu einem Schluchzen. Özakın öffnete behutsam die Tür, und da kauerte ein Kind wie ein scheues Tier, das Zuflucht im Unterholz gesucht hat, und weinte still vor sich hin.

»Wie heißt du?«, fragte Özakın, indem er seine spärlichen Deutschkenntnisse hervorkramte.

Der Junge schaute ihn aus verweinten Augen kurz an und antwortete: »Deniz«, bevor er den Blick wieder senkte.

Der Kommissar drehte sich zu Fatma Benli um und wusste plötzlich mit instinktiver Sicherheit, was hier gespielt wurde. »Wo ist der Vater des Jungen?«, fragte er. Doch bevor sein Gegenüber antworten konnte, meldete sich sein Handy. »Ja, Oktay?«

»Deha Albayrak ist wie viele andere in Bağcılar meldetechnisch nicht registriert, aber er ist verwandt mit der ganzen Sippe, die da wohnt«, erklärte Oktay. »Erspar mir jetzt die Details, aber der Gesuchte ist nach unseren Informationen Fatma Benlis Cousin.«

Özakın lächelte vielsagend, bevor er das Gespräch beendete, dann half er dem Jungen aus dem Schrank. »Sei unbesorgt, niemand tut dir was«, sagte er und schaute Fatma Benli prüfend ins Gesicht. »Wo ist das Geld?«

Sie drehte sich hastig um und sah ihn aus ihren großen dunklen Augen fragend an. »Welches Geld?« Sie hatte eine Unschuldsmiene aufgesetzt, ihre Stimme klang empört.

»Das Geld, das ...« Er zögerte. »... das Deha Albayrak, Ihr Cousin, in der Bank geraubt hat.« Er versuchte zu lächeln.

Die ganze Zeit hatte sie der Junge still beobachtet, ängstlich und verstört mit der Hand an seiner Kette, dem Halbmondanhänger, gespielt. Doch jetzt griff er mit einem Male in seine Hosentaschen und stülpte den Inhalt demonstrativ nach außen, während die Lirascheine heraussegelten.

Özakın hob verwundert die Augenbrauen, während Fatma Benlis Gesicht plötzlich einen qualvoll verzerrten Ausdruck annahm. Ihre Halsmuskeln traten wie dünne Stränge unter ihrer hellen Haut hervor, als sie sah, wie nun Deniz mit dem Kommissar an der Hand durch das Zimmer wandelte. Bei den bunten Sitzkissen an der Wand blieb er stehen, hob eines davon hoch und zog darunter bündelweise Lirascheine hervor.

Özakın war sehr angetan von dieser Geste und nickte dem Kleinen freundlich zu. »Die Beute! Jetzt fehlt nur noch der Bankräuber. Wo ist Deha Albayrak, Ihr Cousin? Sie sind doch seine Cousine, nicht wahr?«

Sekunden vergingen in Schweigen.

»Ziehen Sie mich nicht erneut in den Strudel Ihrer Lügen«, warnte er. »Gestehen Sie schon. Sie haben sich doch schützend vor Albayrak gestellt, weil Sie mit ihm verwandt sind. Sie haben den Alarmknopf zu spät gedrückt, dem Bankräuber keine registrierten Scheine mitgegeben und die ganze Zeit einen anderen beschuldigt, einen harmlosen, verschuldeten Imbissbudenbesitzer, der sich, weil er keinen anderen Ausweg mehr sah, das Leben genommen hat!«

»Hören Sie endlich auf damit«, sagte Fatma Benli nun zermürbt und hob gleichgültig die Schultern. »Wir wollten ein neues Leben beginnen mit dem Geld. Wir wollten leben wie eine normale Familie.«

Özakın betrachtete sie abschätzend von Kopf bis Fuß. »Das wollte Korutürks Ehefrau auch«, erwiderte er. »Nicht zu vergessen die Frau des Wachmanns, den Ihr Cousin auf der Flucht erschossen hat. Sie hätten beide noch leben können.«

»Wir wollten heiraten, alles hinter uns lassen.«

Dem hätte Özakın gerne noch etwas hinzugefügt, aber es fiel ihm nichts Passendes ein. Er konzentrierte seine Aufmerksamkeit auf die Beute und dachte nach, als er auf das Geld deutete, das unter dem Kissen versteckt war. »Ist das alles?«

Sie lachte zynisch. »Irgendein Scheißkerl hat Deha erpresst, hat 15 000 Yetele verlangt, sonst wäre er zur Polizei gegangen.«

»Weil dieser Jemand wusste, dass Ihr Cousin einen Banküberfall begangen hatte, also viel Geld besaß? Und auch wegen des Jungen?«

Sie nickte.

»Es stimmt also, dass Albayrak den Jungen aus Deutschland entführt hat?«, folgerte er mit gesenkter Stimme, damit der Junge nichts davon mitbekam.

»Der Sohn eines Esels wollte uns Deniz wegnehmen. Er hat mich betäubt und versucht, ihn in sein Auto zu zerren. Deha hat sich aber bitter gerächt, hat den Kerl vor der Schule ordentlich verprügelt.«

Er musste seinen Sohn sehr lieben. »Übrigens, kennen Sie eine gewisse Serenay?«, fragte er dann.

»Ich bestimmt nicht, aber er! Bei ihr hat er sich immer ausgeweint«, antwortete sie ironisch und machte ein Gesicht, als könne sie sich nicht vorstellen, wie man einem Transvestiten sein Herz ausschüttet.

»Hat er zufällig ein Handy, das auf Serenay registriert ist?«

»Keine Ahnung.«

»Aber das Telefon, das Deha besitzt, wird auch von Ihrem Bruder benutzt, stimmt's?«

»Kann schon sein«, murmelte sie desinteressiert. Sie drückte sich zwar vage aus, trotzdem glaubte Özakın aus ihren Worten eine Zustimmung herausgehört zu haben. Er dachte an die SMS, die Arslan verschickt hatte. War sie ursprünglich an Deha Albayraks Adresse gerichtet gewesen, und Ercan Benli, der Bruder der Kassiererin, hatte sich dieses Handy nur ausgeliehen und war dann nur zufällig in die

Netze der Handy-Ortung geraten? Während des Verhörs wollte er das natürlich nicht zugeben, weil er seinen Verwandten decken wollte.

Arslans Botschaft war klar und deutlich. Er war wütend auf Albayrak, wollte ihn fertigmachen, weil die Entführung des Jungen, besser gesagt, die Entführung des entführten Jungen, nicht so abgelaufen war, wie er es sich vorgestellt hatte. Albayrak hatte sich gewehrt und ihn kräftig vermöbelt. Einer wie Arslan ließ das nicht auf sich sitzen.

»Wo ist Ihr Cousin überhaupt?«, fragte Özakın.

»Er trifft sich mit jemandem«, antwortete Fatma Benli geistesabwesend, als sei ihr jetzt alles egal.

»Mit dem Erpresser?«

Sie zuckte die Achseln. »Vielleicht.«

Özakın schaute sie wutentbrannt an. »Spucken Sie's endlich aus!«, drohte er.

Fatma Benli, kalkweiß im Gesicht, kniff die Lippen zusammen und erklärte dann schwermütig: »Er wollte noch mehr Geld, dieser Dreckskerl.«

»Wo ist der Treffpunkt?«

Sie zögerte. »In Eyüp, auf dem Friedhof von Eyüp«, antwortete sie schließlich.

Özakın musterte sie prüfend, ging auf den Jungen zu und packte ihn behutsam am Arm. »Er kommt mit mir«, sagte er in einem schneidenden Ton, bevor er sich dem Jungen zuwandte. »Hast du mal Lust, im Polizeiwagen zu sitzen, neben richtigen Bullen, bewaffnet bis zur Halskrause, die mit Martinshorn durch die Stadt jagen, so wie in den amerikanischen Filmen?«, fragte er mit fürsorglich-sanfter Stimme.

Der Junge atmete erleichtert auf. »Und Papa?«

»Er kommt nach«, antwortete Özakın, was nicht einmal gelogen war. Denn früher oder später würde er Deha Albayrak kriegen.

Doch zuerst mussten sie Verstärkung anfordern. Die würde den Kleinen ins Präsidium in die Obhut eines Kollegen bringen und die Benlis, diese schrecklich nette Familie, ins nächstgelegene Revier, bevor Mustafa und er sich endlich um Deniz' Vater kümmern konnten.

31 ... Er tastete nach seiner Ceska, ganz so, als wolle er sich vergewissern, ob sie noch da war – ein Zeichen, dass er für den Kampf gerüstet war. Sein Entschluss stand fest: Er würde ihn endgültig eliminieren und sich ein für alle Mal von ihm und seinen Forderungen befreien. Schade, dass ihn die Briefbombe nicht erwischt hatte. Das wäre eine saubere Lösung gewesen. Denn jetzt musste er sich schon wieder die Hände schmutzig machen. Er war ja geübt im Schießen. Schon einmal hatte er getötet, einen Wachmann, der sich ihm in den Weg gestellt hatte. Das hatte er nicht kaltblütig geplant, aber es änderte nichts daran, dass er nun ein Mörder war. Trotzdem war ihm schleierhaft, wie es so weit kommen konnte. Das Verbrechen hatte ihn einfach mitgerissen wie ein Tornado, aus dessen Sog er sich nicht mehr befreien konnte. Und ganz am Anfang stand das Wohlergehen seines Sohnes, dem er die Mutter genommen hatte und bei dem er jetzt in der Schuld stand. Ihm sollte es an nichts fehlen, gerade jetzt vor den Festtagen. Das seelische Leid, das der Junge ertragen musste, wollte er mit irdischen Gütern wiedergutmachen. Das Geld dafür hatte er in der Bank erbeutet. Alles war ihm so leicht und ein-

fach erschienen. Dann reihte sich ein fatales Ereignis an das andere: Der Bankraub, der Tod des Wachmanns, die Passantin, die er unglücklicherweise verletzte, die Zecke, die ihn verfolgte. Es war klar, dass dieser Erpresser niemals aufgeben würde. Genüsslich würde er seine Beißerchen in ihn bohren und ihn zu guter Letzt bei den Bullen verpfeifen. Dafür wusste er viel zu viel: dass er die Bank in Bağcılar überfallen und dass er seinen Sohn entführt hatte. Entführt? Mitgenommen in die Türkei, ja, nichts anderes! Nein, er würde nicht lammfromm auf das folgenschwere Schicksal harren, das ihn erwartete, er würde handeln. Er wollte vor ihm da sein, vor diesem Blutsauger, der sich an ihm festgebissen hatte, ihn erpresste und ihm das Allerliebste, das Einzige, was er noch besaß, nehmen wollte. Das würde er niemals zulassen.

Albayrak passierte den Eingang des jahrhundertealten Friedhofs. Er zog die Waffe und huschte auf leisen Sohlen über den Wildwuchs den Hügel hinauf, geschmeidig wie ein Eingeborener im Urwald, während unter seinen Füßen die Äste knackten.

Im fahlen Licht blitzten die Umrisse von marmornen Sarkophagen auf. Er tapste mit federndem Gang an verfallenen Gräbern und umgestürzten Grabsteinen vorbei, die von Moos und Farnen überwuchert waren, passierte prächtige Säulen und Obelisken, viele mit arabischen Inschriften, an ihrer Kopfseite verziert mit Blumenmotiven. Auf einer Anhöhe blieb er stehen. Vor ihm lag der Gottesacker, ein grau-weißes, steinernes Meer, ein geheimnisvoller, mystischer Ort und ein echtes *Who's Who* der toten Osmanen. Weiter hinten lag das dunkle Wasser des Goldenen Horns, umringt von Millionen von Lichtern der hell erleuchteten Stadt.

Danach tauchte Albayrak wieder in das Zwielicht des Friedhofs ein, hielt inne und dachte kurz nach. Bald darauf fand er die Stelle, an der sie sich verabredet hatten. In der Nähe, hinter einem riesigen Sarkophag mit Kegeldach, verschanzte er sich und wartete.

Arslan hatte seinen Honda am Eyüp Sultan Camii *otopark* abgestellt und durchschritt jetzt mit festen Schritten den Eingang des Friedhofs. Er lachte leise vor sich hin und fühlte sich leicht und überlegen, als er den Grabhügel erklomm. Sein erster Fall als Privatdetektiv hatte sich zwar schwieriger gestaltet, als er es wahrhaben wollte, aber es war noch kein Meister vom Himmel gefallen. Außerdem hatte er Ariane versprochen, dass er nicht aufgeben und ihr Deniz zurückbringen würde. Gestern im Hotel hatte er es ihr hoch und heilig versprochen. Sein Wort zählte.

»Du bist meine letzte Hoffnung, mein Held«, hatte sie ihm ins Ohr gehaucht und ihn dann bewundernd angestarrt. Kein Mann hätte diesen Schmeicheleien widerstehen können.

»Glaubst du auch an das Schicksal?«, hatte sie ihn gefragt.

»Eher nicht«, hatte er geantwortet.
»Es ist vorbestimmt.«
»Was?«
»Dass ich meinen Sohn wieder zurückbekomme. Ich spüre es.«
Er mochte Ariane, ihre unschuldig-naive Art, ihr Lächeln, ihre verbissene Entschlossenheit, wenn es um ihren Sohn ging. Jetzt musste er die Blamage, die er sich geleistet hatte, aus der Welt schaffen, sich rehabilitieren.
Er hatte hoch gepokert und war tief gefallen. Und schuld daran war wie immer seine Gier nach dem großen Geld gewesen – seine Schwachstelle, die ihm immer im Weg stand. Denn sonst wäre er nie auf die blöde Idee gekommen, Albayrak anzuzapfen. Er hätte sich doch nur auf die Rückführung des Kindes konzentrieren müssen. Stattdessen machte er eine neue Front auf, begab sich auf ein neues Minenfeld.
Eines Morgens hatte er dieses Fahndungsfoto in der Zeitung entdeckt. Bei näherem Betrachten war ihm etwas aufgefallen, halb verdeckt und im Halsausschnitt des Kapuzenshirts des Bankräubers steckend. Nicht nur, dass der Mann, nach dem gefahndet wurde, eine gewisse Ähnlichkeit mit dem gesuchten Vater hatte, er hatte auch noch eine Kette um den Hals mit einem Anhänger in Form eines Halbmondes. So eine trug auch Arianes Exmann auf dem Foto, das sie ihm gegeben hatte. Es war eher unwahrscheinlich, dass jemand eine ähnliche Kette besaß, denn Albayrak hatte sie für sich und

seinen Sohn in Deutschland gekauft, laut Ariane auf einem Jahrmarkt in Frankfurt. Und noch etwas fiel ihm auf, als er beide Fotos miteinander verglich: Der Bankräuber war Linkshänder, genauso wie Albayrak. Trotzdem zweifelte er noch, ob seine Entdeckung von Belang war, bis Mustafa ihm von der Zeugin erzählte, die der Bankräuber auf der Flucht angeschossen hatte. Sie hatte ihn ohne Maskierung gesehen. Albayrak besuchte Esma Vural im Kran kenhaus und stellte fest, dass er mit seiner Vermutung richtig lag. Denn sie erkannte den Gesuchten auch an seinem Muttermal unterhalb des Auges. Bei dem Kriminellen aus der Zeitung handelte es sich also um keinen anderen als Deha Albayrak.

Arslan war an ihrem Treffpunkt, der Grabstätte von Scheich Küçük Hüseyın Efeudí, angekommen, dessen hoher Grabstein von einem imposanten Turban gekrönt wurde.

Da hörte er plötzlich die etwas aufgekratzte Stimme von Albayrak.

»Du hast dich verspätet.«

Arslan drehte sich jäh um. Seine Augen suchten die Gegend ab und erkannten dann seinen Kontrahenten, der hinter einem Sarkophag hervorlinste. »Wo ist der Junge?«, fragte er überheblich, obwohl es ihm jetzt egal war, ob Deniz nun mitgekommen war oder nicht. Er würde sich ihn später sowieso schnappen.

»Dort, wo er hingehört, bei seiner türkischen Familie«, antwortete Albayrak sogleich.

Nach kurzem Zögern machte Arslan einen Schritt rückwärts und ging ebenfalls in Deckung. Er traute Albayrak nicht über den Weg. »Hast du das Geld?«, wollte er nun wissen, während er seinen Gegner genau beobachtete.

»Du hast doch bereits 15 000 bekommen. Noch mal 10 000, dann bin ich pleite«, schallte die Antwort herüber.

»Ich hab aber fest damit gerechnet. Übrigens, warum versteckst du dich eigentlich? Machst dir wohl in die Hose vor Angst. Leg einfach das Geld auf die Steinplatte vor dir, und wir sind quitt«, schlug Arslan vor. »Dann siehst du mich nie wieder.«

»Das wäre zu schön, um wahr zu sein«, stellte Albayrak nüchtern fest. »Weißt du was? Ich komme jetzt aus meinem Versteck, aber nur, wenn du dich auch zeigst. Natürlich, wenn du ein ganzer Mann bist.«

Arslan war einverstanden. Er fühlte sich Albayrak sowieso überlegen. Wäre ja auch gelacht, wenn er als Expolizist den Kürzeren ziehen würde. Trotzdem war er auf der Hut, denn Albayrak war unberechenbar und konnte ungekannte Kraftreserven mobilisieren, was er schon einmal bewiesen hatte. »Ich komme«, teilte er ihm mit. »Ich bin unbewaffnet.«

Jetzt standen sich beide in einer Entfernung von knapp zehn Metern wie in einem Duell gegenüber.

Albayrak musterte Arslan von Kopf bis Fuß und fragte: »Wer bist du?«

Arslan zögerte, sagte dann belustigt: »Das wüsstest du wohl zu gern. Im Gegensatz zu mir bist du aber für mich kein unbeschriebenes Blatt. Hast dein eigenes Kind aus Deutschland verschleppt, angeblich, weil du es so liebst. Aber eigentlich bist du ein miserabler Vater, ein Egoist, der nur an sich denkt. Wenn du Deniz so liebst, wie du behauptest, hättest du ihm dann die Mutter weggenommen, ihn in eine fremde Umgebung hineingeworfen, ohne Freunde und ohne Halt? Da hilft es auch nicht, dass du demonstrativ mit dieser albernen Kette mit dem Halbmondanhänger herumläufst, als Zeichen deiner Verbundenheit mit deinem Sohn.« Es sollte wie eine Predigt klingen, und Arslans Worte verfehlten ihre Wirkung nicht.

Albayrak schluckte betroffen. »Wo ... Woher ...?«, stammelte er.

»Woher ich das alles weiß?« Jetzt kam Arslan so richtig in Fahrt. »Übrigens, Ariane ist froh, dass sie dich endlich losgeworden ist. Sie hat längst einen anderen, aber den Jungen wird sie dir nie und nimmer überlassen, hörst du?«, provozierte er ihn.

»A ... Ariane?«, rief Albayrak entsetzt. »Was hat das Ganze zu bedeuten? Und was hast du mit ihr zu tun?«

Arslan war Albayraks Stimmungsumschwung nicht entgangen. Es gefiel ihm, ihn so verzweifelt zu sehen, also machte er weiter Druck. »So, was ist jetzt mit dem Geld?«

»Ja, ja, das Geld ... Das hab ich heute nicht dabei«, murmelte Albayrak etwas abwesend.

»Gut, dann muss ich wohl zur Polizei. Wenn du im Gefängnis sitzt, bekommt Ariane sowieso Deniz zugesprochen. Ein Kind gehört zu seiner Mutter.«

»Und warum nicht zu seinem Vater?«

»Deniz gehört zu Ariane. Ist das klar?«, herrschte ihn Arslan an.

»Niemals«, rief Albayrak in den nächtlichen Himmel hinein. Sein Gesicht mit den aufgeworfenen Lippen und der großen Nase hatte plötzlich einen furcherregenden Ausdruck angenommen. »Er gehört zu mir!«

»Doch nicht zu einem Verbrecher wie dir«, reizte ihn Arslan weiter.

»Du hältst am besten die Schnauze! Ich wette, du hast dich vor Ariane gehörig aufgespielt, als wärst du der Retter von allen Witwen und Waisen. Nach dem Motto: Verlass dich auf mich, Baby. Ich bring dir deinen Sohn zurück. Einen Scheiß wirst du! Wahrscheinlich hast du sie die ganze Zeit nur ausgenutzt, ihr das Geld aus der Tasche gezogen, du schmieriger Kerl«, rief Albayrak aus und pirschte sich mit langsamen Schritten an Arslan heran.

Diesem war Albayraks Absicht nicht entgangen. Er drehte sich halb zu ihm um, lächelte und tastete nach seiner Pistole. Er wollte den Kampf, um jeden Preis.

»34 ML 020 – das ist doch Arslans Autokennzeichen«, stellte Mustafa fest und drehte den Kopf, als sie am großen Parkplatz des Friedhofs vorbeigehastet waren. Er blickte sich um und meinte: »Nicht gerade der ideale Platz für einen Spaziergang.«

»Vor allem, wenn es dunkel ist«, ergänzte Özakın.

»Kannst du dich noch an den Geschäftsmann Üzeyir Garih erinnern?«, sagte Mustafa. »Hier ganz in der Nähe wurde er feige hinterrücks erstochen, als er das Grab eines Scheichs besuchen wollte.«

Özakın nickte nur. Er wollte sich nicht ablenken lassen, war mit den Gedanken bei ihrer Suchaktion. Er hatte Verstärkung aus den benachbarten Dienststellen angefordert, dazu ein Sondereinsatzkommando, ihnen aber die Anweisung gegeben, nicht wie die Axt im Walde vorzugehen. Keine Hundertschaften sollten im Friedhof wie wilde Horden herumwüten und die beiden Gesuchten unnötig aufschrecken. Zur Sicherheit waren alle Ein- und Ausgänge des Friedhofs versperrt, während nur eine Handvoll Polizisten ihn und Mustafa begleiten sollten, indem sie in einem Kordon links und rechts von ihnen den Grabhügel behutsam, aber gewissenhaft durchkämmten.

»Hat Arslan eine Waffe?«, fragte Özakın, der energisch durch das verwilderte Dickicht des alten Friedhofs schritt.

»Er hat sich bestimmt eine besorgt«, antwortete ihm Mustafa, der versuchte, mit ihm Schritt zu halten. »Wie ich ihn kenne, überlässt er nichts dem Zufall. Glaubst du, er will Albayrak ...« Er hielt den Zeigefinger an die Schläfe und machte eine unmissverständliche Bewegung.

»Nicht auszuschließen. Dann hätte er ja endlich freie Hand, um sich den Jungen zu greifen.«

»Er weiß nicht, dass er gesucht wird.«

»Und er weiß auch nicht, dass wir den Kleinen in Sicherheit gebracht haben. Er hat sich ganz schön in die Scheiße geritten. Ursprünglich wollte er ja nur den entführten Sohn seiner Auftraggeberin ausfindig machen. Doch dann hat er die Chance seines Lebens gewittert – Erpressung und immer mehr Geld. Da hat wohl das Verhängnis seinen Lauf genommen.«

»Er war schon immer einer, der den Hals nicht vollkriegen konnte. Statt der Polizei gegenüber seine Bürgerpflicht zu erfüllen, hat er die ganze Zeit mit uns Katz und Maus gespielt.«

»Leider. Er war uns immer einen Schritt voraus. Fragt sich nur, wer jetzt die Katze ist und wer die Maus.« Doch kaum hatte er das gesagt, hallten mehrere Schüsse durch die Dunkelheit, sodass die beiden Kommissare jäh innehielten, während über ihren Köpfen Vögel aufgeschreckt davonflogen.

»Nein«, rief Mustafa nach einer Schrecksekunde aus und starrte Özakın entsetzt an. »Verdammt, wir sind zu spät!«

»Die Schussgeräusche kamen von dort!«, stellte Özakın fest. Er deutete angespannt auf einen Pfad, der sich durch das Gestrüpp entlang der Gräber hochschlängelte. Sie rannten los, erreichten atemlos die Stelle und stießen auf das, womit sie längst gerechnet hatten. An einem Grabstein mit reichen Verzierungen lehnte ein lebloser Körper, der Kopf war nach hinten abgeknickt, aus der Schläfe rollte ein rotes Rinnsal in einer dünnen Linie das Gesicht hinunter.

Mustafa warf ein Blick auf den Mann, schüttelte den Kopf und stellte fest, dass er tot war. »Mein Freund Bülent«, erklärte er ironisch und ziemlich gefühllos. »Es hat ihn erwischt.« Er spähte ringsum. »Doch wo ist Albayrak?«

»Wir müssen ihn finden. Weit kann er nicht sein«, rief Özakın aus, während sie davonhasteten. Im Erdreich unter ihren Füßen zeichnete sich deutlich eine verräterische Blutspur ab, der sie im Licht ihrer Taschenlampen folgten, bis sie schließlich zu einem frisch aufgeschütteten Grab kamen.

»Da liegt jemand«, rief Özakın aus, während er den Lichtstrahl zwei Meter nach unten richtete, direkt auf das Gesicht von Albayrak, der geblendet vom grellen Licht die Augen zusammenkniff.

»Tatsächlich! Hände schön nach oben«, rief Mustafa. Doch als er sah, dass Albayrak kein Unheil mehr anrichten konnte, steckte er die Waffe wieder ein. »Er hat mehrere Streifschüsse abbekommen, der Arme«, mokierte er sich.

»Er ist bis hierher gerobbt und dann kopfüber in die Grube gestürzt.«

»Von mir aus kann er da liegen bleiben.«

Albayrak wand sich vor Schmerzen, er spürte die Wunden in seinem Körper und das Brennen der Zornestränen in seinen Augen. »Scheiße«, keuchte er. »Ich wollte doch nur das Beste für Deniz. Er ist doch alles, was ich habe. Wer soll sich jetzt um ihn kümmern?«

Kopfschüttelnd starrte Özakın in die glasigen Augen von Albayrak und hörte dessen Schluchzen, das ihn erschütterte.

Ein leichter Regen benetzte ihre Gesichter, fernab hinter dem Bosporus ertönte ein schwaches Donnergrollen, das aber bald erstarb. Jetzt kamen Stimmen und hastig trampelnde Schritte heran, Lichtstrahlen, die sich aus der Finsternis zu ihnen hintasteten.

»Hier unten ist er«, rief Özakın die Polizisten zu sich. »Wir brauchen einen Krankenwagen.«

Bald darauf packten kräftige Hände den Schwerverletzten. Albayrak wurde auf die Trage gelegt und weggetragen.

Die menschenleeren Straßen glänzten unter den Scheinwerfern von Mustafas Wagen, als sie den Rückweg antraten.

»Es kam, wie es kommen musste«, sagte Özakın.

Sein Kollege nickte.

Es war spät und die Stadt lag in tiefer Ruhe, die Fahrbahn und die Gehsteige schlummerten verlassen. Wenn nur alles immer so friedlich wäre, dachte Özakın.

32… Noch während der Nacht hatte die Polizei Ariane Albayrak, Exfrau von Deha Albayrak und Mutter von Deniz/Dennis Albayrak, in ihrem Hotelzimmer in Aksaray aufgestöbert. Sie war geschockt über die blutigen Ereignisse im Friedhof von Eyüp. Vor allem der Tod von Bülent Arslan hatte sie schwer erschüttert. Özakın konnte das nur so deuten, dass sie und den Privatdetektiv mehr als nur ein geschäftliches Verhältnis verband. Trost hatte Ariane Albayrak im Wiedersehen mit ihrem Sohn gefunden, der jetzt viel Liebe brauchen würde, um die Geschehnisse der letzten Zeit zu verarbeiten. Denn seinen Vater würde der Kleine so schnell nicht wiedersehen. Albayrak würde zwar durchkommen, aber direkt aus der Klinik der Haftanstalt ins Gefängnis überführt werden.

Die letzten Tage waren turbulent gewesen. Özakın ließ sich am Schreibtisch sitzend alles noch einmal durch den Kopf gehen. Schlimm, dass immer die Kinder die Leidtragenden einer nicht funktionierenden Ehe waren. Sie mussten die Fehler der Erwachsenen ausbaden. Ariane und Deha Albayrak liebten beide ihr Kind, hatten aber trotzdem ihre Konflikte auf seinem Rücken ausgetragen.

Wie hätte *er* wohl als Vater in solch einer Situation gehandelt?, fragte er sich, während er einen kleinen Stich in der Magengrube verspürte. Es war müßig, sich das vorzustellen, denn er war kinderlos geblieben. Seine bitteren Gedanken fanden mit dem Klingeln des Telefons ein Ende. Yılmaz war in der Leitung, der ihm noch einmal überschwänglich und in aller Form zum erfolgreichen Abschluss ihres Falls gratulierte, einem Fall, der mit einem Bankraub begonnen und nach vielen Irrungen und Wirrungen ein tragisches Ende gefunden hatte.

»Wissen Sie was?«, fragte Yılmaz verschwörerisch. »Die Namensliste mit Serenays Freiern beziehungsweise der Wochenplan, den die alte Frau, Sie wissen schon, die Nachbarin dieses Transvestiten, angefertigt hatte, enthielt auch den Namen von Deha Albayrak. Er kam immer montags.«

»Aber nur, um zu reden«, warf Özakın ein, der Albayrak vernommen hatte.

»Ja, angeblich«, bemerkte Yılmaz und grinste in sich hinein. »Also, nochmals meine Gratulation. Nach diesem ereignisreichen Fastenmonat haben Sie sich die Feiertage redlich verdient. Und wenn wir uns nicht mehr sehen – ein geruhsames und frohes Zuckerfest.«

Özakın bedankte sich, wünschte ihm dasselbe und legte auf.

Er drehte sich zur Seite und warf einen Blick aus dem Fenster. Das gegenüberliegende Anwaltsbüro war wie ausgestorben. Die arbeitende Bevölkerung hatte sich ein paar Tage Urlaub genommen. Und er, er saß alleine in seinem Büro und wälzte Probleme. Aber das, was sich in seinen Gehirnwindungen abspielte, handelte ausnahmsweise mal nicht von Verbrechern oder Toten, von Ermittlungen oder Hinweisen. Es ging um eine noch viel kniffligere Angelegenheit, nämlich, wie er Ali, der heute Abend zu Besuch kam, kulinarisch verwöhnen sollte. Sein Freund hatte einen äußerst anspruchsvollen Gaumen, da musste er schon über sich hinauswachsen, um ihm zu imponieren. Nicht auszudenken, wenn er ihm etwas vorsetzte, das ihm nicht mundete. Dieser Kochkünstler würde ihn zwar nicht gleich in Grund und Boden kritisieren, aber seine Andeutungen genügten schon, um ihm den Abend zu verderben. Und schon deswegen zermarterte Özakın sich jetzt das Gehirn, was er ihm kredenzen könnte.

Er nahm einen Stift und notierte: Hochzeitssuppe, rote Linsensuppe, Kuttelnsuppe, Almsuppe oder Weizen-Klößchensuppe? Oder doch lieber einen Salat zu Beginn? Dann aber einen ganz besonderen. Etwas Exotisches, nicht immer diese Nullachtfünfzehn-Salate mit Tomaten oder Gurken und viel Zwiebeln und Petersilie. Doch schon bald verlor er jegliche Illusion. Er durfte sich nichts vormachen, einem Gourmet wie Ali konnte er auf seinem Gebiet nichts Neues mehr bieten. Das war so wie Eulen nach Athen tragen oder Döner nach Istanbul. Sollte er sich doch lieber auf das Altbewährte konzentrieren? Wie wäre es zum Beispiel mit einem Salat aus essbaren Blumen? Erst kürzlich hatte er in der Zeitung ein solches Rezept entdeckt. Die Blumen dafür musste er noch organisieren, den süßlich-herben Geschmack der Vinaigrette aber hatte er bereits auf der Zunge – eine Mischung aus Senf, Rotwein, Himbeeressig und Olivenöl, gewürzt mit Salz und Pfeffer aus der Mühle.

Dann sollte aber unbedingt etwas mit Fisch oder Muscheln folgen. Er schwankte noch zwischen Muscheltopf mit Gemüse, Tintenfisch in Rotweinsoße, Fisch in Papier gebacken, Pfaffen-Fischragout oder Sardinen in Weinblättern. Jetzt lief ihm schon das Wasser im Munde zusammen, aber er beherrschte sich. Es war keine leichte Entscheidung. Doch nun war es ihm, als würde ein pikanter Schwall von gegrilltem Fisch direkt vor seiner Nase vorbeiflirren. Also Sardinen in Weinblättern, aber gegrillt!

Dann die Hauptspeise. Er notierte: Kebab mit Joghurt im Tontopf, aber mit viel Knoblauch. Mustafa würde sich dann wieder über seine Knoblauchfahne beschweren, aber das war ihm jetzt egal. Das Gericht konnte man schnell zubereiten, und es schmeckte vorzüglich. *Aus einem Kilogramm Hackfleisch, nicht zu mager, zwei geriebenen Zwiebeln, Salz, Pfeffer und etwas Kreuzkümmel Buletten formen. Zwei Esslöffel Margarine mit zwei zerdrückten Knoblauchzehen vermischen und damit einen Tontopf einreiben. Ein paar Fladenbrote klein schneiden und sie auf den Boden des Topfes schich-*

ten. Mehrere in kleine Scheiben geschnittene Knoblauchzehen und etwa fünf geriebene Tomaten in Butter anschwitzen und mit dem Fett über das Fladenbrot geben, darüber eine Schicht Joghurt. Die Buletten anbraten und sie ebenfalls in den Topf schichten. Mit Tomatenvierteln und in Streifen geschnittener grüner Paprika garnieren. Mit etwa hundertfünfzig Gramm geriebenem Käse abschließen. Dann zwanzig Minuten in den vorgeheizten Backofen geben.

Perfekt! Und als Nachtisch: Dattelpudding! Den hatte er schon eine Ewigkeit nicht mehr gegessen, und Datteln passten einfach zur Fastenzeit. Oder sollte er statt Datteln lieber Feigen nehmen? »Datteln, basta!«

Er faltete die Einkaufsliste und erhob sich zum Gehen. Wenn er sich jetzt nicht beeilte, bekam er nur noch irgendwelche labberigen Abfälle und keine Sardellen mehr, also verließ er sein Büro, um auf dem schnellsten Wege zum Fischmarkt zu kommen, von dort zum Gemüsemarkt und zum Metzger und schließlich, weil er die Zutaten für seinen Blumensalat brauchte, zu einem pensionierten Arbeitskollegen, der im Grüngürtel von Istanbul eine Art Schrebergärtchen besaß. Dort hoffte er, all das köstliche Grünzeug pflücken zu können, aus dem er einen originellen Salat zaubern würde. Löwenzahn und Rucola als Grundlage, Zucchiniblüten, Rosenblätter und Veilchen als Garnitur. Hoffentlich schmeckte das auch Ali.

Es war nicht immer leicht, gegen den Strom zu schwimmen, aber neue Ideen verdienten trotzdem eine Chance. Mit diesem letzten Gedanken machte sich Özakın auf den Weg zum Markt.